盲眼刺客

下

瑪格麗特・愛特伍——著

梁永安——譯

The blind Assassin

MARGARET ATWOOD

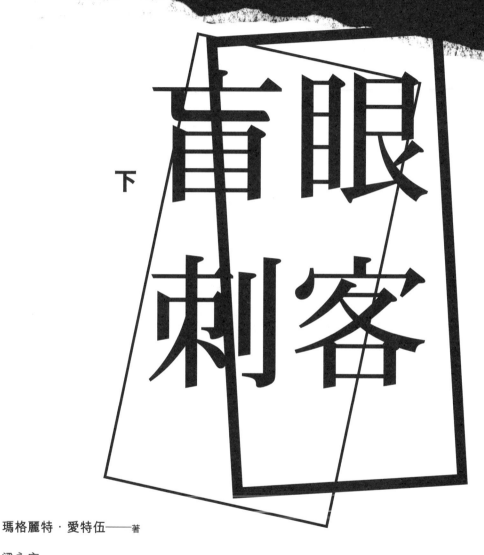

目錄 下

第六部

《盲眼刺客》犬牙花紋套裝｜《盲眼刺客》紅錦緞｜《盲眼刺客》穿街過巷
《盲眼刺客》門房｜《盲眼刺客》冰封的異形

《盲眼刺客》犬牙花紋套裝

他轉動鑰匙。那是個很好開的栓鎖，老天爺的小恩小惠。這一次他很幸運，有一整棟公寓可以「借住」，只有一大間房間，卻有獨立的浴室，裡面有高級浴缸和粉紅色浴巾。房子是他朋友的朋友的女朋友的，她因為參加喪禮要遠行四天。因此，他有整整四天是安全的，至少他這樣認為。

窗簾和床單的顏色很匹配，都是櫻桃色。他站在窗子後面一點點，向外張望。下面就是亞倫公園，有兩三個醉鬼或遊民躺在樹下，其中一個用報紙蓋著臉。他自己就這樣睡過覺。報紙因呼吸而濡濕後所發出的味道就像貧窮，就像失敗。草地上撒滿硬紙板的標語和紙屑：昨晚這裡才舉行過工人集會。現在，有兩個清潔工正拿著尖尖的棒子和粗麻布袋在撿拾紙屑垃圾。

他可以預期，她將會沿著對角線走過公園。中途她會停下，大動作地東張西望，看看是不是有人跟蹤。

書桌上有一台收音機，形狀和大小都像半條麵包。他把收音機調到墨西哥電台，聲音聽起來軟硬夾雜，像條液態的繩子。墨西哥就是他將要去的地方。他把他的手提打字機放在書桌上，打開蓋子，把紙插入捲筒裡。打字機的色帶已開始變淡。在她到來以前，他會有時間寫幾頁東西。不過她不見得一定會來，因為有時候她會被困住或被攔住，至少她自己是這樣說的。

如果她來，他打算把她抱到那個高級浴缸裡，在她全身塗滿肥皂泡沫。他會和她一起在裡面打滾，就像兩頭在粉紅色泡泡裡打滾的豬。

他正在寫一個故事，或者應該說是嘗試寫一個故事。內容講的是外星人派太空船到地球探險的故事。這些外星人的身體都由水晶構成，他們試圖跟和他們有類似結構的地球生物（眼鏡、玻璃窗、葡萄酒瓶和鑽石戒指等）溝通，卻失敗了。在發回母星的報告裡，他們這樣說：

這星球一度有過高度發達的文明，但該文明現已毀滅，只留下許多有趣遺物。我們不知道是什麼原因讓這裡所有智慧生物滅絕。如今，這星球表面被一層透明液體覆蓋，盡是各種綠色的黏性物體和奇形怪狀的半液態大團塊，到處橫衝直撞。由這些物質所發出的尖銳吱嘎聲和響亮的咕嚕聲是摩擦引起的震動造成的，而不應該被誤認為是某種語言。

但這還是構不成一個故事，除非是加入外星人入侵的情節。然而，加入這個情節又違反前提，因為如果那些水晶生物認為地球上沒有生命的話，又何苦多此一舉要降落？不過也許可以把這一點解釋為他們具有考古學的興趣。也許是為了考古。又也許是為了採樣。他可以寫巨大的外星吸塵器一下子把紐約摩天大樓的千萬片玻璃窗同時吸起。連帶吸出千萬個總經理，他們大聲尖叫，墜地而死。這個點子不錯。

不，這仍然搆不上是一個故事。他需要寫能賣得出去的。還是寫死了三千年的裸體女人較為保險，這些嗜血的女人永遠都有人要。這一次，他要給她們一頭紫色的頭髮，把她們放在有十二個月亮和巨型有毒蘭花遍布的亞爾恩星球上面。只有畫著這一類玩意兒的封面能吸引青少年的注意，進而讓他們掏錢。

問題是他已經厭倦了這些女人，厭倦了她們的獠牙、她們結實但只有半個葡萄柚大小的乳房、她們的性饑渴。他也厭倦了太空英雄，不管名字是韋特、布特還是尼德（他一向喜歡給他們取單音節的名字[1]）。他也厭倦了他們的死光槍和緊身金屬衣物。儘管如此，那仍然是一種生計，而乞丐沒有資格挑三揀四。

他的錢又快要用完了。他希望她會從他的郵局信箱（當然不是用他的名字租的）帶一張支票來。他會在上面背書，由她幫他拿去兌現。他也希望她會帶來一些郵票。還有香菸。他僅剩三根了。

他踱來踱去，地板吱嘎作響。那是硬木地板，但有些地方已經翹起。這條街的公寓都是戰前興建的，專租給單身的上班女郎。初建之時，這裡有蒸氣的暖氣設備，有二十四小時的熱水供應，有鋪瓷磚的走廊，一切都是最新式的，不過那都是往事了。幾年前，他還很年輕的時候，他認識一個女人，就是住在這裡其中一間小公寓裡。就他記得，她是個護士，床頭櫃抽屜裡放著些法文寫的來信。有時她會為他做早餐：培根煎蛋，配楓糖的薄煎餅，吃得他直舔手指。牆上掛著個填充的鹿頭，是前一任房客留下來的，她喜歡把絲襪掛在鹿角上晾乾。

他們會共度星期六的下午、星期四的黃昏或任何她不用值班的時間，一起喝威士忌、琴酒或伏特加，反正有什麼就喝什麼。她喜歡事前先喝得醉醺醺的。她不願去看電影，也不願去跳舞；她不需要羅曼蒂克的氣氛，也不想營造這種假象，而這一點正合他意。她唯一想從他那裡得到的是雄蕊。她愛拿毯子鋪在浴室的地板上：她喜歡臥在堅硬瓷磚地板上的感覺。不過，瓷磚地板對他的膝和肘來說可不是輕鬆的事。她會像個處於聚光燈下的女演員那樣大聲呻吟、猛力扭頭。有一次，他們還在嵌入牆的儲物櫃裡站著幹，他把她弄得喜極而泣。後來，她甩掉他，嫁給了律師。他在報上讀到她結婚的消息，標題是「天作之合：白色的婚禮」。他沒有怨恨，只覺得莞爾。對她是好事，當時他想，**有時就是要蕩婦才能把我打敗**。

率性的少年時代。用不著名字的歲月，胡作非為的下午。不需要考慮將來或以後，不需要言語，也不需要付出。不像現在，很多事情都攪和了在一起。

他又看了看錶和窗外。她終於來了，沿著公園的對角線往這邊走過來。今天，她戴了頂寬邊帽子，穿的是犬牙花紋套裝，手提包夾在腋下，百褶裙擺來擺去。她的步伐忽高忽低，就像

1 Willt, Burt, Ned，這些名字在英語都是單音節。

是不習慣用腳後跟走路的人。不過那也許是高跟鞋的關係。走到一半，她一如他所料的停下步來，左右張望，樣子就像剛從困惑的夢中醒來。兩個撿紙屑的男人望著她看。遺失了什麼嗎？小姐？她沒有回答，繼續前進。之後，他從葉隙之間看到她斷斷續續的身影。她在徘徊猶豫，一定是在搜尋街道號碼。終於，她走上了門前的台階。電鈴響了。他扣好鈕釦，捻熄香菸，關掉桌燈，打開門鎖。

嗨。我快沒氣了。我沒有等電梯。她把門關上，背靠門站著。

沒有人跟蹤妳，我剛才一直監視著。妳有帶菸來嗎？

有，還帶了你的支票和五分之一瓶蘇格蘭威士忌，最上等的。是從我家的吧台摸來的。我有告訴過你我家有個藏酒很豐富的吧台嗎？

她努力表現得若無其事的樣子，但卻裝得不像。她從來不會採取主動，因為她不願意擺出完全棄守的姿態。

好女孩。他走向前，摟住她。

我是個好女孩嗎？有時我覺得我是個持槍歹徒的姘婦，專門為你跑腿。

妳不會是持槍歹徒的姘婦，因為我根本沒有槍。妳電影看太多了。

還沒有看夠，她貼著他的頸邊說。他應該剃剃鬍子的。她解開他襯衫最上面四顆釦子，把手伸到裡面去。他的肌肉結實而紋理細密，有一些燒傷留下的疤痕，就像從木頭一體雕出來的菸灰缸。

《盲眼刺客》紅錦緞

好可愛的浴室，她說。我從來沒有把你跟粉紅色浴巾聯想在一塊過。這種浴巾可不便宜。誘惑無所不在，他說。我看，這裡的女主人八成是業餘野雞。

先前，他用其中一條粉紅色浴巾把她包裹起來，抱到床上。現在，他們正躺在櫻桃色的絲床單下，喝著她帶來的蘇格蘭威士忌。酒質溫暖，在舌頭裡滑順得就像太妃糖。

每次到這樣的地方，她總揮不掉一種非法闖入的感覺。她很想去打開衣櫥的門或五斗櫃的抽屜，看一看別人——真實的人，比她更真實的人——是怎樣生活的。她也想對他做同樣的事，儘管他既沒有衣櫥，也沒有五斗櫃。既然沒有家當，他也沒有祕密可以洩露。他只有一個磨損的手提箱。這手提箱總是鎖著，放在床底下。

她掏過他的口袋幾次（不是為了刺探，而是為了了解他），但沒找到任何有用的資訊，唯一找到的是藍底白邊的手帕、零錢、兩根用蠟紙包住的菸屁股（他一定是把它們存起來留待有需要的時候抽）、一把老舊的摺疊小刀。還有兩顆鈕釦，她想大概是他襯衫掉的。她沒有幫他縫回去，以免穿幫。她想讓他覺得她是信得過的。

有一次找到駕照（名字不是他的）和出生證明書（假貨）。她巴不得用細篩子把他篩一遍，把他像抽屜一樣翻過來，讓裡面的東西全掉出來。

他輕聲哼唱著歌，帶點油腔滑調，就像收音機裡的歌手：

煙霧繚繞的房間，魔鬼般的月亮，妳在房間裡。
我偷了一個吻，妳承諾過的，應該兑現。
我的手滑入妳裙下。
妳咬了我耳朵，我倆滾成一團。
現在是黎明，妳走了，
我好不傷心。

她笑了起來。你打哪學來這個？

我自己編的野雞歌，很應景，在這個房間唱恰到好處。

我猜她不是真正的野雞，甚至不是業餘的。我不認為她會收錢。她應該是收到別的禮物。

巧克力之類？換成妳，會以此滿足嗎？

我會要一卡車的巧克力，她說，我收費一向只普通昂貴。這床單是真絲的，我喜歡它的顏色——花稍卻漂亮。後面的部分你想出來了嗎？

什麼後面的部分？

我的故事的後面部分。

妳的故事？

對，你不是為我說的嗎？

哦，當然，他說，當然是為妳說的。除了想這個以外，我沒有去想別的。為了想這個，我常常失眠。

騙鬼。它會讓你覺得厭煩嗎？

只要可以取悅妳的事情都不會讓我厭煩。

哎喲，好殷勤啊。我們該多多用那些粉紅色浴巾的。我看過不了多久，你就會親吻我的玻璃鞋。好啦，往下說吧。

我上次說到哪兒？

說到鐘聲敲響了。有人被割喉，門被打開了。

啊，對。

那個女孩聽到了門被推開的聲音。她背靠到牆上，拉起床上的紅錦緞，緊緊擁在身上。那被子有一股微鹹味，就像鹽沼退潮時的味道：那是歷來睡過它的女孩身上的恐懼所積聚而成。有人走了進來，接著是沉重物體在地上拖行的聲音。門再一次關閉，房間裡黑得像油。為什麼進來的人不帶盞燈或蠟燭之類的呢？

她伸出雙手，擋在前面保護自己。然後，她感覺自己的左手被另一隻手握住：握勁很輕柔，一點強迫性都沒有。就像那不是一握，而是向她提出的一個問題。

她想說話（她想說：**我無法說話**），卻說不出來。

盲眼刺客讓女孩的面紗掉落在地上，坐在床緣。他仍打算殺她，但不急。他聽過這些獻祭女孩的事，對她們感到好奇。何況，她現在等於完全屬於他的禮物，而拒絕這樣的禮物等於是往神的臉上吐口水。他知道自己應該完成任務，然後消失，但時間還有許多，急什麼呢？他聞得到塗在她身上的香粉味，讓這種甜美白白浪費太可惜了。

那冒牌冥君來過嗎？十之八九已經來過。這麼說，女孩的肌膚已被冥君身上那沉重的金屬鑰匙給硬生生扳開過了。盲眼刺客知道那會是什麼感覺，他對這種感覺太熟悉了。

他把她的手舉到自己嘴邊，用唇碰了它，但並不算一個吻，而是尊敬和殷勤的表示，彷彿在說：把我帶來這裡的，是有關妳無比美麗的傳聞，儘管我這樣做得冒上生命危險；我無法用雙眼看到妳，因為我是瞎的。妳容許我用我的手看妳嗎？那將會是妳對我的最後仁慈，也是對妳自己的最後仁慈。

他當奴隸和男妓並沒有完全白當：因為他學會了奉承，學會了怎樣撒有說服力的謊。他先是把手指放在她的頦上，等著；女孩在猶豫了一下之後點了點頭。他可以聽得見她心裡想些什麼：**反正我明天就要死了。**

世界上有些最美妙的事正是由那些走投無路、真正明白何謂無助的人成就出來的。他們不會有計較利害得失的心理，不會想到未來，而只會僅僅擁抱現在。跳下懸崖，你固然有可能會下墜，但也有可能會往上飛。不要放過任何一絲希望——哪怕是最不可能的希望——那奇蹟說不定就會隨之而來。

盲眼刺客開始觸摸她，動作很慢，而且只用一隻手：握刀的右手。他先是撫摸她的臉，繼而是喉，然後再加上左手，兩隻手溫柔地在她身上移動，就像在打開一把最脆弱的鎖，一把絲造的鎖。被這兩隻手觸摸的感覺，一定就像被水流愛撫。她顫抖著，但不再是因為恐懼。過了一會兒，她把擁在身上的紅錦緞推開，抓住他的手，為他導引。

觸覺先於視覺，先於言語。它是最初的語言也是最後的語言，從來不會撒謊。

這就是那個口不能言的女孩和目不能視的男子墮入愛河的經過。

你讓我嚇一跳，她說。

有嗎？他說。為什麼？他點了一根菸，又遞一根給她。她搖搖頭表示拒絕。他菸抽得很凶，這是神經緊張的反映，儘管他的手仍然穩定有力。

因為你安排他們一見鍾情，她說。你不是一向對這種虛假、腐爛、布爾喬亞式愛情觀嗤之以鼻的嗎？你軟化啦？

不要怪我，要怪應該怪歷史，他微笑著說。這種事在歷史上真的發生過，至少歷史書上是這樣寫的。而且我說過，盲眼刺客只是在撒謊。

你不能就這樣開脫掉。你開頭是說他撒謊，但後來卻改了口。

言之成理。好吧，我們就說他是想抓住他所能抓住的東西吧。要知道，他這個人肆無忌憚，過的又是朝不保夕的生活，只能抓住多少是多少。又也許他們並不是真的愛上彼此，而只是自以為如此。畢竟，他們都太年輕了，而年輕人總是喜歡美化一切，總是容易把情慾混同於愛情。況且，我又沒有說他事後沒有殺她。我先前已經說過，他這個人歸根究柢自私自利。

哎喲，你膽怯啦？她說。你退縮啦，你是個膽小鬼，不敢堅持到底。看來你只是有興趣挑起別人性慾而不是真想打炮。

他笑了起來，為掩飾他的詫異而笑。他會詫異，是因為她命中了他的弱點嗎，還是因為她終於能夠把汙言穢語說出口？嘴巴要放乾淨點，女士，他說。

你可以說粗話，為什麼我就不可以？

我是個壞榜樣。好吧，如果妳不喜歡我說他們一見鍾情，那我就改為說他們想掌握有限的分分秒秒縱溺自己一下，反正他們這樣做並沒有什麼好損失的。

那男的當然沒有什麼好損失的，或者說，他當然會這樣想！

好吧好吧，我收回。改成「她沒有什麼好損失的」可以嗎？他噴出了一口菸霧。

我猜你的意思是說她不像我，沒有什麼好損失的，她說。

親愛的，她不像妳，像我。我就是沒有什麼好損失的人。
但你擁有我，而我不是一文不值。

《多倫多星報》一九三五年八月二十八日報導

女學生蘿拉‧查斯安然無恙

警方昨天取消了搜索十五歲女學生蘿拉‧查斯的行動，因為她在被懷疑失蹤一星期後，證實只是虛驚一場。一星期以來，她都是與查斯家族的長輩朋友杜布斯夫婦同住在他們的度假別墅裡。查斯小姐的姊夫，也是著名企業家理查‧葛里芬在電話中向記者表示：「我和內人都大大鬆一口氣。那純粹是個誤會，是郵件延誤造成的。蘿拉安排了度假的計畫，並寫了信告訴我們，但信卻遲遲沒有寄到。度假期間，蘿拉和杜布斯夫婦都沒有看報，以致不知道外邊發生了什麼事。等他們度假回到城市，知悉一切以後，就馬上給我們打電話。」

雖然有謠言指出，蘿拉‧查斯小姐是離家出走的，後來在陽光海灘的休閒公園，一個奇怪的地點被找到，但葛里芬先生表示，那完全是子虛烏有的中傷，而他一定會盡力查出誰是造謠者，並採取法律行動。「這是個很普通的誤會，有可能會發生在任何人身上。看到蘿拉安然無恙，我和內人都甚感安慰，而我們也對警方、記者以及關心大眾的幫忙，感激萬分。」據說查斯小姐受謠言影響而情緒波動，並拒絕接受專訪。

雖然這場因郵件延誤導致的虛驚並未造成永久性傷害，但類似原因引起的困擾卻不是頭一遭。社會大眾理應獲得的是可堪信賴的郵政服務，政府官員應該多加注意這一點。

《盲眼刺客》穿街過巷

她在街上走著，希望自己看起來像個有資格走在這條街的女人。但她的洋裝不對，帽子不對，大衣也不對。她應該綁條頭巾，穿件袖口磨損的大衣，讓自己看起來死氣沉沉且寒酸。

這條街的房子都擠在一起，都是些僕役住的房子。不過，住在裡面的僕役一定比以前要少，因為有錢人都開始縮衣節食了。這些磚屋都蒙著一層煤灰，上下樓各兩間房間，廁所設在外頭。有些小房子的前草坪還留有菜圃的殘餘：發黑的番茄藤，垂著線的木樁。菜圃的收成不可能會好，這裡太陰暗了，土裡也太多煤屑了。不過，即使在這地方，秋樹仍然長得茂盛，葉子泛著紅、橙、黃三色，有些則紅得像新鮮豬肝。

屋內傳出咆哮聲、乒乒乓乓聲和用力的關門聲。有媽媽的怒罵聲，也有小孩頑抗的尖叫聲。一些男人坐在自家狹窄的門廊前發呆——都是些雖然沒有了工作，但至少暫時還有房子可住、有家的人。他們都繃著臉，打量她鑲著毛皮的領口與袖口以及肩上的蜥蜴皮手提包。他們可能都是些房客，住在地窖裡或屋子的畸零角落，因為唯有如此才負擔得起房租。

街上的婦女全都行色匆匆，低著頭，躬著背，手上拿著一些褐色的紙袋。她們一定都已婚。「燉」這個字在她的腦海裡浮現[2]。她們做的晚餐，一定都是把廉價部位的肉塊、包心菜和從肉販那裡討來的骨頭一起燉。每當她們偶爾抬起頭看到她，都會露出鄙夷的眼神。她們一定以為她是個妓女，而且會從她的高價鞋判斷，她是個高級妓女。但既然是高級妓女，又為什麼要來這一區呢？當然是因為不景氣而降價求售了。

她看到他說的那間酒吧了，就在街角的地方。有一群男人聚在酒吧外面，她走過的時候，沒有人對她說什麼，但她卻聽得見他們喉頭發出憎惡與色慾參半的咕嚕聲。也許他們把她誤認為教會工作者或社會救濟工作者，也就是那種會詢長問短，再高高在上地施捨他們一些微不足道生活補貼的人。不過，她穿得那麼好，應該不會被誤會才對。

接下來她叫了計程車，坐到三條街之外。她知道她不應該坐計程車，因為在這一區，誰會坐計程車呢？她應該避免成為令人注目的對象，但她已經是了。她知道，她需要的是另一種大衣：從清倉大拍賣買來的大衣，平常藏在手提箱裡，到需要行動時，就進入一家大飯店的餐廳，把身上的大衣寄在寄物處，然後走入化妝間，拿出手提箱裡的大衣穿上，再弄亂頭髮、抹掉口紅。這樣，從化妝間走出來的時候，她就會是個全然不同的人。

但她知道這行不通。不說別的，光是那個手提箱就過不了關，她怎麼可能提著手提箱出門？**妳提著個手提箱這麼匆匆忙忙要到哪去？**

所以，她只能繼續在沒有斗篷的情況下玩斗篷間諜的遊戲。她唯一能依賴的只是她的臉，裝得毫無狡詐的臉。她現在已經做了夠充分的練習，能夠像雙面間諜一樣，在別人質疑的時候雙眉一揚，露出最真誠無邪的表情。她可以讓她的臉比清水還要清。最高明的辦法不是說謊，而是根本不需要說謊，無邪的表情讓別人還沒開口質疑前，就覺得自己要問的問題很蠢。

儘管如此，她仍然不是完全沒有危險。他也有危險，他告訴她，他最近身處的危險，要尤甚於從前。他認為自己有一天在大街上被人認出來了，對方可能是「反赤小隊」的人[3]；他最後是靠著走入一間擁擠的酒吧，從後門溜掉才脫身。

最近她覺得：不管她到哪裡，都有人在跟蹤。只不過每次回頭，她都看不到任何人。她應該再小心一點。她害怕了嗎？對，大部分時間都害怕。但害怕對她來說真的那麼重要嗎？不重要。但也重要，因為這可以增加她和他在一起的快感，也可以讓她獲得沒被逮到的快感。

其實，真正的危險來自她本人。她會容許自己陷入得多深呢？但「容許」也許不是恰當的詞語，因為她一直都是被推著走，被牽著走的。她從未反省過自己的動機。不過也許她根本沒有任何動機，因為慾望並不算是動機。而看來，她根本沒有選擇的餘地。另一方面，這種偏激的快感也同時讓她感受到屈辱，讓她覺得自己是被一條無恥的繩索拴住，拉著往前走。她痛恨這種不自由的感覺，所以，她慢慢拉長去找他的時間間距，看自己能忍受得了多久。她會託詞說沒看到他留在公園牆壁上的粉筆暗號，或沒收到他用她子虛烏有的朋友名義寫來的明信片，

2 應是指這些婦女就像生活在燉鍋裡。
3 指向加拿大投誠的蘇聯幹部。

或沒接到一家並不存在的時裝店寄來的遷店通知。

不過，她最終還是會再去找他。抗拒並沒有用。她找他，是為了獲得遺忘，是為了可以讓腦袋一片空白。她想捨棄自己，塗掉自己。她想進入自己身體的暗處，忘掉自己的名字。她想要的是殺身獻祭，存在於沒有邊界的狀態中，哪怕那只是暫時。

另一方面，她也發現自己開始關心一些她原先不感興趣的事。他怎樣洗衣服呢？有一次，她看到他把襪子晾在電暖爐上，但他一瞧見她在注意這雙襪子，就趕快把它收起來。每次在她來以前，他都會把東西收拾得乾乾淨淨，至少是找個地方全部藏了起來。他在哪裡解決三餐呢？他說他不喜歡在同一個地點出現太多次，所以都是在不同的便餐店或廉價小飯館之間流轉。有些時候風聲比較緊，他會足不出戶。她在他住的地方看過蘋果核，也看到過麵包屑。

他的蘋果和麵包是打哪來的呢？但有關這些生活的細節，他卻出奇的沉默。也許他認為，她知道太多他的日常生活瑣碎細節，會減低他在她眼裡的魅力。這種想法大概是對的，你幾時聽過一幅叫「洗襪子的男人」的名畫？

浪漫總是發生在中距離之外。浪漫是透過沾著露水的窗戶看到你自己。浪漫意味著排除實際生活。她有想要更多嗎？她想要知道他全部的事情嗎？危險來自靠得太近，看見得太多——來自看到他的身影縮小，跟著是她自己的身影縮小。然後，一覺醒來，她將會一無所有，將會孤苦伶仃。

這一次他沒有來接她，說是他最近不宜露面。所以她只好自己覓路。她手上握著張摺成四摺的紙張，上面用暗語寫著路線，但她用不著不時打開它，因為內容早已熟記在她腦子裡。她感覺那紙片在她手心裡微微發光，就像是個螢光錶面。

她想像他想像她的樣子：想像著她走過一條條街，慢慢接近。他會等得不耐煩嗎？他喜歡她嗎？他每次都擺出滿不在乎的樣子，就像她來與不來，都沒什麼大不了的。但那只是他的一種姿態，眾多姿態的其中之一。例如，他最近已經抽不起現成包裝菸，只能捲菸來抽，但他卻會把捲好的菸放進空香菸盒裡，裝成包裝菸。這是他的一種小欺騙伎倆和小虛榮心。他對包裝菸的飢渴，她從他的呼吸中都聞得出來。

有時她會帶些香菸給他，但不會每次都這樣做。她知道，上上策是讓他時常掛念，時常處於半飢餓狀態。

拿到菸，他就會躺著抽，一副心滿意足的樣子。她就像個想事前確定拿得到錢的妓女一樣，喜歡事前得到他的表白。不過，他的表白向來少得可憐。我想念妳，不然就是再多的妳我也嫌不夠。他的眼睛閉著，聲音從牙縫裡吐出。為了得到更多表白，她會想辦法套他的話。

說些什麼吧。

像什麼？

你愛說什麼就什麼。

告訴我妳愛聽什麼。
如果我告訴你我愛聽什麼，而你照說，我就不會認為那是你的真心話。
那妳可以從我的字裡行間讀出真心話。
你什麼都沒說，何來的字裡行間。
然後，他就會哼唱起類似這樣的歌詞：

啊，你把那玩意兒放進來，又把那玩意兒抽出去，
但煙囪的煙卻始終如一，直直上飄……

妳從字裡行間聽出了什麼了嗎？
你是個不折不扣的渾球。
我從來沒說我是別的。
怪不得那些人要捏造你的謠言。

她在補鞋店的地方左轉，再走過一條街和兩棟房子，那棟小小的公寓式房子就在眼前了。它的名字叫「不斷進取」，這個名字一定是取自朗費羅的詩[4]，指的是拋開一切俗慮、不斷向更高的高處攀登的騎士精神。但在此時此地，這個名字又何其荒謬。

「不斷進取」是三層式的紅磚建築，每一層各有四扇窗戶和小得連椅子都放不下的陽台。

她走過「不斷進取」，然後在下一個街角過馬路。之後，她停下腳步，低頭去看是不是有什麼黏在了鞋底。她的頭低下，再順勢向後微轉。沒有人跟在她後面，也沒有緩緩開著的車子。她只看到站在前台階的女人，兩個在人行道上追逐狗的小孩和三個在門廊上躬著背分享一張報紙的男人。

她轉過身往回走。一走到「不斷進取」旁邊的小巷，就馬上竄了進去。她的步履很急，但強迫自己不要用跑的：地面的瀝青凹凸不平，而她的鞋跟也太高了，要是在這裡扭到腳踝就糟了。雖然四面沒有一扇窗戶，但她卻感覺自己比先前更暴露。她的心噗噗跳，腳輕飄飄的。恐懼感籠罩著她。她恐懼什麼呢？

他不會在這裡了，一個愁苦的聲音在她腦子裡輕柔地說，他要不是走了，就是被抓走了。妳將不會再看得到他，永遠不會。她幾乎要哭出來了。

她在一扇後門前面停了下來，舉起手腕，輕敲了幾下。

4 朗費羅，十九世紀美國詩人，「不斷進取」——語出自其名詩〈人生頌〉。

《盲眼刺客》門房

門打開了，他就在門後。她還沒來得及感激老天爺，就被他拉了進去。他們站在後樓梯的樓梯間。他吻了她，雙手捧住她的臉。他的下巴粗糙得像張砂紙。他身體有點輕抖，但不是因為興奮而起，至少不全是。

她抽身離開。你的樣子像個土匪。

抱歉，他說，我上次躲警報躲得很匆忙，來不及帶所有東西。

包括刮鬍刀？

包括。來吧，我住的地方在下面。

樓梯很窄，走到最下面是一片水泥地板。有一股煤塵的味道。

到了，這裡是門房的房間。

你不會是當了門房吧？她說，笑了一笑。

沒錯，我現在是個門房，至少房東以為我是。

把門鎖上吧，她說。

這門是沒有鎖的，他說。

房間裡有扇裝了鐵欄杆的小窗子，窗簾破破爛爛。他們用椅子抵住門把，不過作用不大。他們身上蓋著張毯子，毯子上頭壓著他和她的大衣。床單髒得最好不去想。她可以清楚觸摸到他突出的一根根肋骨。

你這些日子都吃些什麼？

不要問東問西好不好。

你太瘦了。我可以帶些吃的給你。

妳這個人不太可靠。如果我要等妳送東西給我吃，肯定會餓死。不必擔心，我不多久就會離開這裡。

你要去哪裡？你是指離開這個房間，還是這個城市，還是……

我不知道。不要囉唆了。

我只是好奇罷了，沒什麼別的。我關心你，想知道……

閉嘴好不好。

那好吧，她說。我猜該是回到辛克龍星的時候了，除非你希望我現在就走。

不，先別走，再待一下。對不起，我今天有點煩。先前我們說到哪兒了？我忘了。

盲眼刺客在猶豫是要割那女的喉嚨，還是永遠愛她。

對，我記起來了。那是最常見的選擇題。

正當他猶豫要割女孩的喉嚨還是永遠愛她的時候，他聽到了從遠處傳來微微的金屬碰撞聲。聲音在走廊裡愈來愈近。他知道，一定是「冥君」來了。

該怎麼辦呢？他大可以躲到門後面或床下面，讓女孩去接受自己的命運，然後等「冥君」離開，再出來了結女孩的性命。雖然這看來是理所當然，但他卻覺得自己下不了手。

他一手抱起女孩，又將他的手放在她嘴上，示意她噤聲。然後，他把她帶下床，帶到門邊，吩咐她留在那裡。

接著，盲眼刺客一個人回到床邊，把女守衛的屍體從床下面拖出來，放到床上，又把她的頭巾綁在她脖子上，掩蓋傷口。她的屍體還沒有變冷，而且已經停止了流血。他唯一希望的，是假扮「冥君」那傢伙不會帶著很亮的蠟燭。按慣例，「冥君」都會穿著厚重的頭盔和甲冑，這套裝扮將會讓他花上相當時間才發現，自己操錯了人，而且操的是個死人。

布置好一切以後，盲眼刺客回到女孩旁邊，兩個人盡可能緊貼在門後的牆上。

厚重的門嘎嘎地打開了。女孩看到一個微弱的光影出現在地板上。「冥君」顯然不是看得太清楚：他撞到了什麼，喃喃咒罵了幾句。小美人，妳在哪兒？我來啦！「冥君」說道。沒有人回答，但他應該不會覺得驚訝，因為被割掉舌頭的人是不可能答話的。

這時，盲眼刺客帶著女孩，悄悄繞過門邊，走出了門外。該死，我要怎樣把身上這套累贅脫掉？他們聽到「冥君」喃喃自語。他倆手牽著手，輕手輕腳，像兩個不想被大人發現的小孩子。

他們在走廊上走了一段路，就聽到後面傳來一聲出於驚恐或憤怒的喊叫聲。盲眼刺客一手觸牆，開始跑了起來。他一面跑，一面把沿路的火把抽掉，扔向後頭，希望它們會自己熄滅。

靠著嗅覺和觸覺，他先前已經對家神廟的裡裡外外了解得一清二楚。他對薩基諾姆這座城市的了解同樣清楚，知道哪裡有門廊、哪裡有隧道、哪裡有避難所、哪裡有過梁、哪裡有排水溝，甚至知道進出城門的口令。現在，他推開了一塊上面有淺浮雕的大理石板，兩人進入了密道中。從女孩磕磕絆絆的步伐，他知道四周一定是漆黑一片。他第一次意識到，帶著她走，他的速度將會被拖慢。她的視力將會是他的一大累贅。

他聽到牆的另一邊有密密麻麻的腳步聲。他輕聲對女孩說，抓緊我的袍子，然後又毫無必要地補充一句：別說話。他們此時處身的，是神廟的其中一條密道。女大祭司所有見不得人的勾當，就是靠這些密道來進行的。不過，他們可不能待在這裡面太久，因為女大祭司第一個想到要清查的地方，一定就是這些密道。另外，盲眼刺客知道自己也不能從原來進廟的地方出廟（那是外牆上一塊可以挪開的石頭），因為那個地點是「冥君」知道的，而他一定會在那裡設下埋伏。

雖然四面都是厚實的石牆，他仍然可以聽得到銅鑼敲響的聲音，透過腳下石頭的震動。

他帶著女孩穿過一道道石牆，然後領著她爬下陡峭狹窄的梯道。女孩因為害怕而抽噎：割掉她的舌頭並沒有割掉她害怕的本能。可憐，他想。下樓梯以後，他摸索牆邊，找到了那個他知道會在那裡的廢棄涵洞。他把女孩推上了涵洞，跟著雙手攀著洞沿，一甩身體，盪了上去。

走出涵洞以後，他就聞到了新鮮空氣。他猛嗅了幾下，以偵測附近有沒有火把的味道。

天上有星星嗎？他問她。她點點頭。那就是沒有雲了？他知道，在這個月份的這個時候，如果沒有雲的話，就代表天空上已經有兩個月亮在照耀，而過不了多久，另外三個月亮也會升起。換言之，他倆的身影將會在月光下清晰可見。

廟方不會讓這件醜聞傳開，他們會找另一個女孩來代替逃走了的女孩獻祭。儘管如此，追捕他們的人仍然會相當多，行動低調，但卻不眠不休。

他們固然可以躲在洞裡，但或遲或早，他們總得去找水喝和找吃的。他一個人當然有辦法逃過耳目，但帶著她卻沒有辦法。

真的無法可想的時候，他當然可以把她刺死或把她推下一口井。

不，他不會的。

城裡有一處沒有人找得到的所在：盲眼刺客團體的巢穴。地點就巧妙地位於主王宮審判廳地下深處的洞窟。每當閒來無事，盲眼刺客們喜歡到這個洞窟來閒聊打屁，分享或吹噓自己最近的功蹟。洞窟的地上鋪滿地毯，就是他們還是小孩時被逼編織的地毯。他們喜歡坐在地毯上面，一面抽著讓人產生幻覺的葨麻菸，一面撫摸地毯上的圖案，回憶它們的顏色。

但只有盲眼刺客被允許進入這個洞窟。再說，他這一次的爽約背信，業已破壞了盲眼刺客團體的信譽（他們一向都是以自己的信譽和專業性為傲）。如果他把女孩帶到盲眼刺客的洞窟，他們將會毫不留情的殺掉他，然後，不久之後，再把她殺掉。

不過，即使他們不去盲眼刺客的洞窟，另一個盲眼刺客也將會受雇追殺他們。有什麼比派一個賊去抓另一個賊更高明的？或遲或早，他們都會被找到，因為不說別的，光是她身上的香氣就讓他們無所遁形（廟方把她弄得像個香粉包）。

所以，他唯一的選擇是帶她離開薩基諾姆，離開周遭熟悉的環境。這是個危險之舉，但總不比留在城市裡危險。他可以把她帶到港口，偷搭上船。但現在的問題是，他要怎樣通過城門呢？在晚上，八座城門都是關閉的，而且有士兵守衛。他一個人的話，當然可以爬牆而過（他的手指腳趾像壁虎一樣有吸力），但帶著她，他卻沒有這個能耐。

不過還有一條可能出城的路。他牽著她走下山坡，去到城市最靠近海的一邊。薩基諾姆的所有汙水最後都會集中到一條水道，然後穿過城牆地下的拱道出海。由於拱道的水深要比人高，而且水勢湍急，所以想沿著拱道游進城裡是不可能的。但出去呢？

他當然善泳。盲眼刺客必須學習的技能之一就是游泳。但那女孩應該不會游泳（他猜得一點都沒錯）。於是，他叫她脫掉身上所有衣服，捲成一團，他自己也如法炮製。然後，他拿出繩子，把兩團衣服綁在一起，打了結，綁在自己肩膀上，繩子的另一頭則綁在女孩手腕上。他交代她，一路上不管發生什麼事，都要緊緊抱著他的腰。

雷尼鳥在躁動。他聽到牠們發出了第一聲的嘓嘓聲。這代表，天馬上就要亮了。三條街之外，有人正往他們的方向走來，步履穩定而慎重，像是在搜索什麼。他半用推的把女孩帶到了冰冷的水中。她怕得猛喘大氣，但仍照他吩咐，抓他抓得緊緊的。他們沿著運河向前漂。盲眼刺客一面感受水流的速度，一面聆聽水流流入拱道時所發出的咕嚕聲，以確定拱道入口的位置。他們下潛的時間必須要精準：因為下潛太早，他們閉的氣就會耗盡，而下潛太晚，就會撞上石頭。終於，到了他認定最適當的位置，他就帶著女孩，往下一潛。

那是一段漫長、痛苦的過程。他感覺肺快要爆炸了，手逐漸無力。他感覺到女孩在他後面踢手踢腳，擔心她是不是已經溺水了。不過，至少他們是順流的。他用手拍擊拱道壁，以加快前進速度。

終於，他們在拱道的另一頭浮上了水面：她咳個不停，他則輕柔地笑著。他用手勾住她的脖子，用仰泳的方式在水道裡游了一段距離。當他判斷他們已經游得夠遠和夠安全，就帶著她，沿著斜斜的水道壁往上爬。爬上水道壁以後，他感覺到自己站在樹的陰影之中。他雖然筋疲力盡，卻是興高采烈，充滿了一股奇怪、痛苦的幸福感。他拯救了她。生平第一次，他做了件善事。但天又曉得，他這樣離開原有的道路而選擇歧路，會有什麼不測的後果等在前面？

四周有任何人嗎？他問。她張望了一下，搖了搖頭。有動物嗎？她再一次搖頭。他把他們的濕衣服晾在樹枝上。然後，在逐漸退去的微弱月光中，他像擁著一張絲棉被那樣沉入擁在懷中的她。她冰涼得像個甜瓜，有微微的鹽味，就像一條鮮魚。

當「歡樂之民」派出的三個探子發現他們的時候，盲眼刺客和女孩互相熟睡在對方的臂彎裡。三個探子粗暴地把他們搖醒，用勉強聽得懂的薩基諾姆語言盤問他們。而當他們發現男的是個瞎子，女的是個啞巴，都大感驚異。這一男一女是打哪來的呢？顯然不是城裡來的，因為城市的所有城門都關閉著。看來，他們是從天上下來的。

這樣說，他們一定是神的信使！三個探子的態度馬上變得恭謹。他們讓盲眼刺客和女孩穿上已經晾乾的衣服，又讓他們騎上一匹馬，要帶他們去見「歡愉之僕」。盲眼刺客知道，這時最明智的，就是不要多說話。他以前就約略聽過若干有關「歡樂之民」的事，也知道他們相信有神的信使這回事。於是，他努力去記憶他以前聽過的各種詭詞和謎語：「向上的路就是向下的路」[5]，什麼東西是早上四條腿、中午兩條腿、晚上三條腿？有什麼是黑白兩色而又一片鮮紅？

這不合理，辛克龍星人哪來的報紙。[6]有道理。這個刪掉。再來一個：有什麼是比上帝更有力量，比魔鬼更邪惡，而且是窮人擁有、富人闕如的？

這個謎語可新鮮。

猜猜看。

5　這是古希臘哲學家赫拉克利圖說過的話。後人對其意涵莫衷一是。

6　「報紙」是上述謎題「有什麼是黑白兩色而又一片鮮紅的」謎底，報紙之所以「一片鮮紅」，是因報紙總是滿篇血腥新聞。

我放棄。

答案是沒有。

她想了一分鐘才明白為什麼。

騎在馬上的時候，盲眼刺客一手環抱著女孩，心裡盤算該怎樣保護她。他有一個主意，從絕望中產生出來的奇想，雖然是奇想，卻說不定行得通。他打算承認他們確是神的信使，但跟以前的信使不同，他們是兩人一組。他負責接受神的信息，女孩負責解釋它們，而且只有她才有這個能力。她會用手語去解釋神的信息，但她的手語是什麼意思，卻只有他看得懂。他會補充說明，除了他以外，沒有男人可以觸摸女孩，否則她就會喪失解釋預言的力量。

好吧，今天就到此為止。我要打開窗戶了。

外面好冷。

我卻不覺得。這地方像個密室，我快悶死了。

她摸了摸他的額頭。我想你發燒了，我可以到藥房去給你……

不用，我從來不會生病。

你怎麼回事？為什麼你一臉憂心忡忡的樣子？

我沒有憂心忡忡。我從來不憂心些什麼。我只是不再相信我那些所謂的朋友。

為什麼？他們做了什麼？

有做什麼就好了，他說，問題就在他們什麼都沒做。

《名流雜誌》，一九三六年二月號

多倫多頭條花絮

約克／撰文

在一月中旬舉行於皇家約克大飯店的慈善化裝舞會上，嘉賓如雲，各種異國情調的服裝目不暇給，讓人歎為觀止。這個為城中區孤兒院募款而舉辦的化裝舞會，今年的主題是「上都」（本篇中引號內的字詞都是〈忽必烈汗〉一詩中提到的地點或詩句），在溫納德先生的巧手布置下，三個奢靡的舞廳被轉化為「富麗的歡樂宮」，其金碧瑰麗，直追當年忽必烈汗熠熠生輝的宮廷。來賓穿的都是東方國家的服裝，各打扮成君主、嬪妃、僕役、歌舞女郎、商人、苦行者、士兵或乞丐，不一而足。所有來賓全輕快地環繞著壯觀的「神河阿爾浮」噴泉翩翩起舞，其上方的一盞聚光燈，為泉水染上深具酒神節色彩的一片紫色。

曼妙的舞步除蹁躚於三個舞廳外，還蔓延到兩個緊鄰的花園遮蔭棚架下面。每個舞廳裡各有一支爵士樂隊，演奏出如「天籟般的悠揚樂韻」。我們並沒有聽到「祖先預言戰爭的聲音」，因為一切都只有甜美和諧四字可以形容。這一點，我們必須對舞會發起人溫妮薇德．葛里芬．普里歐夫人的費心費力致以最高謝意。當天晚上，她身穿令人迷醉的猩紅和金色華服，裝扮成來自拉賈斯坦的公主。列名接待委員名單上的尚有打扮成阿比西尼亞姑娘的艾莉絲．查斯．葛里芬夫人，身穿紅色旗袍的奧利維．麥克唐納夫人，和身穿洋紅色蘇丹女裝的于格．希爾特夫人。

《盲眼刺客》冰封的異形

現在他住在另一個地點了，是位於鐵路平交道附近的房間，樓下是一家五金店。從他的窗戶，可以看得見樓下陳列的若干扳手和鉸鏈，手工並不好。但這四周沒有什麼稱得上好的東西。砂礫在風中飛舞，紙屑隨地翻滾，人行道上積著由雪結成的厚冰，滑溜凶險。

火車在一段距離外嗚咽，汽笛聲拖得遠遠、遠遠的。他可以跳上其中一輛，只不過要冒些風險：你說不準什麼時候會有人在鐵路上巡邏。不過，除了這個，讓他裹足不前的還有一個原因（面對現實吧）：因為她。儘管她就像火車一樣，總是遲到，總是稍作逗留就說拜拜。

他的房間位在三樓，有獨立的後樓梯可通，除了住隔壁間那對年輕夫妻和他們的小寶寶以外，他不會在後樓梯碰見誰。但他碰到他們的機會少之又少，因為他們總是起得很早。這並不代表他們早睡。每天深夜，當他試著工作時，就會聽到隔壁傳來天搖地動的聲音：粗重的喘息聲，床鋪搖晃的吱嘎聲，就彷彿他們是沒有明天的人。他常被這種聲音弄得發瘋。你一定以為如果小嬰兒哭了，他們就會打住，錯了，他們會繼續馳騁下去，但至少動作會加快一點。

有時候，他會把耳朵貼在牆上聆聽。那種感覺就像風雨大作時把耳朵貼在舷窗上。所有人在晚上都原形畢露，他想。

這個房間是由一個大房間隔成兩間，這也是為什麼牆壁會那麼薄。空間狹窄而冰冷，窗框周圍常捲拂著一股微風，任由電暖爐怎樣嗡嗡響，都不會讓人有暖意。馬桶在不起眼的角落，被陳年的尿垢和鐵鏽染上一層毒物般的橘色。淋浴間是用鋅片隔出來的小間，掛著髒兮兮的浴簾，蓮蓬頭滴下來的水滴，冷得像女巫乳頭。床是默菲床[7]，不過安裝得很差，每次他要扳它下來，都得費上九牛二虎之力。每一樣東西都黯淡無光，就像是蒙上一層煤灰。

不過，跟他被逮到後會送到的地方相比，這裡已是王宮。

他已經疏遠了他的朋友。他沒有留地址給他們。辦一本護照根本用不著這麼久（他要求的是兩本）。他覺得，他們是故意讓他走不了：如果有另一個更有價值的成員被抓到，他們就會拿他來交換。他們會犧牲他並不足為奇，因為他從來未能完全符合他們的標準。他固然是同行者，但卻從來不肯走得夠快和夠遠。他們不喜歡他的學識，不喜歡他的懷疑主義，誤以為那是反覆不定的表現。**甲是錯的不代表乙就是對的**，他曾經這樣說過。他們一定已經把這句話記錄了下來，作為日後的參考。他們有每個成員的忠誠小檔案。

又也許，他們是想找個人當烈士。等他被吊死，照片被登在所有報紙上以後，他們就會對外透露一些他無辜的證據，激起人們一些正義的憤怒。**看看我們的司法系統幹了什麼？完全是謀殺！毫無公理正義可言！**這就是他們想的，他的同志。就像下棋一樣，他是被犧牲的卒子。

他走到窗前，向外張望。冰柱掛在窗子的外面，反射著屋頂的棕褐色。他想著她的名字，覺得這名字被一股電磁氛圍圍繞著，就像藍色霓虹燈光暈般的性感氛圍。她現在人會在哪裡呢？不會在計程車上，至少不會坐計程車一路坐到這裡，她是個聰明人。他凝視著電車站，希望某輛電車開啟的車門會突然跨出一條腿，穿著上等毛絨褲和高跟靴。踩著高蹺的騷貨。他為什麼會有這樣的聯想呢？換成任何別的男人這樣講她，他一定會狠狠揍那個王八蛋一頓。

他預期她將會穿著毛皮大衣。他會拿這個來奚落她，會叫她不妨在床上也全程穿著它。他就是愛自找麻煩。

上一次，他看到她大腿上有瘀青。他但願是他弄的。**怎麼回事？沒什麼，我自己不小心撞到門的。**她說謊時他總看得出來，至少他自以為看得出來。但自以為聰明有時會是陷阱。以前一位教授說他的智力鋒利得像鑽石，他聽了只覺得飄飄然，但現在回想起來，這話卻可以有別的解釋。鑽石無疑是銳利和閃亮的，但它的閃亮，卻是反射自別的光源。如果處在漆黑中，它就了無光澤。

為什麼她還會來呢？她把這個當成祕密遊戲嗎？她看來是想從他這裡找到愛情故事，女孩都是這樣，至少像她那樣還希望人生有什麼意義的女孩是。不過也許還有別的可能。可能是她報復、施行懲罰的方法。女人有許多傷害別人的古怪辦法。其中一種方法是傷害自己，另一種

---

7 可以摺起藏在牆壁裡的床。

則是悄悄傷害對方，讓對方受到傷害而不自知，要過好一段時間才發現。到時這個被傷害的男人就會不舉。儘管她的眼眸很清澈，但有時，他卻會從她的眼眸裡瞥見複雜和混濁的眼神。

最好還是不要在她不在場的時候胡思亂想。等她來到這裡再說。到時，他可以根據她的言行再作判斷。

房間裡有一張橋牌桌和一把摺疊椅。他走到橋牌桌前坐下，對十根手指呵了呵氣，把一張紙插入打字機的捲筒裡。

在瑞士阿爾卑斯山的一處冰川（地點也不妨是落磯山或格陵蘭），有一支小型探險隊發現了一艘太空船，被嵌在透明冰面的下面。這太空船的外形像個秋葵莢：前段胖胖的，尾端尖尖的。太空船船身發出古怪光芒，直透冰面。光芒是什麼顏色呢？最好是綠色，但要帶一點點黃色，就像苦艾酒的顏色。

探險隊員動手把冰融化。用什麼工具好呢？要說他們身邊湊巧帶著焊槍，還是說他們砍下附近一些樹木，生了火？如果是後者，那背景還是移到落磯山脈為宜，格陵蘭則完全不用考慮，因為格陵蘭沒有樹木。不過，也許可以說他們是靠一塊巨大的水晶把冰融化，因為水晶可以折射陽光，形成高熱。童子軍不就是用這個方法生火的嗎？（他當過短時間的童子軍。那時，他和一夥童子軍男孩喜歡背著團長，用放大鏡對著自己的手聚光，比誰能忍耐的時間最長。他們還用這種方法點燃過松針和丟棄的衛生紙。）

不，無端端哪來的巨大水晶？太沒說服力了。冰慢慢地融化。四個探險隊員對這個發現的態度截然不同。X（蘇格蘭人）主張不要理會這艘太空船，認為可能會帶來不測的後果。但Y（英國科學家）卻認為，這個發現可以讓人類的知識寶庫更形生色。另一個成員Z（美國人）則認為，這是個可以讓他們變成百萬富翁的機會。至於B（她是個女的，有一頭金髮），則說這樣做好刺激。B是俄國人，被認為相信自由性愛那一套。雖然X、Y和Z三個人都還沒有去求證這一點，但都躍躍欲試。

他在剛開始總是喜歡用字母來稱呼他的角色，稍後再把名字補進去。他取名字的靈感來源，有時是電話簿，有時是墓碑。他給女主角取的字母一律都是B，因為既可以指傻瓜（Bird Brain）、也可以指大胸脯（Big Boobs）或金髮美女（Beautiful Blond）。

B獨自睡一頂帳篷。她老是搞丟自己的連指手套，而且老是違反規定夜裡出外遊蕩。她會讚嘆月亮的美麗或狼嚎的動聽。她喊雪橇狗都是用小名，會用兒語跟牠們說話，又主張（儘管她對外宣稱她信奉的是科學的唯物主義）這些狗也是有靈魂的。但具有蘇格蘭人杞人憂天性格的X卻不喜歡B跟狗太親近，他擔心哪一天探險隊因為遇到意外狀況而糧食不濟，需要殺狗為食的話，B對狗的感情會為他們帶來一點點麻煩。

當豆莢形太空船四周的冰塊全融化，四個探險隊員發現，太空船的船身是用一種地球沒有見過的超薄合金製成的。不過，他們並沒有太多時間去研究這種金屬，因為才幾分鐘的時間，太空船就蒸發了，僅留下一股杏仁的味道（也可以考慮把杏仁改為廣藿香，或焦糖，或硫磺，或氫化物）。

當太空船蒸發以後，一個人形生物就出現了，顯然是個男性。他身穿顏色像孔雀羽毛般藍中帶綠的緊身衣，透著像甲蟲翅膀般的光澤。不，這些形容詞太像是童話故事，應該改為：他身穿顏色像瓦斯火焰般藍中帶綠的緊身衣，透著像汽油灑在水面般的光澤。外星人仍然被包裹在一層冰裡面，這層冰，當初顯然是凝固在太空船的船艙裡。他有淺綠色的皮膚、微尖的耳朵、薄而有力的雙唇和一雙大眼。這雙大眼是張開的，而且像貓頭鷹的眼睛一樣，瞳孔占去大部分的面積。他的頭髮是深綠色的，盤旋上髻，在最上方形成小尖。

不可思議。來自外太空的生物。天知道他待在這裡多久了？幾十年？幾百年？幾千年？

他顯然已經死了。

該把他怎麼辦呢？大家的意見莫衷一是。X主張擱下這個外星人不管，馬上離開，再通知有關方面；Y主張就地把包著外星人的冰塊融化（不過其他人提醒他，這樣的話，外星人可能會像太空船一樣蒸發掉）；Z主張把外星人用雪橇運到最近的城市，用乾冰包裹，再放出消息徵求買主，價高者得。B則指出，雪橇狗已經流露出不安的情緒，而且會嗚咽（但沒有人理會她說的這個，認為這只是女人家的神經過敏）。大家始終沒有討論出結果，最後，因為天色已暗，而北極光也已經出現，大家決定先把外星人暫置B的帳篷裡，B則和大家睡另一頂帳篷，又決定大家晚上輪流看守外星人，每人四小時。至於最後要怎樣處置他，則等明天早上再抽籤決定。

在X、Y、Z負責值夜的時段，一切正常。最後輪到的是B。臨睡前她曾說過她有不好的預感，但因為她常常說這一類的話，所以大家並不當一回事。被Z叫醒後，B伸了個懶腰，爬出睡袋，穿上外出服，走到放置外星人的帳篷坐下看守。搖曳的燭光讓她昏昏欲睡。她驚奇地發現，眼前這個綠色外星人的雙眉還滿性感的。終於，她低下了頭，睡著了。

一等她睡著，冰中的外星人開始發出光芒，光先是柔弱，漸漸轉為強烈。水流過帳篷的地板。最後，冰完全融化了。本來躺著的外星人坐了起來，然後站了起來。他悄無聲息地走近睡著的B。他頭上的深綠色頭髮本來是一卷卷的，此時全都伸張開來：那根本不是頭髮，而是一根根的觸鬚。其中一根觸鬚捲住了B的脖子，另一根捲住她豐滿的胸部，第三根捲住她的嘴巴，讓她不能發聲。B驚醒了過來，就像是從惡夢中驚醒過來。但她隨即發現，她並不是從惡夢中驚醒，而是身處惡夢之中：外星人的臉離她只有咫尺，而冰冷的觸鬚則勒得她完全動彈不得。他凝視著她，眼神中充滿赤裸裸的慾望。從來沒有男人曾經用那麼熾烈的眼神凝視過她。她掙扎了一下子就放棄了。

她根本沒有選擇的餘地。

綠色的嘴巴張開，露出獠牙。獠牙向著她脖子接近。他愛她愛得太甚，以至於非要把她同化不可；他要讓她成為他的一部分。她知道他的心思，因為他各種異能的其中之一就是傳心術。**來吧**，她輕嘆說。

他為自己捲了另一根菸。難道他就要讓B這樣被吃掉嗎？還是應該讓雪橇狗掙脫拴繩，衝入帳篷，把異形的一根根觸鬚咬爛？又還是寫某個隊員在千鈞一髮之際救了B？如果這樣，他喜歡讓那個冷靜的英國科學家Y當救美的英雄。Y要救B，免不了要跟異形來一場激烈打鬥。這個好，有賣點。**真是愚不可及，你知道我可以傳授你們多少知識！**異形在死前用傳心術這樣對Y說。他的血跟人類的顏色不同。橘色會不錯。

又也許，可以寫異形不是要吸B的血，而是要把自己的血注入她體內，讓她變成像他一樣的綠色異形。他們倆會把其他隊員像果醬一樣壓碎，把雪橇狗斬首，然後開始征服世界的大業。富有暴虐的社會將被摧毀，善良的窮人將獲得自由。**我們是上帝的連枷**[8]，他們會這樣宣布。他們會從附近的五金店搶來扳手和鉸鏈，憑著外星人的知識製造死光槍。有了死光槍，又有誰敢不乖乖聽話？

又也許，異形不是把自己的血注入B的身體，而是整個人植入到她的身體裡面！之後，他本來的身體就會像葡萄乾枯一樣慢慢皺縮，最後化作一縷煙，不留下一絲痕跡。第二天早上，當三個男隊員走入帳篷的時候，只見B揉搓惺忪的睡眼，一臉茫然。**我不知道發生了什麼事**，她會這樣說。大家開始懷疑，他們發現外星人這件事，是不是只是幻覺。**一定是北極光在作祟**，他們說，**它會影響人腦的運作**。他們將不會注意到B的眼神裡閃爍著異形那種超智慧的綠色光芒，因為她的眼睛本來就是有點綠的。但狗卻會察覺出B的氣味已經變了，不再是牠們的朋友。牠們會豎起耳朵狂吠。**這些狗到底怎麼搞的？**

接下來的發展，有好幾種可能的方式。但總離不開打鬥、獲救和殺死異形這個公式。

為什麼他要絞盡腦汁拼湊這種垃圾呢？因為不這樣，他就會一文不值，非得冒險去找工打不可。再說，他寫這個，也是因為他有天分。並不是每個人都有這方面的才能：很多人嘗試後都失敗了。他一度有過更大的雄心壯志，想寫些嚴肅一點的東西：一部如實描述一個人一生的小說。他想要藉這部小說，深入低層社會的人生，寫那些為麵包流血流汗卻吃不飽的工人，寫廉價妓女的血淚辛酸，探討暴力行為和貧民窟的罪行，揭露社會機器的運作方式和殘暴不仁。

只不過，一般工人是不會讀這一類東西的——哪怕他的同志都認為工人天性善良高尚。他們喜歡的是便宜貨和節奏快的故事，最好是有若干奶子和屁股。但你可不能把奶子和屁股這些字眼直接用上，頂多只能說胸部和臀部。廉價雜誌都是出了名謹慎的——也許不是謹慎，它們只是不想被查封罷了。

他點上另一根菸，踱了幾步，走到窗前張望。雪被煤渣染黑了。一輛電車嘎嘎地開過。他轉過身，又踱了起來，組織腦子裡的字句。

他看看錶：她又遲到了，看樣子，她是不會來了。

8 一種打穀物的器具。

第七部

扁行李箱｜火坑｜寄自歐洲的明信片｜蛋殼帽｜迷醉｜陽光海灘｜上都

扁行李箱

一個人想要能寫出事實，前提是他要肯定他寫的東西永遠不會有人讀到。不只是別人不會讀到，更是自己日後不會有機會重讀。否則，他就會找辦法給自己開脫。他會看到文字從右手源源不斷流出，又不斷被左手擦拭掉。

昨天我收到包裹：一本新版的《盲眼刺客》。出版社寄這本贈書給我，只是出於禮貌，不會有版稅。這本書現在已經是公共財產，誰想印它都可以。這就是任何作者在過世若干年後都會發生的事：失去控制權，書會在外頭被複製成天曉得幾種版本。

阿爾特米西婭出版社。從這出版社的名字觀之，經營者大概是一幫女人。我好奇他們心目中的阿爾特米西婭，是哪一個阿爾特米西婭？是希羅多德[1]筆下那個臨陣脫逃的波斯女將軍嗎，還是那個把丈夫骨灰吃掉好讓自己成為丈夫活墓的羅馬貴婦人？但我猜八成是指文藝復興時代那個遭強暴的女畫家，她是如今唯一被人記得的阿爾特米西婭。

出版社曾經請我寫序，但我當然拒絕了。

書現在放在我的廚桌上。書名下面用斜體寫著一行字：二十世紀被忽略的傑作。摺頁的介紹文字裡說蘿拉是個「現代主義者」，又說她受到了朱娜・巴恩斯、伊麗莎白・斯馬特和卡辛・麥卡納斯等作家的影響。但就我所知，蘿拉沒有讀過他們任何一個人的書。封面的設計倒是不壞：底色是由深漸淺的深紫色，畫著一個穿著長襯裙的女人站在窗前，透過網眼窗簾凝望，臉被陰影遮住；她身後是個男人，但只看得到部分：一根手臂、一隻手和後腦勺。很切題。

我想，該是打電話給我的律師的時候了。嚴格來說，他並不是「我的」律師。我合作過的那一位，二、三十年前就死了，他是為理查處理商業上的法律事務的，後來曾代表我跟溫妮薇德打官司——雖然最後輸了，但表現堪稱英勇。他死後，我的事務在該律師事務所被不同律師轉手，就像作為結婚禮物的銀茶壺那樣，一代傳一代，卻沒有人真正用過。

「請找史克斯律師，謝謝。」我對接電話的女孩子說，我猜她應該是個接待員之類的。我想像，她的指甲一定是塗成栗色的，又長又尖。不過，說不定現在的女接待員都不留這種指甲了。現在流行的大概是冰藍色。

「抱歉，史克斯律師正在開會。可以請問您是哪一位嗎？」

我覺得他們改用機器人來接電話其實沒有兩樣。「我是艾莉絲・葛里芬夫人，」我用我最

1 古希臘大史家。

有說服力的聲音說，「是他的老客戶之一。」

但這一招並不管用。史克斯律師還是正在開會。看來，他是個事情很忙的小夥子。但我為什麼把他想成小夥子呢？他現在一定已經五十多歲了，說不定就是蘿拉死的那一年出生的。蘿拉真的死了那麼久了嗎？竟然久得讓一個律師長大成熟？這一定是真的，因為大家都是這樣認為，哪怕我認為未必。

「您有什麼事需要我轉告史克斯律師嗎？」

「有關我的遺囑，」我說，「我最近打算立一份遺囑。他一直勸我這麼做（這是謊話，我只是要讓她覺得我和史克斯律師很熟）。我過不久有事要到多倫多一趟，打算屆時順道去找史克斯律師。也許請他有空的時候回我電話。」

「當然，葛里芬夫人，」女接待員說，「我會轉達給史克斯律師的。」她們一定都受過專業訓練，能夠把體貼和鄙夷融合得恰到好處。但我有什麼好不滿的呢？這不是我過去一度擅長的嗎？

我知道，史克斯律師收到這個口信時，一定會搜索枯腸，好不容易才想起葛里芬夫人是誰，然後眉毛一揚，心想：這個老太婆還能有什麼留下來的？

真的，到底還有什麼是我值得在遺囑裡提的呢？

在我廚房的一角放著個扁行李箱。它是用來裝我的嫁妝的眾多行李箱之一，是小牛皮造的，新的時候是黃色的，如今則是灰暗無光，包邊的鐵皮鏽跡斑駁。我一直把它鎖著，鑰匙則扔進裝滿麥麩的密封廣口瓶裡。放在咖啡罐或糖罐裡就太顯眼了。

我使盡吃奶之力才扭開了廣口瓶，取出鑰匙。然後，我有點吃力地跪在地上，把鑰匙插進扁行李箱的鎖孔。

我沒有打開它已經有好些日子。蓋子一打開，一股舊紙張的味道就撲面而至。裡面放著的東西，包括一疊老舊的廉價作業簿，封面粗糙，就像被壓扁的碎木屑。還有《盲眼刺客》的打字稿，用繩子以十字形綁著。我寫給出版社的信和校對稿也在裡面。再來就是那些聲討我的來信，但不是全部，因為後來收到的那些我沒留著。

扁行李箱裡還放著五本初版的《盲眼刺客》。書衣滿是灰塵，但還保持簇新狀態。封面設計俗豔（二次大戰後那些年頭的封面設計都是如此），以鮮黃、暗紫和橙綠色為底色，畫著個相當嚇人的人物：一個埃及豔后般的女人，有著漲鼓鼓的綠色胸部、畫了黑眼圈的眼睛和噘起的橘色大嘴唇，脖子上掛著條垂到肚臍的紫色項鍊。書頁已經腐蝕，而封面也褪色得像熱帶鳥類標本的羽毛。

（我一共收到六本贈書，但給了理查一本。我不知道它後來命運如何。我猜理查應該會把它撕得稀爛，這是他對待不喜歡的文件的一貫方式。不，我記起來了。他沒有把書撕爛，因為在船上發現他屍體時，書就放在桌子上，他頭的旁邊。溫妮薇德後來把書寄回來給我，上面附著便條紙：看看妳幹了什麼好事！我把書扔掉。我不想讓任何理查碰過的東西出現在我身旁。）

我一直納悶該拿扁行李箱裡的東西怎麼辦。我下不了決心把它扔掉。但如果我不處理，最後就會落在蜜拉手裡。而我相信，如果她拿起行李箱裡的東西閱讀的話，那麼在驚愕過後，她一定會把它們撕成碎片，然後再點燃火柴，加以燒掉。沒有比這更明智的了。她會把這種做法解釋為忠誠，就像蕾妮以前會認為的那樣。家醜不外揚是過去的信條，並一直維持到今天。何苦在事隔那麼多年，當所有涉及其中的人都已經就木以後，重新掀起塵埃？

也許我應該把行李箱留給一家大學或圖書館。他們至少會重視裡面的東西，儘管是像食屍者對死屍的重視。不少學者肯定會想染指這些舊紙堆。資料，他們會這樣稱扁行李箱中的東西，那是他們對戰利品的一貫稱呼。在他們的想像裡，我一定是個乖戾的老太婆，腰上掛著大串鑰匙，看守著地牢，而蘿拉就被鐵鍊鎖在地牢的牆壁上。

有好些年，他們的信如雪片般飛來，想向我要一些蘿拉的私人書信、手稿，或要求我告訴他們一些蘿拉的往事和軼事，反正一切有關她的細節，他們都感興趣。而對這些要求，我一律都不客氣地回絕：

「親愛的W小姐：在我看來，妳計畫要在蘿拉．查斯意外墜橋的地點搞『表揚儀式』的構想，沒有品味，也很病態。我想妳一定是頭殼壞掉，而我相信，這是妳得了自體中毒[2]造成的。不妨試試灌腸劑。」

「親愛的X女士：承蒙妳把博士論文題目告訴我，但我覺得妳的題目甚為費解。我想，倘若妳不是個同樣費解的人，斷不會想出這樣的題目。我無法給予妳任何幫助。妳也不配得到這種幫助。妳所說的『解構』，讓人聯想到的是拆房子的大鐵球，而妳所謂的『問題系化』[3]根本構不成一個動詞。」

「親愛的Y博士：有關你對《盲眼刺客》一書神學蘊涵的關心，我能說的是，我妹妹固然是信仰堅定的人，但她的信仰，絕不是一般人所說的宗教信仰。她並不喜歡上帝或是贊同上帝或是自稱了解上帝。她是說過她愛上帝，但她說的愛，和一般所謂的愛完全是兩回事。不，她不是佛教徒。別蠢了。我建議你去學學怎樣閱讀。」

「親愛的Z教授：我已經提過，為蘿拉寫一本自傳的計畫是不合時宜的。到底蘿拉是不是如你所說，是『二十世紀中葉最重要的女作家之一』，我不知道。但我知道，你希望我為『你的研究計畫』提供協助，是痴心妄想。我可不會去滿足你對死人骨頭的飢渴。

2 醫學名詞，指由體內產生的代謝物引起的中毒。
3 「解構」、「問題系化」等都是解構主義文學批評的用語。

蘿拉並不是你的『計畫』，而是我的妹妹。她不會希望死後還會被人東翻西弄，不管是多冠冕堂皇的理由。只要是白紙黑字寫成的東西，都有可能會導致很大的傷害，只是人們通常都不會管這個。」

「親愛的W小姐：這已經是妳就同一件事情寫來的第四封信了。別再煩我了，妳真是夠了。」

有十幾年時間，我都以寫這種刻薄的回信為樂。每次把信投到郵筒，都覺得是投下了一枚手榴彈，可以讓那些最偏執的窺探狂噤聲。但後來我停止了回信。有什麼必要去刺激陌生人呢？而且，他們也不會當一回事。對他們來說，我只是附加物：是蘿拉另一隻既奇怪又多餘的手；這隻手並不依附在任何身體上，而它的唯一功能，只是把蘿拉傳遞給世界，傳遞給他們。他們把我視為一間貯藏室，一座活的陵墓——用他們的術語來說就是資料來源。那我何必要幫他們的忙？這些人都是撿破爛的，其中不少貪婪的人。他們只是把我當成一個垃圾堆，想從我這裡找到一些破銅爛瓦。如果他們真的懷疑我這裡有什麼寶的話，早就蜂擁而至，破門而入，理直氣壯地把我打昏在地，大肆搜掠一番。

不，我不要把東西留給哪一家大學。我不要讓他們撿到寶。

也許我的扁行李箱應該留給薩賓娜。儘管她刻意把自己封閉起來，且一直故意冷落我，但畢竟血濃於水。況且，這些東西是她應得的，甚至可以說是她應該繼承的，因為她是我的外孫女，而且又是蘿拉的外甥孫女。她不會不想知道自己的身世。

但薩賓娜無疑會拒絕這樣的禮物。她現在已是個成年人了。如果她想問我什麼，想對我說什麼，一定會讓我知道。

但她為什麼始終沒有來問呢？是什麼讓她遲遲不來呢？她的沉默是一種報復的形式嗎？如果是，那又是針對什麼事情和針對誰的呢？顯然不是針對理查，因為她從未見過他。那麼，是針對她媽媽，可憐的艾咪嗎？

但她能記得她媽媽多少事情呢？艾咪死的時候，她不是才四歲嗎？

艾咪的死並不是我的錯。

薩賓娜現在人在哪兒呢？又要用什麼方法才能找到她？在我的想像裡，她有點瘦，笑容有點猶豫，表情有點嚴峻，不過卻長得很漂亮，有一雙像蘿拉一樣又藍又肅穆的眼眸，一頭長黑髮像條熟睡的蛇般盤捲在頭上。她應該不會戴面紗，應該會穿著實用的涼鞋，甚或靴子，而底部都磨蝕得厲害。她會披一條紗麗[4]嗎？她那一類的女孩都喜歡。

她總是忙於各種使命，像是救濟第三世界的窮人或安慰垂死的人之類的，彷彿是要為其他

4 印度婦女的主要服裝。

的人贖罪。不過她這些努力注定是徒勞的，因為我們的罪是個無底洞。但我曉得，她如果知道我這樣想，一定會說，上帝就是喜歡人做徒勞無功的事，因為在祂眼中，那才叫高貴。

在這方面，她遺傳了蘿拉的基因：她們都同樣傾向絕對主義，同樣的拒絕妥協，同樣鄙夷人性弱點，認為只有遠離這些弱點，人才能保持漂亮。不過，這說不定只是剛愎自用的表現。

火坑

天氣還是溫暖的異常。溫和、乾爽而晴朗。往年，這個月份的太陽都會蒼白而稀薄，但今年卻飽滿而醇和。氣象頻道說，這樣的天氣，是因為某件發生在遠處、塵埃蔽天的災難導致的。是地震？還是火山爆發？播報員沒說。不管是什麼，反正都是上帝又一次的殺戮舉動。沒有烏雲不帶銀邊[5]，人們愛說。但也沒有銀邊是不帶烏雲的。

昨天，華特載我到多倫多去見律師。如果能不去，華特是絕不會願意去多倫多的。我本來跟蜜拉說我打算自己坐巴士去，但她卻怎樣都不答應。她說，到多倫多的巴士都是晚上出發，晚上回來，如果我在晚上下車，就很容易會被摩托車撞倒，像蟲子一樣被輾扁；況且，我也不應該一個人到多倫多，因為眾所周知，那是個充斥罪犯的地方。有華特跟我一道，可以保護我。

華特此行戴了一頂紅色棒球帽。在帽子後沿和夾克衣領之間，他像長著剛毛的頸背微微鼓起。他的眼皮滿是皺紋，就像膝蓋。「我本來要開小貨車的，」他說，「它結實得像磚砌的廁

5 這句俚語的意思是「黑暗中總有一線光明」。

所，任何王八蛋敢撞過來以前都會三思。不過目前它缺了幾根彈簧，坐起來會有點顛簸。」在他看來，多倫多的駕駛人全是瘋子。「我說，只有頭殼壞掉的人才會到那裡去。同意嗎？」

「我們正要往那裡去。」我說。

「但就這一次。就像我們從前愛對女孩子說的，一次不能算數。」

「她們相信你嗎？華特。」我用話套他，而他也喜歡被套。

「當然信，她們笨得像黃瓜，特別是金頭髮那些。」他咧齒而笑。

結實得像磚砌的廁所。從前，這話是用來恭維婦女健壯的。在那年頭，不是家家戶戶都有磚砌的廁所，一般人家的廁所都是木板搭建，單薄易倒而臭氣外逸。

他一把我扶上車和繫好安全帶，就扭開收音機。傳來如泣如訴的電子小提琴音樂聲，是讓人心碎的四拍子愛情舞曲。無病呻吟的痛苦，但仍然是痛苦。在娛樂業的牽引下，我們全都成了偷窺狂。我靠在蜜拉為我準備的枕頭上（她為我們準備的東西盡夠我們遠洋：膝毯、鮪魚三明治、核仁巧克力餅和一保溫壺咖啡）。窗外，尤格斯河懶懶地流淌著。我們過河以後向北拐，經過幾條街。從前，這幾條街的平房都是工人宿舍，如今則成為首次買屋者的新居。再過去是一些小生意：拆車場、快倒閉的健康食品賣場、矯形鞋批發店（它有綠色的霓虹招牌，閃爍著一隻不斷原地踏步的腳）。接著是小商場，共有五家店面，但只有一家掛上聖誕燈飾。然後就是蜜拉做頭髮的美容院：「髮港」。櫥窗上貼著一個理平頭的人的照片，他是男是女我不敢說。

然後是一家汽車旅館，從前的名字是「旅途終點」。我想，這名字意指「情侶赴幽會地點的旅途終點」，不過，這當然不會是人人都聯想得到的。它更可能會讓人有不祥之感，以為這旅館是只有入口沒有出口的，以為它的房客都是些患有動脈瘤或腦血栓的病人。現在，店名已簡化為「旅途」，這是個明智之舉。旅行比到達要讓人快意得多。

我們開過了好幾家連鎖快餐店——一面店招畫著幾隻笑吟吟的雞端著一盤炸雞塊，一面店招畫著個樂呼呼的墨西哥人，手中揮著玉米捲餅。接下來是本鎮的貯水塔，樣子像個水泥大泡泡，是郊區常見的景觀之一。我們已經進入了開闊的郊野。一個草料塔像軍艦司令塔般佇立田間。路旁，三隻烏鴉正在啄一頭土撥鼠毛茸茸的身體。籬笆又籬笆，更多的草料塔，一群濕答答的牛；一排深色的雪松，一片沼澤，夏天盛開的蘆葦已經乾枯，參差不齊。

天開始下起毛毛雨。華特啟動雨刷。在它們來回擺動的催眠聲中，我不知不覺睡著。

醒來後，我首先想到的是：我有打呼嗎？如果有，我是張大嘴巴打呼的嗎？真難看，真丟人。但我又不敢問華特。人的虛榮心是無底的。

車子開在八線道的高速公路上，快到多倫多了。這是華特告訴我的：我自己什麼都看不見，因為我們的車子緊跟在一輛大貨車後頭。大貨車左搖右擺，禽籠堆得老高，裝著要送到菜市場去的白鵝。牠們長長的脖子從籠欄探進探出，嘴巴一開一合，發出悲鳴，但聲音被車輪輾地聲淹沒。有些鵝毛黏到了我們的擋風玻璃上，車內瀰漫著鵝屎味和汽油味。

大貨車後面貼著警示語：「看得見這行字就表示你靠得太近」。當它終於轉開，多倫多已近在眼前——一座由玻璃和水泥築成的人工山脈，它從平坦的湖邊平原拔地而起，漂浮在橘色的煙霧中，插滿一座座水晶尖塔和刀鋒般的方尖碑。我以前從未看過這樣的多倫多，懷疑它是不是在一夜之間長出來，或者只是海市蜃樓。

一片片黑影從我們旁邊飛過，就像前頭有一墩紙張在悶燒。空氣中震動著熱量，就像憤怒。我聯想起電影裡那些一面開車、一面向窗外開槍的畫面。

律師事務所位於國王街與灣街交界附近。華特先是迷了路，後來又找不到停車位，最後只能停在五條街之外。一路上華特都攙扶著我，我根本不認得我在哪裡，因為這個城市的一切都改變了許多。我每來一次，這城市都變得不一樣，就像它曾經在空襲中被夷為平地，然後重建。

我記憶中的市中心是死氣沉沉、喀爾文教派調調的：男人穿著深色大衣在人行道上一板一眼行走；只偶爾會出現一名婦女，一律是穿著標準高跟鞋、戴著手套和帽子、手袋夾緊腋下，眼睛直視前方。這樣的景象已經一去不返。多倫多不再是個新教徒的城市，而是一個中世紀的城市：街上五彩繽紛，人頭攢動，人們衣服顏色鮮豔。有撐著黃色遮陽傘的熱狗攤子，有賣椒鹽脆餅乾的，也有賣耳環、編織袋子和皮革皮帶的攤販。還有胸前掛著「失業」牌子的乞丐，而他們又各有各的地盤。我從吹長笛的人身邊走過，又看見彈電吉他的三人組，還有一個穿蘇格蘭短裙的男人在吹風笛。我隨時隨地都可能碰上玩雜耍的、吞火的，或看到戴兜帽、搖鐵鈴的痲瘋病人遊行隊伍。到處都一片吵雜，彷彿有一部光怪陸離的電影如油般沾附在我的眼鏡上。

好不容易，我們終於走到律師事務所。我第一次到這家律師事務所是在四〇年代，當時它位於一棟紅磚的曼徹斯特式辦公大樓裡，大樓的門外有石獅子，大堂鋪著馬賽克瓷磚。電梯形如鐵籠子，門是交叉式的鐵欄柵，踏進去就像是暫時進了監牢。電梯由一個穿戴白手套的電梯小姐負責操控，每到一層樓，她就會喊出樓層數字（最高樓層是十樓）。

現在，律師事務所已經搬到一棟玻璃帷幕大樓的第五十層樓。華特和我走進閃閃發光、聞起來像汽車沙發的電梯。除我們以外，電梯裡擠滿了穿西裝的人，男女都有，全都面無表情，目光渙散，一望而知都是些短視近利的奴僕人才。事務所的接待室可以媲美五星級大飯店：到處都是插得滿滿的大花瓶，地上鋪著厚厚的蕈色地毯，牆上掛著幅昂貴、不知畫什麼的抽象畫。

律師來了，和我握了握手，喃喃說了些什麼，然後示意我跟他一起走。華特說他會在接待室裡等我。「不會太久的。」我說。但事實上，我所花的時間卻比我預期的要長，而這些律師又是按分鐘計費，就像低級妓女。我不斷期望著會有人敲門，然後用惱怒的聲音在門外說：妳還跟他耗什麼？讓那話兒起來，讓它進去，讓它出來[6]！

離開律師事務所回到車子上以後，華特說要帶我去吃午餐，他知道有一個好地方。我曉得，這一定是蜜拉對他千叮嚀萬交代的：看在老天的份上你一定要盯好她有沒有吃東西。他們這把年紀的人吃得比鳥還要少。他們從來不知道什麼時候能量會耗盡。如果她不吃些東西，說不定會餓死在車子裡。不過，說不定華特自己也餓了。在我睡覺那當兒，他已經把蜜拉細心為我們準備的三明治連帶杏仁巧克力餅全吃光。

華特說那便餐店叫「火坑」。他上一次來多倫多（大約兩三年前），就是在那裡吃東西的。他當時吃了特大號的漢堡。那裡的碳烤很出名，烤肋排尤其是一絕。

其實，這家便餐店，我十幾年前就去過一次。那是在薩賓娜第一次逃家又回家之後。那個時候，我常常會在放學時間在學校的附近徘徊，坐在公園長凳上，假裝看報，遠遠盯著她經過。

我希望她可以認出我，然後我會告訴她我不是別人說的那種人，告訴她我可以為她提供庇護所。我知道她會需要庇護所，因為我了解溫妮薇德的為人。不過，這樣的事從來沒有發生過，因為她從來不會正眼瞧我，而我也沒有上前表明身分。每次事到臨頭，我就會膽怯不前。

有一天，我跟蹤她一直跟蹤到「火坑」。我發現那是高中女生吃午餐或蹺課時愛去之處。門上的招牌是紅色的，窗子邊緣裝飾著黃色的捲雲狀塑膠泡泡，代表火焰。店家膽敢使用那個密爾頓式店名讓我震驚，他們可知道它可能會招來些什麼嗎？

熊熊火焰從天而降
帶來可怕的毀滅和騷亂。
火海無邊，
燃燒的硫磺永遠燒不完。[7]

不，他們不會知道的。「火坑」只是被烤肉類的地獄。

餐廳裡懸掛著帶彩色玻璃燈罩的電燈，給人一種六〇年代的感覺。那天薩賓娜和兩個同學在一起。我就坐她們旁邊的雅座隔間。她們都穿著那種制式校服：男式笨重上衣、領帶，質料像毯子的短褶裙。溫妮薇德一向認為，穿這種名校的校服，是高人一等的標記。三個女孩子竭盡所能地破壞在她們身上的校服：把襪子拉低、把兩三顆釦子鬆開、把領帶扭歪。她們嚼口香糖嚼得很起勁，就像那是她們必須履行的神聖義務，而她們的談話聲，也像她們年紀的女孩應有那樣子，令人生厭和故作大聲。

三個女孩都很漂亮，跟她們同年紀的女孩一樣漂亮。這種漂亮清新、飽滿，是無可避免，

6 這是句有性暗示的話，意指：讓它勃起，讓它插入，讓它拔出。
7 出自密爾頓（John Milton）的史詩《失樂園》。

也無法隱藏。但她們卻明顯不滿足於這種漂亮，千方百計去改變、扭曲、減損它，硬要把自己塞入一個不可能的、想像出來的模子裡。我不會怪她們，因為我在她們的年紀也是這樣。

她兩個同學都是金髮，只有她一個人黑髮，又黑又亮，就像桑椹。她並沒有認真聽同學在說些什麼，甚至沒有看她們。我看得出，在她偽裝的空茫眼神後面，閃爍著反叛的光芒。我認得那種傲慢、倔強、不屈的尊嚴，它們會一直隱而不露，直到收集到足夠的彈藥武器才爆發出來。小心背後啦，溫妮薇德，我很滿足地想。

薩賓娜並沒有注意到我，不，應該說她注意到我，卻不知道我是誰。她們三個會不時會瞄我一眼，然後竊竊私語和吃吃笑。我想她們笑的是我那頂過時得厲害的帽子。那一天，在薩賓娜的眼中，我只是個不顯眼的老女人，但還沒老到足以讓人注意。

她們走了以後，我去上洗手間。在廁所的牆壁上，寫著一首詩：

我愛達倫我愛他
他是我的非妳的
倘妳膽敢取代我
我會打爛妳的臉。

現在的年輕女孩要比從前直接坦率，但不懂得用標點符號還是不分軒輊。

當華特和我好不容易找到「火坑」的所在地，卻發現它的窗戶上都釘著木板，門上貼著告示。華特一臉茫然，在鎖起的大門前探頭探腦，就像是狗狗發現自己藏起的骨頭不見了。「看來歇業了。」最後他說。他雙手插在口袋裡，站在那裡好一陣子。「這裡總是變來變去，」他說，「讓人沒法跟得上腳步。」

尋尋覓覓了一會兒以後，我們在一家低檔小餐館安頓下來。店裡的椅子都是塑膠的，桌旁有點唱機，曲目包括鄉村音樂，以及少量披頭四和貓王的老歌，華特點選了貓王的〈傷心旅館〉（*Heartbreak Hotel*），我們一面聽歌，一面吃漢堡和喝咖啡。華特堅持要付帳：毫無疑問是蜜拉交代的。臨出門前，她一定塞了張二十元鈔票給他。

我只吃得下半個漢堡，剩下的一半由華特代為解決。他一張口就把半個漢堡吃掉，就像是把郵件投入郵筒。

出城的路上，我請華特載我到從前住過的房子去看看。我還完全記得路，但剛到達時，我卻不認得那就是我與理查的舊居。它的樣子仍然是方正而笨重，顏色仍然是深褐色，像杯又濃又苦的茶。不過，如今它的牆上卻爬滿了長春藤，而一度乳白色的木構造改漆成蘋果綠色。厚重的大門也漆成同一顏色。

理查討厭長春藤。搬來之初，這裡長著若干長春藤，但理查卻叫人把它們統統去掉。他說它們會伸入磚牆、爬入煙囪和招來囓齒動物。這時候的理查，還是個會為他想做的事找理由的人。

我隱約看到了當時的我：戴著草帽，穿著淡黃色的棉布洋裝，在從事園藝。那是夏天，我結婚後的第一個夏天；天氣很熱，地面硬得像磚頭。我會從事園藝，是溫妮薇德敦促的：她說我應該培養一種嗜好。她又幫我出主意，認為我應該把花園布置為岩石花園，她說即使我種不活別的植物，岩石至少還會在那兒。妳總弄不死石頭吧，她用開玩笑的語氣說。她派了三個她信得過的人過來，幫我挖地和鋪排石頭。

花園裡早已堆著一些石頭，是溫妮薇德訂來的。石頭有大有小，東一塊、西一塊，有些則像骨牌一樣堆疊著。我和三個工人一起站在石頭堆前面。他們戴著鴨舌帽，脫下夾克，捲起袖子，精神抖擻站在那裡，等待我的指示，但我卻不知道要指示些什麼。

那之前，我曾經雄心勃勃地想過，哪怕面對多麼不肯妥協的材料，我也要依自己的想法，弄出些成績。站在石頭堆前面的時候，我仍然這樣渴望。但我卻對園藝一竅不通。我很想哭，但只要一哭，一切就玩完了：如果你哭，信得過的人就會鄙夷你，從此變得不再信得過。

華特扶我下車，靜靜地等著。他只站在我後面一點點，以防我隨時會暈倒。我站在人行道上，望向房子。岩石花園還在那裡，但荒蕪一片。當然，這可能是因為正值冬天的緣故。但我仍然懷疑，到了夏天，除了無處不長的龍血草以外，它還能長出些什麼來。

車道上堆著一大堆廢棄物，裡面是些碎木頭和灰泥塊。顯然，翻修工程正在進行，要不就是這房子曾遭火災。二樓的窗戶都是破的。蜜拉說過，在多倫多，如果你任由房子空置，它就會淪為流浪漢的臨時住家，要不就是成為年輕人吸毒或舉行狂歡派對的地點。他們會在硬木地板上生篝火，堵塞馬桶，在水槽裡大便。他們還會偷走水龍頭、門把和任何可賣錢的東西。有些破壞則只是小孩子搞的惡作劇，他們這方面特別有天份。

房子看起來像是沒有主人，很像房地產廣告裡那些待估的房屋。它已看不出來曾經和我有過任何關聯。我努力回憶我穿著冬天的靴子，踩在乾雪上，步伐匆促地趕回家的樣子；我必須趕回家，因為我已經回來晚了；我一面走，一面在腦子裡編理由；我的心緒浮躁，我的呼吸急速，呼出一口又一口的水氣；我的手指溫暖而潮紅，新塗過口紅的嘴巴乾而澀。

起居室裡有座壁爐。以前，我和理查每晚六點都會拿著酒，坐在搖曳的爐火前面。那是他的馬丁尼時間。理查喜歡喝杯馬丁尼來為一天「作總結」（他自己這麼說的）。這個時候，他都習慣把手輕輕放在我的頸背上，一面作總結。「作總結」原是法律用語，是法官在把案子交給陪審團表決前對全案所作的綜述，那麼，理查認為他就是法官嗎？也許，但我不敢確定。因為他的想法常常都是我看不透的。

而這也是我們緊張關係的來源之一：他認為我不了解他，不能符合他的期望，並把原因歸咎為我的執拗和故意的不用心。事實上，我只是困惑，後來則是恐懼。隨著日子一天一天過去，他愈來愈不像是我丈夫，而愈來愈像是綁在我身上的粗大繩索。我每天都拚命想解開它，卻從未成功。

我站在房子面前，等待某種情緒的來襲，但卻什麼也感受不到。到底何者對我更糟？是感受到強烈情緒還是一點情緒都沒有？我也說不上來。

草坪的栗樹上懸掛著兩條腿，是女人的腿。有那麼一下子，我還以為它們是真的腿，是某個想逃出屋子的女人正從樹上攀爬下來。走近一看，才知道那只是一雙褲襪，裡面塞著衛生紙或內衣之類的。它是有人從二樓窗戶扔下來的（大概是開狂歡會的半路扔下），被栗樹纏到，懸在了那裡。

褲襪一定是從我從前臥室的窗戶被扔下來的。很多很多年前，我也曾經想過要從同一扇窗戶爬出，沿栗樹爬到地上。我會想像自己坐在窗台上，先把鞋子從腳上甩到下面的草地，然後身體微微一盪，一條腿踩到樹枝上，接著是另一條腿，再無聲無息地從栗樹往下爬。想歸想，我從來沒有這樣做過。

我每次都是這樣凝視窗外，猶豫著，思考著，對自己為什麼會變成現在的樣子茫然若失。

寄自歐洲的明信片

現在天都黑得很早，樹木變得蕭條，太陽像滾下坡一樣往冬至點滾去。儘管如此，冬天還不算真的來到。沒有雪，沒有雹，沒有咆哮的風。這個遲到的冬天，隱隱像個不祥之兆。暗褐色的寧靜瀰漫在四周。

昨天，我一路散步到歡慶橋。我聽說，歡慶橋已經生鏽腐蝕，結構變得脆弱，有可能會拆掉。蜜拉告訴我，有一些不知名的建商打算在緊鄰歡慶橋旁的公有土地上蓋房子。因為景觀絕佳，那可是個黃金地段（在今天，景觀要比馬鈴薯值錢多了）。有謠言說，建商花了黑錢打點，讓計畫可以盡早通過。同樣的事，我相信也發生在計畫興建歡慶橋之初。表面上，這橋是為尊榮維多利亞女王而建，但天曉得承建商給過女王陛下的民意代表多少好處。不擇手段地撈錢——這是本鎮的座右銘，過去如此，現在如此。

真難想像，曾經有身穿褶裙的仕女在這橋上款款漫步，倚著雕工精美的橋欄，飽覽如今變得昂貴、行將成為私有的景觀：橋下喧鬧的流水、西邊如畫的石灰岩峭壁，以及邊上的多家工廠。這些工廠每天開工十四小時，裡面擠滿老實八百的莊稼漢，每到黃昏會點燃煤氣燈，遠看金碧輝煌，像是賭場。

我站在歡慶橋上，凝視羅浮多河的上游。它的水勢滑順得像太妃糖，又黑又安靜，暗藏著各種不可知的凶險。但往橋的另一邊遠眺，卻是迥異的景象：洶湧澎湃，浪花如雪翻捲。這個遠眺，讓我的心跳加劇，也讓我有一點點暈眩，就彷彿我被恐懼所籠罩。恐懼什麼呢？不是水，而是比水更厚密的東西：時間，又老又冷的時間，老的哀傷。它們層層淤積，就像池塘裡的淤泥。

六十四年前就是這樣的古老時刻。當時，我和理查走到「貝倫加里奧號」的跳板，踏上大西洋的彼岸。他的帽子微微前傾，我戴著手套的手輕輕挽在他的臂彎上：活脫脫一對蜜月中新婚夫妻的模樣。

為什麼蜜月會被稱為蜜月呢？蜜月：蜜糖的月亮。聽起來，就像月亮不是一處沒有空氣的冰冷不毛之地，而是柔軟、金黃、多汁的所在，像一顆亮澤的李子，會在你的嘴巴裡融化，黏結得就像慾望，甜得會讓人牙齒發疼。也像是一片溫暖、浮動的光流，但不是在天空上，而是就在你的身體裡。

蜜月給人的感覺真的是那樣。我知道得很清楚，有很深刻的記憶。但這個記憶不是來自我的新婚蜜月。

從這八個星期的蜜月旅行（還是九星期？），我唯一回憶得起的情緒就是焦慮。我一路都擔心理查會發現自己對這場婚姻的失望不下於我。不過，他的態度卻始終和藹溫柔，至少在白天是如此。我竭盡所能去隱藏我的焦慮，常常洗澡。我覺得自己就像顆壞掉的蛋，裡面愈來愈腐臭。

在南安普敦碼頭上岸後，我們坐火車到倫敦，下榻布朗大飯店。我們都是在套房裡用早餐，這時，我會穿著溫妮薇德給我挑的晨衣。她一共給我挑了三件：一件白玫瑰色、一件骨色、一件淡紫色。這些素淡的顏色可以讓剛睡醒的臉看起來沒那麼嚴峻。每件晨衣都配有一雙緞面拖鞋，鞋邊上鑲著彩色毛皮或天鵝絨。我想，成熟女人早上一定都穿這些。我看過這樣的場面（哪裡看到的？好像是咖啡廣告裡）：男的穿著西裝領帶，塗滿髮油的頭髮向後梳，女的剛梳完妝，穿著晨衣，手裡拿著個銀咖啡壺，兩人隔著早餐桌子，含情脈脈地對望。

蘿拉對我穿這樣的服裝一定會嗤之以鼻。她在我的行李箱看到它們的時候就已經嗤之以鼻了。不過嚴格來說她不是嗤之以鼻，她沒有譏刺人的能力。她缺乏必要的刻薄（必要的刻薄是出於刻意，而她的刻薄是發自偶然，是任何在她腦子冒出的高尚意念的副產品）。她用微微顫抖的手指摸過那些緞面拖鞋（摸起來感覺像蜥蜴），問我：「妳真要穿這個？」

在倫敦度過的那些夏天的早晨（對，當時已經是夏天了），我們吃早餐時會把窗簾半拉上，以遮擋刺眼的陽光。理查會吃兩顆水煮蛋、兩片厚片培根、一個烤番茄、塗果醬的烤土司。我則只會吃半個葡萄柚。茶都是深色的，單寧酸味道很重，就像沼澤裡的水。理查說，這才是道地英式早餐該喝的茶。

除了那些例行性的對話以外，我們在早餐很少談什麼。「親愛的，昨天晚上睡得好嗎？」；「不錯……你呢？」他會一面吃早餐，一面看報，有時還看看電報。這些天來，他收到的電報加起來已經不少。他都是在瀏覽過報紙後再讀電報，讀罷就會把電報細心摺好，放入口袋裡，不然就是把電報撕得稀爛。他從不會把電報揉成一團，扔到廢紙簍裡，即便他真的這樣做了，我也不會偷偷把紙團撿起來，打開一看究竟。至少當時還不會。

我理所當然會認為那些電報都是寄給他的。我從未收到過一封電報，也不認為我有什麼理由應該收到。

理查每天都有很多約會，我猜都是跟他有生意往來的人碰面。他為我租了車和司機，載我到他認為我應該去的地方參觀。我參觀得最多的就是建築物，其次是公園。再來是塑像，有位於建築物外面的，有位於公園裡面的。我看過的塑像包括站在紀念柱上的納爾遜，和坐在寶座上的阿伯特親王[8]（寶座下方圍繞著四個手捧水果和穀物的美女，象徵四大洲，表示阿伯特親王雖然過世，仍然主宰著四大洲。但親王沒有看她們，而是凝視著遠方，彷彿心裡有更遠大的志向）。

「妳今天參觀了什麼地方？」理查晚餐時總會問我。倫敦塔、白金漢宮、肯辛頓宮、西敏寺、國會大廈——我會像背書一樣背出我去過的地方。他不鼓勵我參觀博物館，唯一的例外是自然史博物館。我很好奇，為什麼他會認為看動物標本對我會有教育意義？（對，我當時已經明白到，他要我到處參觀，是為了讓我受「教育」。）現在回想起來，他鼓勵我去看動物標本，不是為了教育，而是因為有動物標本的博物館多少像個動物園，而動物園是小孩子應該去的地方。

但我還是去了國家美術館。是飯店門房介紹我去參觀的，當時我已經去遍各種著名建築，去無可去，這趟遊覽讓我筋疲力竭（那裡就像百貨公司一樣人擠人），但也讓我萬分興奮。我從未在一個地方看過那麼多裸女像。也有些裸男像，但他們不是那麼的裸。那裡也有不少奇裝異服。裸體／穿衣服，這兩個對立的範疇大概就像男／女一樣基本——起碼上帝是這樣認為的。（蘿拉小時候問過一個問題：上帝穿什麼樣的衣服？）

每到一個地方，司機都會在外頭等著，我則會快步走進去，盡力讓自己看起來不像個孤單空虛的人。然後我會努力東張西望，好記住裡面有些什麼，以便晚上可以向理查回報。但我卻沒能從我看的東西裡面看出意義。建築物就只是建築物，除非你對建築有理解，或知道有什麼事在這裡面發生過，否則你是看不出什麼來的。但這兩樣知識我一樣都沒有。

除了那些具教育意義的參觀行程以外，理查也鼓勵我採購。但我因為覺得商店的店員都很盛勢凌人，所以買的東西不多。我也會去做頭髮。因為理查不喜歡我把頭髮剪短或燙成波浪狀，所以我並沒有那樣做。理查說。簡單的髮型是最適合我的，跟我的年輕匹配。

8 維多利亞女王的丈夫。

有時出外，我會哪裡都不去，只是隨意散步或坐在公園長凳上，等該回飯店的時候再回去。有時，會有男的坐到我旁邊搭訕。遇到這種情況，我就會站起來走開。

我花了相當多的時間選擇和穿脫衣服。我會把腰帶綁了又解、來回調整帽子的斜度和不斷理平絲襪上的皺紋。我總是擔心身上這件配件或那件配件是不是適合，擔心我是不是穿對適合場合的衣服。現在沒有人會告訴我，從後面看起來是不是好看，或襯衫下襬有沒有完全塞到裙腰裡。以前，這些事都會有蕾妮提醒我，蘿拉也會。我想念她們，但努力壓抑這種想念。

我還需要修指甲、泡腳、拔掉或剃掉身上的毛。我得像團濕黏土，讓別人摸起來會覺得滑溜溜。

人們都說，蜜月是為了讓一對新人更加了解彼此，但隨著日子一天天過去，我卻只發現自己對理查的了解愈來愈少。他就像是故意要抹拭自己，還是說蓄意隱瞞？他喜歡處在制高點上。但我卻發現自己的樣子慢慢在改變，變得愈來愈像他心目中希望的樣子。每次我看著鏡子，都會覺得自己被塗上了更多的顏色。

繼倫敦之後的下一站是巴黎。先是坐船渡過英倫海峽，再從港口坐火車到巴黎。那個時候的巴黎，各式事物都跟倫敦相似，只有早餐明顯不一樣：小圓麵包、草莓果醬，加了熱牛奶的咖啡。三餐都豐美多汁，理查趨之若鶩，特別是葡萄酒。他反覆說我們已經不在多倫多，但我不知道有什麼比這更清楚的。

我去了艾菲爾鐵塔，卻沒有上去，因為我有一點懼高。我參觀了萬神殿和拿破崙陵寢，但沒有參觀巴黎聖母院，因為理查不喜歡教堂，起碼是不喜歡天主教的教堂，認為會讓人精神委靡不振。他尤其討厭香燭，說香燭會讓人頭腦變遲鈍。

法國飯店的浴室都備有坐浴盆，當理查看到我用它來洗腳的時候，臉帶一絲嘲笑地向我解釋它的用法[9]。聽了以後，我只覺得法國人明白一些別人所不明白的事情。他們明白身體的焦慮，起碼是承認它的存在。

我們住的是魯特西亞大飯店，也就是後來德國占領巴黎期間納粹的總部所在。但我們當時又豈能預見得到？早上，我喜歡坐在飯店的咖啡廳裡消磨時間，因為我害怕去其他地方。我有一種感覺：只要我走出可以看見飯店的範圍外，就永遠不會找得到路回去。我當時已經明白，埃爾金斯先生教過我的法文，全部加起來都不足以讓我點一杯咖啡。

在飯店的咖啡廳裡，為我服務的都是個海象臉的老侍者。他有一種獨特的本領：能兩手各舉起一把壺（舉得高高的），同時給我的杯子倒咖啡和熱牛奶。我驚喜得像個看魔術表演的小孩。有一天，他對我說（他懂一點點英語）：「妳為什麼憂愁？」

「我並不憂愁。」我說，哭了出來。來自陌生人的同情常常很有殺傷力。

「妳不應該憂愁的，」他用憂鬱的眼神看著我說，「一定是跟愛情有關。但妳是那麼年輕

9 供人沖洗下身的器皿，形狀大小略如馬桶，有自下而上的給水沖洗裝置。

美麗，何必現在憂愁？以後有的是時間。」法國人是憂愁的鑑賞家，明白各種形式的憂愁，這也是他們會有坐浴盆的理由。「愛是罪犯，」他說，輕輕拍了拍我的肩膀，「但沒有愛情要更糟。」

不過，他給我的美好印象卻在第二天受到了一點點汙染：他想勾引我。他其實並沒有太老，大概是四十五歲左右。也許我應該接受。不過，他有關憂愁的理論卻是錯的，因為事實上，年輕時候憂愁要勝於年老時候：憂愁的漂亮女孩會引起別人安慰妳的衝動，但憂愁的老嫗卻不會有人理睬。

之後我們去了羅馬。羅馬給我一種似曾相識感，這大概是拜埃爾斯金先生的拉丁文課所賜。我參觀了古羅馬廣場、阿庇亞古道，也參觀了像被老鼠咬過的乳酪般的鬥獸場。我看了很多橋，很多嚴重腐蝕的天使像。我去看了滾滾而黃濁的台伯河，去看了聖保羅大教堂，但沒有進去（太大了，讓我望而卻步）。我本來以為會看到墨索里尼的黑衫軍，看到他們踢正步和對別人施暴的樣子，但卻沒有。看來，那樣的東西，當時還不是一般人看得見的，除非你就是他們的靶子。

每天下午，我會點一杯茶。我現在已經學會了點東西，知道應該對侍者用什麼語調，應該跟他們的身體保持多少距離。我會一面喝茶，一面寫明信片，大部分寫給蕾妮和蘿拉，一部分寫給爸爸。明信片上的照片是我參觀過的地方，而我寫的都是無關緊要的話。例如，我會給蕾妮這樣寫：天氣很棒，我們很愉快。會給蘿拉這樣寫：我今天參觀了鬥獸場，那是過去羅馬人把基督徒拿來餵獅子的地方。妳一定會感興趣的。會給爸爸這樣寫：祝你身體健康，理查請我代他向你致上問候（最後一句並不是真話，但我已經懂得太太有義務主動代丈夫撒哪些謊）。

蜜月的最後一星期是在柏林度過，理查在那裡有些生意要談。當時的德國正在大興土木，對木材的需求甚殷。理查有一家公司就是生產圓鍬木柄的，而他的報價比競爭對手都低。

正如蕾妮說過的，每一分一毛都是有用的。她也常說，先有生意，才會有有趣的生意。但我對生意卻一竅不通。我負責的只是保持微笑。

我得承認我喜歡柏林。沒有一個地方比柏林讓我的頭髮顯得更金。這裡的男人都異乎尋常有禮，動輒會來個吻手禮——儘管他們通過旋轉門時從來不管後面是不是有人。看來，吻手禮是一種可以掩飾很多罪惡的方法。我會在手腕上噴香水，就是從住在柏林的時候開始的。

我對蜜月旅行所到過的城市的記憶，都是透過它們的飯店，而對這些飯店的記憶，都是透過它們的浴室。唯一的鮮明記憶是穿衣服，脫衣服，然後躺到浴缸裡。

我們在八月中取道紐約回到多倫多，當時熱浪正在席捲。去過一趟歐洲和紐約，多倫多看起來低矮而侷促。聯合車站外頭瀰漫著瀝青煙霧和氣味，工人正在填平坑坑窪窪的路面。計程車把我們載過銀行和百貨公司林立的街區，進入羅斯代爾那片狹長地帶，再進入一片栗樹和楓樹的陰影中。

車子停在我們的新居前面，那是理查透過電報購買的。他說這房子是他憑唱一首歌撿來的：因為上一戶屋主破了產，只能以低價求售。凡撿到便宜貨，理查就會說是他憑唱一首歌撿來的。這可奇怪，因為他這個人從來都不唱歌，甚至不吹口哨。

房子從外頭看是暗沉沉的，牆上爬著些長春藤，窗子又高又窄，都是向裡開的。鑰匙就放在踏墊下面，前廳有化學藥物的味道。溫妮薇德在我們蜜月期間找人來這裡重新裝潢了一番，但工程還沒有全部完成，一些房間裡還看得見油漆工的工作服。他們把原來的維多利亞風格壁紙撕下，把牆壁重漆成珍珠色的——一種高高在上、漠不關心的顏色，就像是落日餘暉的卷雲，對凡塵的花鳥魚蟲不屑一顧。這就是我將要生活在其中的氛圍，我將要呼吸的稀薄空氣。

蕾妮一定會對這種內部裝潢（它亮麗的空洞、它的蒼白）嗤之以鼻。這地方像間洗手間。但她也會被這裡嚇倒——我自己就被嚇倒。我想起了艾達麗祖母，知道她會怎樣反應。她會保持禮貌，但一劍封喉。她會說：天啊，這裡好摩登。她會三兩下工夫就讓溫妮薇德面紅耳赤。但這種想像帶給我殊少寬慰：我自己現在已是溫妮薇德一類人，至少已經部分被同化。

蘿拉呢？她會把她的顏色鉛筆和彩色染料夾帶進來。她會把什麼東西灑在地上，弄壞一些什麼，至少讓一個小角落面目全非。她要留下自己的印記。

前廳的電話上面夾著張紙條。「嗨，兩位小朋友，歡迎回家！我交代他們先把臥室處理好。夠時髦吧？希望你們會喜歡！小溫妮。」

「我不知道溫妮薇德為我們裝潢房子。」我說。

「我們想給妳驚喜，」理查說，「不想讓妳事事操心。」這不是我第一次覺得自己是個被父母矇在鼓裡的小孩。他們就像和藹卻霸道的大人，事事都要給你出主意，一旦作出決定便不可更改。我已經可以預見，理查送給我的生日禮物，都一定不會是我喜歡的。

理查建議我先上樓歇一歇，我照做了。我看起來一定是需要歇一歇的樣子，而我也真的有種病懨懨和正在枯萎的感覺。進房間後，我把殘骸般的帽子扔到了梳妝檯，走入浴室，用水撲了撲臉，再拿起掛鉤上一條繡有姓名縮寫的白毛巾把臉擦乾。從浴室的窗戶可以看到後花園，那裡還沒有種任何東西。我把鞋子踢掉，一屁股躺在乳白色的床上。床頂有薄紗罩篷。我知道，這張床就是我以後要咬牙忍耐的地方，而它上面的天花板，則是我將要瞪視的地方。

放在床邊的電話也是白色的。它忽然響了，我拿起話筒。是蘿拉打來的，她正在哭。「妳到哪兒去了？」她抽噎著說，「為什麼妳不回來？」

「妳這話什麼意思？」我說，「妳不是知道我預定今天回來的嗎？冷靜下來，我聽不清楚妳說什麼？」

「妳為什麼不回我們電話？」

「妳到底在說什麼？」

「爸爸死了！他死了，他死了。我們一共發了五通電報給妳。蕾妮發的。」

「等一下，這是怎麼回事？什麼時候發生的？」

「妳走了以後一星期。我們試著打電話找妳，打到每一家飯店。他們說會告訴妳，他們保證過的！他們沒告訴妳嗎？」

「我明天會回來，」我說，「我不知道有這樣的事。沒有人告訴我任何事。我也沒有收到電報。」

我無法接受這個事實。是哪裡出錯了？為什麼爸爸會突然死掉？又為什麼沒有人通知我？我不自覺坐在鋪著淡灰色地毯的地板上，電話抱在懷裡，就像它是某樣珍稀而易碎的東西。我一直以為，我寄自歐洲的那些明信片，會帶著它們歡欣、無聊的信息到達阿維翁，但我如今知道，它們大概現在還躺在前廳的桌子抽屜裡。祝你身體健康。

「但報紙上有登爸爸過世的消息啊！」蘿拉說。

「我那裡的報紙不會登。」我說，但我沒說出口的是蜜月期間我都是昏昏沉沉的，根本懶得看報。

不管是在船上還是飯店裡，送來的電報都是由理查拆閱。我不能指控他說謊，因為他從來沒有告訴過我電報裡寫些什麼。但這不是如同說謊嗎？他一定交代過飯店，不要把電話轉給我。他蓄意把我蒙在鼓裡。我本來以為我會嘔吐，但卻沒有。過了好一陣子，我走下樓去。失去鎮定就是失去勝算，蕾妮常常這樣說。理查坐在後陽台，手上拿著一杯琴酒。另一杯擺在他旁邊的矮玻璃桌上，是為我準備的。我拿起酒杯，冰塊與水晶相碰撞，聲音低沉而清脆。這正是我需要的說話聲音。「老天，」他說，「我還以為妳休息過了。妳的眼睛怎麼回事？」我的眼睛一定紅紅的。

「爸爸死了，」我說，「他們發了五通電報給我。你卻沒有告訴我。」

「是我不好，親愛的，」查理說，「我知道我應該告訴妳，但又怕妳受不了打擊。當時我們根本幫不上什麼忙，因為就算趕回來，也不可能來得及參加喪禮。而且，我不想讓這個消息壞了妳的興致。另外，我得承認，我是有一點點自私：我希望妳在蜜月期間全屬我一個人所有。現在妳先坐下來，喝口酒，冷靜一下。原諒我好不好？讓我們明天再去處理這件事情。」

溫度高得讓人暈眩，草坪上有陽光照到的地方都綠得刺眼，樹下的陰影稠密得像焦油。理查的聲音斷斷續續的，像是摩斯密碼，我只聽進來了幾個字：擔心……時間……破壞……自私……原諒我。

我能說些什麼呢？

蛋殼帽

聖誕節來了又走了。我盡量不去管這節日，但蜜拉卻不讓我如願。她送了我親手做的李子小布丁（上面點綴著對半切的櫻桃，就像舊時脫衣舞孃的乳頭罩），還送了我一幅彩繪貓木雕，貓頭上有光環，背後有天使翅膀。她說這種貓木雕在「薑餅屋」好賣得不得了，她也覺得可愛；現在這隻是賣剩的，只有一道肉眼幾乎看不見的裂痕，掛在爐灶上方牆壁應該很好看。

那是個好位置，我說。把食肉的天使擺在爐灶上方，那她要烹煮我們就再方便不過。我這番話讓可憐的蜜拉深感困惑，一如聽神學演講會讓她頭昏腦脹。她喜歡她的上帝簡簡單單，最好是像蘿蔔一樣簡單。

遲遲不來的冬天終於在除夕夜來臨了：先是一陣凜冽的寒流，繼而第二天下起傾盆大雪。在窗外，你可以看見它們紛紛揚揚，像是一桶接一桶的倒下來。我從氣象頻道了解到這場雪的威力：道路斷了，汽車被雪掩埋，電力中斷，商業活動停頓，穿著臃腫衣服的工人在雪地上蹣跚而行。

蜜拉打電話來關心我，說是等雪一停，就會叫華特過來幫忙鏟雪。

「別費事了，蜜拉，」我說，「我自己鏟得了雪。」（這是謊話，而我也不急著鏟雪，因為我儲備了充足的花生醬，夠挨到風雪停止。但我卻想找個人陪，而我知道，如果我說打算動手鏟雪，就會嚇得蜜拉加快派華特過來的速度。）

「千萬別碰鏟子！」她說，「妳不知道每年有多少老……多少像妳這樣年紀的人是死於鏟雪時心臟病發！還有，如果停電，要時常注意蠟燭的動靜。」

「我還不是老糊塗，」我忍不住厲聲說，「如果房子失火，準是我自己蓄意放的火。」

華特來了，幫我鏟了雪。他也帶來一紙袋的甜甜圈，我們坐在廚桌旁吃起來。我小口小口地吃，他整個整個地吃，但一副若有所思的樣子。對他來說，咀嚼就是思考的形式。我們坐在廚房裡默默吃著甜甜圈的時候，我不期然想起一九三五年夏天貼在陽光海灘遊樂園一家甜甜圈店上的櫥窗海報：

你在生命裡徘徊時，弟兄
不管目標是什麼，
都把眼睛放在甜甜圈的餅圈上，
不要放在中間的洞洞上。

甜甜圈的洞洞很弔詭：明明是空的，卻能讓人以廣招徠。明明是無，卻變得有吃頭。我好奇這一點可不可以作為上帝存在的證明：一經命名，無就可以變為有。

第二天，我冒險走出院子，在冰冷晶瑩的雪丘之間悠轉。雖然這是愚蠢之舉，但我想有參與感：那些雪好美，起碼在半融和被煤灰沾染以前是如此。前草坪猶如發生了一次盛大的雪崩，中間有一條阿爾卑斯山隧道切過。我走到人行道上，起初安然無恙，但較北面的幾戶人家沒有如華特那樣認真剷雪：一個不留神，我被一小堆積雪絆著，摔了一跤。我不認為自己有哪裡扭傷或骨折，但就是爬不起來。我躺在雪地裡，像是四腳朝天的烏龜。

就在我開始擔心體溫降低之時，兩個陌生人把我扶起，用手推車把我送回到家門前。我蹣跚走進客廳，委頓在沙發上，套鞋和大衣還穿在身上。然後，隔著大老遠都可以嗅到災難味的蜜拉來了，帶著某個家庭聚會剩下的半打杯子蛋糕。她為我灌了熱水袋，泡了茶，找來了醫生。兩人都是一副氣急敗壞的樣子，給了我一堆建議，又對我的行徑大大數落了一番（看得出來這帶給他們很大快意）。

我有一種擱淺的感覺，也生自己的氣。嚴格來說我的生氣對象不是自己，而是擺我一道的那把老骨頭。我們的身體就像個自大狂，一輩子按自己的各種欲望需要支使我們，到了最後還不忘擺我們一道：漸漸消失不見。就在我們需要它的時候，就在我們需要舉手或抬腿的時候，它卻停擺了。它會搖搖欲墜、扭曲變形，像雪一樣融化掉，只剩下兩塊煤和一頂舊帽子[10]。只剩下一副由乾柴枝搭在一起的骨頭。

這些全都是冒犯。這些膝蓋無力、關節炎、靜脈曲張，全都不屬於我們。在我們內心深處，我們都還活在黃金年華，手腳還是一樣敏捷俐落，抓鼻子或抓屁股都是一眨眼工夫，不用擔心被人看到。這就是電影明星會受人崇拜的原因。他們是我們年輕的自我：這個自我因為漸離漸遠，所以會被我們加以神化。

蘿拉小時候這樣問：如果住在天堂，我可以活到幾歲？

蘿拉一直站在阿維翁的前台階上等我們，左右是兩個石甕，都沒有種花。雖然她身材高，但看起來卻很小、非常脆弱和孤單。她穿著淡藍色的女裝便服，印著褪色的紫色蝴蝶（這便裙兩三年前還是我的夏裝），赤著腳。她的頭髮編成辮子，垂在肩膀上，樣子就像池塘邊的水仙女石像。

天曉得她站在台階上等了多久。我們沒有事先告知她什麼時候會到，因為我們是開車子過來的，時間很難拿捏得準。一年中只有這個時候可以開車：路不會被洪水淹沒或是泥濘不堪。

理查開的是他的最新玩具：一輛雙門的廂形小轎車。汽車行李箱裡放著兩口皮箱，都是小皮箱，因為我們只打算待一晚。我穿的是淡黃褐色的套裝，我很喜歡的衣服，是在巴黎買的。我的帽子是一頂蛋殼帽，也是淡黃褐色的，沿途都放在我的大腿上，就像精緻的禮物盒。

理查是個神經質的駕駛，開車時不喜歡別人跟他說話，因為會影響他的注意力，所以沿途

10 雪人身上的物品。

我們幾乎都默默無言。我們開了四小時的車（如今則只需兩小時）。天空晴朗、光亮，沒有深度，就像是塊金屬板。太陽光像熔岩一樣澆下，熱氣從瀝青路面上騰騰升起。沿途一個個小鎮都在高溫下打了烊，所有窗簾都拉上了。我還記得它們那些曬焦的草坪和白色門廊。還有那些孤伶伶的加油站，它們的加油機狀似圓柱形的獨臂機器人，玻璃頂棚就像無沿的圓頂硬禮帽。我們不時經過一座湖，傳來死魚味和曬熱的水草味。

我們到達時，蘿拉並沒有揮手，只呆呆站在那裡。等理查把車停好、下了車、為我打開車門、伸手接住我的手時，蘿拉才如夢初醒跑下階梯，抓住我另一隻手，把我拉出車外。她完全無視於理查存在，一下子把我整個緊緊抱住，就像個遇溺的人。但她沒有哭。

我的蛋殼帽掉在砂礫地上，蘿拉不小心一腳踩了上去。帽子發出喀嚓聲的同時，理查深呼吸了一口氣。我什麼都沒說。在那一瞬間，那帽子變得對我毫不重要。

我和蘿拉彼此摟著對方的腰走進屋子裡。蕾妮站在走廊遠端的廚房門旁邊。她沒有走過來，因為她深知我們姊妹倆需要獨處的時間。我猜她一定會把注意力轉到理查身上，用飲料或其他什麼事情分他的心。不過，理查大概也不會有興趣管我們，寧願到處逛一逛、看一看，因為，他現在已形同是阿維翁的繼承人了。

我和蘿拉直接上樓，走入她的房間，坐在床邊。我們的雙手握得緊緊的：我的左手在她的右手裡，她的左手在我的右手裡。蘿拉不但沒有像在電話裡那樣抽噎，反而冷靜得像塊木頭。

「當時他在角樓裡，」蘿拉說，「把自己反鎖在裡面。」

「他常常都這樣。」

「但這一次不同，他始終沒出來。蕾妮如往常那樣，把飯菜用托盤端著，放在門口。但他卻始終沒有吃什麼或喝什麼，到最後，我們決定要把門踢開。」

「妳和蕾妮兩個把門踢開？」

「不。蕾妮的男朋友來了，就是欣克斯。他把門踢開後，我們看見爸爸躺在地上。醫生說，他一定至少這樣躺了兩天。他的臉色好可怕。」

我當時還不知道欣克斯就是蕾妮的男朋友，更不知道他們已經訂婚。他們在一起多久了？我又怎麼會不知道？

「他當時就死了嗎？」

「初時我不認為他已經死了，因為他的眼睛是張開的。不過，他其實已經死了。他的樣子看來……我形容不上來。他就像是在聆聽著些什麼駭人聽聞，就像是在守望警戒。」

「他是用槍嗎？」我問，但不知道自己為什麼會有此一問。

「不，他身上沒有傷痕。死亡證明上寫的理由是自然死亡，突如其來的自然死亡。蕾妮對希爾科特太太說，爸爸當然是自然死亡，因為喝酒就是他的第二天性。從角樓裡留下的空酒瓶判斷，爸爸喝掉的酒足以淹死一匹馬。」

「這麼說，他是飲酒過多致死。」我說，「什麼時候發生的？」

「就在他們宣布永遠關閉工廠以後。我知道就是這個原因！」

「什麼？」我說，「什麼永遠關閉？關閉哪間工廠？」

「所有工廠，」蘿拉說，「我們的所有工廠。我還以為妳知道這事情。」

「我不知道。」

「我們的公司被理查合併了，所有的機器設備都運到了多倫多。」

「也就是說，」我說，「一切都被理查一掃而空了。」

「他們說是成本問題，說是要重建鈕釦工廠所費不貲，划不來。」

「誰是他們？」

「我不知道，」蘿拉說，「不是理查嗎？」

「當初不是這樣約定的！」我說。可憐的爸爸，竟然相信握手和口頭承諾足以保證一切，不曉得事情有可能發生變卦。或許不是有什麼變卦，而是必然結果。

「什麼約定？」

「算了。」

換言之，我是白白嫁給了理查的。我沒能挽救工廠，更沒能挽救爸爸。但至少還有蘿拉，她還沒有被扔到街上。我得為她打算。「爸爸有留下任何東西嗎？我是說遺書或字條之類的？」

「沒有。」

「妳有檢查過嗎？」

「蕾妮有。」蘿拉低聲說，這表示她自己沒檢查過。

蕾妮當然會檢查。而如果她有發現任何那樣的東西，一定會把它燒掉。

迷醉

但爸爸應該不會留下遺書。他不會願意讓自己的死因被判定為自殺，因為他有一份壽險。他買壽險已經很多年，所以沒有人可以指控他是預謀。他早就計畫好，壽險的理賠金會直接匯入蘿拉的信託帳戶，除了她以外（滿二十一歲之後），沒有人可以動用。他沒有留任何東西給我，因為他一定已經不信任理查了。有別於現在，當時的法律規定：凡屬於太太的財產，都是屬於丈夫的。

但就像我前面提過，爸爸把勳章留給了我。它們是表揚什麼用的呢？勇敢，在槍林彈雨下勇敢無畏。無私的犧牲奉獻。我想爸爸是要我不負這些勳章的厚望。

鎮上所有人都參加了喪禮，蕾妮告訴我。應該說是幾乎人人都參加了，因為有些人對爸爸還是頗有怨氣。儘管如此，他還是受到許多人尊敬，而且，到那時候，大家都已經知道，永遠關閉工廠不是爸爸的原意。是更大的勢力讓他身不由己。

蕾妮告訴我，鎮上每個人都為蘿拉難過。（言下之意是沒人為我難過。在他們看來，我是理查從爸爸撈到那些好處的分享者。）

理查決定讓蘿拉到多倫多和我們同住。他說這是理所當然的，因為蘿拉只有十五歲，不可能一個人住在阿維翁。

「有蕾妮可以陪我。」蘿拉說，但理查卻說蕾妮馬上就要結婚，不會有時間照顧她。蘿拉說她不需要照顧，但理查只是笑而不答。

「蕾妮可以跟我一道到多倫多去。」蘿拉說。但理查說蕾妮不會想去多倫多。（其實是他不想蕾妮去。他和溫妮薇德已經安排好家管班底──當然都是些能投他們所好的僕人。）

他又說已經和蕾妮商量過，達成了完滿的安排：蕾妮和她的準丈夫將會留在阿維翁，負責監督修繕的工作。阿維翁已經老舊，有許多需要翻修的地方，等修繕工作完成，就可以充當我們的夏天度假別墅。有蕾妮在，那我們什麼時候想回來，她都可以預作準備。我們滿意這樣的安排嗎？他問。

蘿拉並沒有謝謝他，只是用空茫的眼眸凝視他的額頭。這種凝視，和她當年對埃爾斯金先生的是同一種。我意識到，麻煩將要開始了。

理查繼續說，明天他將會帶我一起先回多倫多。他第一件要做的事就是去見爸爸的幾位律師，但我們沒有必要在場，因為那是很枯燥無聊的場合，而且有鑑於最近所發生的一些遺憾事件，也應該讓我們有多一點時間靜一靜。蕾妮私底下告訴我，爸爸的一位律師和我們有姻親關係（媽媽一位表妹的丈夫），所以屆時一定會幫我們盯著點。

按照理查的計畫，蘿拉將會待在阿維翁，直到蕾妮把她的東西打包好為止，然後，她會坐火車到多倫多，屆時我再到火車站接她。理查說等蘿拉到了多倫多，將會送她上學，當然，為了讓她跟得上程度，有可能需要一些額外的補習，而這一切，最後將會為她帶來好處。

「什麼樣的好處？」

「讓妳和妳的身分地位相符。」

「我看不出來我有什麼身分地位。」

「妳這話到底什麼意思？」理查說，開始顯得不耐煩。

「有身分地位的只是艾莉絲，」她說，「她是葛里芬夫人，而我只是多出來的。」

「妳心情不好是可以理解的，」理查嚴峻地說，「但我和艾莉絲又何嘗好過？我只是在盡力為妳設想罷了。」

傍晚，我、蘿拉和蕾妮一起聚在廚房，因為那是可以避開理查的地方。他一整天都在列清單，記下什麼該扔掉、什麼該維修、什麼該替換。他這樣做，只讓我們覺得難過。他以為自己是這房子的主人，蕾妮忿忿不平地說。但他的確是，我回答說。

「他把我當成累贅？」蘿拉說。

「累贅？怎麼會。」我說，「我肯定他的話不是這個意思。」

「那是個好安排。」蕾妮說，聲音有氣無力，一點都沒有說服力。我看得出來，我們再也無法從她那裡得到奧援。那個晚上，她顯得蒼老、肥胖和垂頭喪氣。當時我們不知道，她已經懷了蜜拉。她任自己上了男人的床。誰任自己上男人的床都是髒東西，合該扔到垃圾桶。這是蕾妮愛說的話，但如今她卻違背自己的格言。她的心思一定在別處，例如揣測她是不是進得了教堂結婚，或進不了又要怎麼辦？她無疑處境艱難，溫飽與災難只有一線之隔。如果結不成婚，她將很難有第二次機會，因為即使她到別處生下孩子，送給別人，事情還是會傳開來，而鎮上的人是不會忘記這種事的。這個鎮的人又認為，女人只要失足過一次，就永遠不會是正經女人。到時，只怕有一條街長的男人會在她家門前排成人龍。既然有免費牛奶，又何必買一頭牛？

她盡心盡力照顧了我們很多年，但現在，她將無能為力了。

回到多倫多之後，我等著蘿拉的到來。天氣持續酷熱。每天琴酒時間之前，我會先淋個浴，再到後陽台向理查報到，一面喝琴酒，一面俯視枯乾的花園。空氣就像潮濕的灰燼，一切看起來都是垂頭喪氣和昏黃的。臥室裡有一台電扇，轉動聲就像是個拖著條木腿的老人在爬樓梯：先是一陣輕微的喘息聲，然後是一下咳嗒聲，然後又是一陣輕微的喘息聲。在那些沉重、無星的夜晚，當理查趴在我身上忙著的時候，我唯一會做的事就是瞪著天花板。

他在床上說他為我迷醉，聽起來，就像是如果他不是醉醺醺的話，就無法對我著迷。

照落地鏡的時候，我會納悶：我是怎麼啦？我身上有哪裡是那樣讓人迷醉？為了尋找答案，有時我會試圖看看自己背影，但那當然是辦不到的：你不可能像別人看你那樣看到自己背影，因為鏡中的背影一定會偏著頭。你是可以多找一面鏡子來幫忙，但那時你看到的，將是許多畫家愛畫的題材。油畫《照鏡的女人》據說就是諷刺女人的虛榮心。但我那種照鏡子法不可能出於虛榮心，應該剛好相反：找出我身上有什麼瑕疵。我是怎麼啦？也大可以理解為我有哪裡不對勁啦？

理查說女人可以按臀部的形狀區分為梨子類型和蘋果類型，又說我屬於梨子類型，但是顆還沒有飽熟的梨子，而那正是他喜歡我的地方：青澀、生硬。

每次洗過澡或梳過頭以後，我都會小心翼翼把落在地板上的髮絲收集起來，也會把浴缸或洗手檯排水孔裡的頭髮撿起。因為理查偶爾會不經意地抱怨，女人總是到處掉頭髮。言下之意是女人就像脫毛的動物。

他怎麼知道女人可以分為蘋果和梨子類型，知道她們會動輒掉頭髮？讓他知道這些的人——那些女人——又是誰？不過，除了微微好奇以外，我對這些問題的答案漠不關心。

我盡量避免去想爸爸、他的死法，還有他死前的感受。我也盡量不去想理查認為不適合告訴我的一切事情。

溫妮薇德是隻忙得團團轉的蜜蜂。雖然天氣那麼熱，她看起來卻涼颼颼的，穿著一身輕飄飄的衣服，樣子活像我的守護仙女。理查反覆在我面前稱讚溫妮薇德，說不知道她分擔了我多少工作。但她卻讓我愈來愈神經緊張。她在我們房子裡不斷來來去去，我從不知道她會什麼時候出現，我唯一的避難所是浴室，因為那是我唯一可以上鎖而又不會流於無禮的地方。房子其他部分的室內裝潢，都在她的監督下完成，而蘿拉房間裡的家具，也是由她選購。（這些家具再適合蘿拉不過了，妳同意嗎？她問我。我不同意，但又能說些什麼呢？）

她也有一些布置花園的草案，但所謂的草案，只是三兩個想法，她會寫在紙上，塞給我，過兩天又改變主意，把紙要回去，與先前其他草案夾在同一個文件夾裡。花園裡裝個法式噴泉會很可愛，她說，妳同意嗎？

我盼著蘿拉過來。她預定要來的日期已經延期過三次：一次說是還沒收拾好行李，一次說是感冒了，一次說是火車票丟了。我在電話裡和她通話時，她的聲音顯得有所保留而遙遠。

兩名傭人已經安排進來，一個是愛抱怨的廚娘兼管家，一個是雙下巴的高大男人，擔任園丁兼司機。他們都姓穆加特羅伊德，據說是夫妻，但看起來卻像兄妹。他們對我一副不信任的樣子，而我則以相同的態度回報。理查白天大部分時間都待在辦公室，這段時間，我會盡可能遠遠逃離房子。我會說我到市中心購物，這是我外出的合法理由。我會叫司機把我載到辛普遜百貨公司的門口，然後告訴他我會坐計程車回家。在百貨公司裡，我會匆匆買些絲襪、手套之類的東西，然後走到另一頭的另一扇門離開。

我恢復了往日的習慣：漫無目的地閒晃，在商店櫥窗外探頭探腦，在電影海報前駐足。我甚至會進入電影院看電影。我已不再害怕那些毛手毛腳的男人。拿開你的臭手，否則我就尖叫，這一招百試百靈。我當時最喜歡的電影明星是瓊・克勞馥（Joan Crawford）。

有時，我會到皇家安大略博物館，看看一房間又一房間的盔甲、動物標本和古代樂器。不然，我會到黛安娜甜食店，點一杯冰淇淋蘇打或咖啡。這家甜食店就位在辛普遜百貨公司對街，而且有不少女顧客，所以我不太可能會遇到無聊男子的騷擾。有時我會散步穿過皇后公園，我通常都走得很快，因為如果走得太慢，就一定會有男人上前搭訕。有一次，在皇后公園裡，一個男人突然走到我面前（我當時坐在一張長凳上），暴露下體。他可不是個流浪漢，而且穿戴得十分整齊。但我只是說：「對不起，我不感興趣。」他一臉失望的表情。看來，他期望我會昏厥。

理論上，我要到哪裡去都可以，但實際上還是有一些無形的鐵欄杆擋在我前面。我遊走的範圍都侷限在一些大街和高級的區域。這個範圍雖然不算太小，但能讓我覺得自由自在的地點仍然不多。我有時也喜歡打量路過的行人——以女人為主——在心裡揣想他們是怎樣的人。我會想：她們結婚了嗎？要到哪裡去？她們都是有工作的嗎？但我通常都不太猜得出來，唯一確知的是她們鞋子的價格。

我感覺自己是被扔在某個陌生國家的人。在那裡，每個人各說著不同的語言。

有時，我會看到情侶手牽著手，一副幸福洋溢而情意綿綿的樣子。但那其實都是巨大騙局的犧牲者，不然就是製造者——起碼我當時是這樣想的。我會心懷怨恨地瞪視著他們看。

然後有一天，星期四，我看到了亞歷斯．湯馬斯。他站在馬路的另一邊，等待綠燈。那是皇后街和楊街的交界。雖然他穿的是最糟糕的衣服——像工人穿的藍色襯衫和一頂邋邋遢遢的帽子——但我一眼就可以肯定是他。他很耀眼，彷彿有一道不知哪裡來的光束打在他身上，讓他驚人顯眼。很顯然，街上每個人都在看他，每個人都知道他是誰！接下來，他們將會認出他，將會吆喝，將會追逐他。

我第一個衝動是要大聲警告他，但我知道，只要我一喊出聲，就會被捲入他的麻煩中。我大可以假裝沒看到他，掉頭離開。這應該是最明智的辦法。但當時我卻沒有這樣的先見之明。

紅燈轉綠後，我就跨出行人道，迎向他走去。但只走到一半，燈號就變了。我站在馬路中心，車流在兩旁像急流湧過，又是喇叭聲，又是怒罵聲。我進退維谷，不知道是該要往前還是往回走。

這時，他轉過身。起初，我並不確定他有沒有認出我，但我還是像個遇溺者一樣，向他伸出一隻手。伸出手這一刻，我業已在心裡犯了變節罪。

那是背叛嗎？還是勇氣的表現？也許兩者都有。但兩者都是發生在一眨眼之間，並未經過事前的考慮。另一方面，它們之所以能夠發生在一眨眼之間，是因為它們早已在靜默和黑暗之中彩排過無數次。他牽著我的手；我看不到前面有什麼，但卻覺得腳下堅實，覺得我們是在共舞。

陽光海灘

三天後是蘿拉預定要到多倫多的日子。我開車到聯邦車站去接她，卻沒看到人。我打電話到阿維翁，她也不在那裡。蕾妮在電話裡大發雷霆，說她早知道會有這樣的事情發生，因為蘿拉一向都迷迷糊糊。她怪自己為什麼不一路陪蘿拉到多倫多，認為她一定是被女性販子拐走了。

蘿拉的行李準時到達，但人卻消失了。理查對蘿拉失蹤的反應，比我預期的要緊張。他擔心蘿拉是被一些跟他有過節的人綁走：有可能是共產黨，也有可能是他生意上的競爭對手。看來，接下來我們就會收到黑函。

那年八月，理查對很多事都疑神疑鬼。因為七月時，在渥太華才發生了一次大遊行，參加者數以萬計，有要求工作的，也有要求合理待遇的。

「我敢打賭，那個叫亞歷斯XX的傢伙一定有攪和在裡面。」

「你說的是誰？」我說，眼睛望著窗外。

「就是蘿拉的老相好，縱火燒掉妳爸爸工廠的那一個。」

「工廠並沒有燒掉，火被及時撲滅了。」我說，「再說，警方從來未能證明是人為縱火。」

「但他卻跑路了，」理查說，「溜得無影無蹤。在我看來，這就是最好的證明。」

渥太華的那次遊行，當局最初採取的是拖延對策：假意邀請幾個遊行的領導人閉門談判，實則爭取時間，在道路上廣設拒馬路障（這是理查獻的策，這段日子他已經開始在高層的圈子走動）。談判會毫無結果可想而知，不過，未等談判結束，群眾就失去了耐性，進而演變成暴動，導致多人受傷或死亡。理查說，這場暴動是共產黨在幕後主導，反正，什麼齷齪的勾當都跟共產黨離不開關係；既如此，誰又敢說，蘿拉不會是他們的目標之一？

不過我認為理查的這種想法，只是出於神經過敏。我當然也為蘿拉擔心，但我相信，她只是迷了路，這比較像是她會做出的事。她也許只是下錯車站，又忘記了我們的電話號碼，以致無法聯絡上我們。

溫妮薇德認為應該打電話到各大醫院查查：蘿拉說不定是生了病或是遇到交通意外。但她不在醫院裡。

我們在兩天後報警，儘管理查採取了各種預防措施，事情還是很快就在報紙上曝了光。記者蜂擁至屋外的人行道上。他們有拍照的（哪怕是拍我們房子的門窗也好），有打電話的，有要求我們接受專訪的。他們最期待的是一則醜聞：比如是蘿拉跟有婦之夫私奔、被無政府主義者誘拐，或被謀殺後藏屍在行李箱之類的，總之，是一則性或謀殺（或兼而有之）的頭條。

理查說我們對記者的態度應該要客氣而口風緊。這些人是得罪不起的，因為他們有仇必報，而且會隱忍多年，等到你最預期不到的時候再發難。他說事情讓他來處理就好。

首先，他放出消息，說我因為蘿拉的失蹤而陷於精神崩潰的邊緣，所以請求報界尊重我的隱私和健康。這一招果然讓記者收斂了一點，因為他們猜我一定是懷孕了，在那年頭，人們還多少會尊重懷孕的婦女（他們同時也相信懷孕會讓女人精神恍惚）。之後，理查又放出懸賞尋找蘿拉下落的消息（但沒有說報酬多少）。結果，在蘿拉失蹤的第八天，我們接到一通匿名電話，說蘿拉並沒有死，而是在陽光海灘遊樂園一間鬆餅店打工。對方說他是從登在報紙上的照片認出蘿拉來的。

理查決定和我一起去把蘿拉接回來。溫妮薇德認為，蘿拉會那樣，有可能是受驚嚇的後遺症。父親的死讓她震撼莫名，更何況屍體又是她發現的。這種事對任何人來說都很難熬，更何況蘿拉又是個神經質的女孩。她大有可能根本不知道自己在幹什麼。接回來後，必須給她打一針強烈鎮靜劑，然後送去就醫。

更重要的是不能走漏一絲風聲，溫妮薇德說。一個十五歲女孩這樣離家出走，會讓別人對她家裡產生壞印象。人們會以為她是受到什麼虐待。這將會構成一種嚴重妨礙——她的意思是這會給理查的政治前途帶來嚴重妨礙。

陽光海灘遊樂園當時是人們夏天的遊樂之地，但不包括理查和溫妮薇德。對他們來說，那地方太喧鬧、太多汗臭味了。另外，他們也不喜歡那裡的旋轉木馬、熱狗、麥根沙士、射擊場、公共浴池。為什麼不喜歡呢？因為那都是庸俗的消遣。理查和溫妮薇德不喜歡靠得別人的腋窩太近，也不喜歡靠近收入以銅板為計算單位的人。我同樣不喜歡去哪種地方，至於自己何以會那麼自命清高，我則不得而知。

陽光海灘遊樂園今日不復存在：它在五〇年代被剷平，以供一條十二線道的高速公路通過。然而，在一九三五年的八月，這裡仍然人聲鼎沸。因為遊樂園前的人行道和馬路都擠得水泄不通，我們只能把車停在一段距離外。

天氣熱得要命又有塵霾。刺鼻的香水味、打赤膊身體的汗氣、蒸維也納香腸的蒸氣、棉花糖的糊味——這一切全攪混在一起，讓湖濱上方籠罩在看不見卻幾乎摸得到的霧氣裡。走入人堆就像是掉進一鍋大雜燴：你會給它增添味道，而自己又會沾上另一些食材的味道。理查戴了頂巴拿馬草帽，但額頭照樣一片濕。

走到半路，我聽到頭頂上方傳來金屬摩擦金屬的聲音、巨大轟鳴聲，連帶著一陣陣齊聲的女子尖叫聲：是雲霄飛車。我從沒有坐過雲霄飛車，所以看得張大了嘴。「親愛的，合攏妳的嘴巴，不然蒼蠅會飛進去。」理查提醒我。日後，溫妮薇德告訴我，低下階層的女孩如果未婚懷孕，有時會跑來陽光海灘遊樂園坐雲霄飛車，希望可以造成流產（她常常喜歡告訴我這一類的事，以展示她對低下階層的生活有多了解）。那當然是行不通的，溫妮薇德笑著說，不過如果行得通，妳能想像會有什麼後果？我是說那些血要怎麼辦？豈不是會滿天飛？

聽她講這個的時候，我聯想到的是遠洋客輪出航前撒下的萬千紅色彩帶，它們像瀑布一樣，瀉向下方的觀眾。我有時又會聯想到長條形的朱紅色飛雲，或是飛機噴塗在天空上的文字。

如果是文字，那寫的會是什麼？日記、小說，還是自傳？又也許只是尋常的塗鴉：瑪莉愛約翰。然而，約翰卻不愛瑪莉，至少是愛得不夠深，沒有制止她用這種方式放乾自己，把一行行的紅字撒遍天空。

老掉牙的故事了。

不過在一九三五年的八月，我還不曾聽過流產這個字。如果當時有人在我面前提到這兩個字，我一定會不知所措。

雲霄飛車的尖叫聲和呼嘯聲才過，就傳來射擊場像爆米花的聲音。我開始覺得肚子餓，卻不敢提議停下來吃東西：時間不對，這裡的食物也不對。理查眉頭緊皺，一隻手抓住我的手肘領我穿過人潮，另一隻手插在口袋裡。這個地方肯定充滿扒手，他說。

我們一直走到鬆餅店。從門外，我們看不見蘿拉。不過，理查本來就不打算先跟蘿拉說話：他做事的方式一向都是從上而下的。他託人給店東傳話，說我們想請他借一步說話。當店東遠遠看到我們，似乎就已經明白是怎麼回事。他從店裡走出來的時候，偷偷往背後瞧了一眼。

你知道你雇用的是個未成年的逃家少女嗎？理查問他。知道的話我不得好死！那店東一臉恐慌地回答。蘿拉來打工時騙他說自己十九歲，但她工作得很賣力，打掃得乾乾淨淨，生意忙的時候還會幫忙一把。她都睡哪裡？對這個問題，店東的回答語焉不詳。附近有人收容蘿拉住宿，他不知道是誰，但應該是正經人。蘿拉是個好女孩，他以為她遇上什麼麻煩，所以想要幫她。他自己是有家室的規矩男人，不是這一帶常見那種野漢子。他對蘿拉一類好孩子一向很有同情心。事實上，匿名電話就是他打的，但他這樣做，不只是為了賞金，也是認為蘿拉還是回到家人身邊對她比較好。

說到這裡，他滿懷期望地看著理查。理查給了錢，顯然不如那人預期的多。然後蘿拉就被叫了過來。她並沒有反抗。「謝謝你這些天來的照顧。」她對店東說，又跟他握了握手。她不知道，自己就是被他出賣的。

理查和我各抓緊她一隻手臂，帶她穿過人群往回走。我覺得自己像個叛徒。理查把她塞進車裡，安置在我們中間的位子。我手臂緊緊扭住她肩膀。我很生她的氣，但知道這時應該溫言婉語。她身上散發著香子蘭、熱糖漿和頭髮久久未洗的氣味。

一回到家裡，理查就吩咐穆加特羅伊德太太為蘿拉泡一杯冰紅茶。但蘿拉卻沒有喝；她坐在沙發的正中央，雙膝併攏，面無表情，目光凝滯。

妳知道妳這樣做帶給別人多大的擔心和混亂？理查問她。我不知道。妳在乎嗎？沒有回答。我只希望以後不會再發生同樣的事。沒有回答。妳明不明白，我是妳的監護人，有責任照顧妳，而且會不惜任何代價履行責任。而由於沒有事情是單方面的，所以，妳也應該對我——我是說我們——表現出負責任的行為。妳明白沒有？

「明白，」蘿拉說，「我明白你是什麼意思。」

「但願妳是真的明白，年輕女士。」理查說。

年輕女士這個用語讓我神經緊張。那是指責，就彷彿年輕有什麼不對，彷彿當女士有什麼不對。如果真的是這樣，那我就被包含在這個指責裡。「妳這段日子都吃些什麼？」我說，想把話題帶開。

「主要是蘋果派、熱狗，還有甜甜圈，」蘿拉說，「隔夜甜甜圈的售價比較便宜。那兒的人都很親切。」

「老天爺。」我說，一面對理查淡淡一笑，表示我對蘿拉的不以為然。

「那沒有什麼大不了的，」蘿拉說，「別人在真實生活中都是吃這些。」我開始有一點點明白陽光海灘對她的吸引力何在了。吸引她的是這些別人，一些她永遠不可能成為一分子的別人。她盼望去服侍他們，加入他們。她在陽光海灘的幫忙，就是她在泰孔德羅加港施粥所幫忙的翻版。

「蘿拉，妳為什麼要這樣做？」我私底下問她。

「爸爸是理查害死的，」蘿拉說，「我不能跟他同住在一個屋簷下。這是不對的。」

「妳這話不完全公平，」我說，「爸爸的死，是很多不幸的環境因素加在一起造成的。」

我為我說這話感到汗顏：聽起來就像是理查說的。

「那可能不公平，但卻是事實，歸根究柢，那是事實。」她說，「再說，我想找一份工作。」

「為什麼？」

「為了顯示我們……顯示我可以自食其力。顯示我們並不是少不了……」她眼睛轉到別的方向，一面說話一面咬手指甲。

「不是少不了什麼？」

「妳知道的，」她說，「不是少不了這一切。」向著豪華的桌布和窗簾比了比手勢。「我最先本來是要當修女的。我去過海星女修道院。」

天啊，我想，又來了！我本來以為蕾妮已經讓她死了當修女這條心。「她們怎麼說？」我問，用的是一種溫和和不感興趣的語氣。

「她們對我很好，」蘿拉說，「但沒有答應。這不只是因為我不是天主教徒。她們說當修女不是我真正的職志，只是我逃避責任的方法。如果我想服侍上帝，就應該在祂為我選定的人生裡履行。」她頓了一下。「但我哪來的人生！」

她哭了，我伸手把她抱住。不要再哭叫了。如果這時我手邊有紅糖，一定會給她一塊。

「我們怎樣才能離開這裡——」她哭著說，「在還不嫌太遲以前？」她至少還懂得害怕；

她比我以為的要有大腦。但我當時認為，她對我們處境的恐懼，有點誇大事實。

那時候，我仍然自以為應付得了理查，還有溫妮薇德。我以為我只要保持低調，就可以像隻老鼠一樣，生活在老虎城堡的牆洞裡。錯了，我太高估自己了。我看不到危險。我甚至還沒看出來他們是老虎。更糟的是，我還不知道我也有可能會變成老虎，甚至蘿拉也會。其實，任何人走投無路的時候，都會變成老虎。

「看事情要看光明面。」我用最溫柔的聲音說，又輕拍她的背，「我待會兒給妳泡杯溫牛奶，那妳就可以睡個又長又甜的覺。明天醒來，就會覺得神清氣爽。」但她卻只是哭，哭了又哭，不肯接受安撫。

上都

昨晚，我夢見自己穿著那套我在上都舞會穿過的衣服。我扮演的是阿比西尼亞姑娘——手抱著揚琴的那一個。那是一套綠色緞子的衣服，由鑲金邊的敞胸小外套、綠色的短襯褲和半透明的燈籠褲所構成。其他配件還包括一串戴在額上的假金幣、連著個半月形別針的小頭巾和面紗。這想必是某個為馬戲團設計戲服的設計師對東方的觀感。

我本來以為，穿著這身衣服，會讓我看起來很漂亮，但當我低下頭，看到自己鬆弛的小腹、變粗的指關節和顫抖的手臂時，才猛然想起，自己已不是當年的年紀，而是現在的年紀。

另外，我所在之處也不是慈善舞會，而是阿維翁業已荒廢的溫室，四周沒有一個人，至少起初看起來是如此。到處都是大花盆，空的居多，不然就是塞滿乾泥土和死的植物。其中一座獅身人面像倒在地板上，身上被人用奇異筆畫滿各種塗鴉，變得面目全非。玻璃棚頂上有破洞。整個地方瀰漫著貓糞的臭味。

主屋位於我的後方，黑沉沉的，人去樓空。偌大的地方，就只剩我一個人，身上穿著套荒謬而眩目的服裝。當時是晚上，天空掛著一彎手指甲般的月亮。藉著月光，我看見溫室裡原來還有一棵植物是活著的：某種有光澤的灌木，開著一朵白花。蘿拉，我說。從某個陰影處，傳來男人的笑聲。

你可能會說，這個夢沒有什麼可怕的。可不可怕，你做過同樣的夢就會知道。醒來的時候，我只覺得孤苦伶仃。

為什麼心靈要對我們做這樣的事呢？為什麼它總是喜歡挖掘我們內心的傷口？人們說，當你餓得慌的時候，最先吃掉的就會是自己的心。我會做那樣的夢，理由也許是一樣的。

荒謬！一定只是我身體的化學物質在作祟。我必須採取預防步驟，以防再做類似的夢。一定有可以防止做惡夢的藥丸。

今天下了更多雪。只是看著窗外，我就感覺手指冷得發疼。我坐在廚桌上書寫，緩慢得就像雕刻。筆很沉重，難以推動，彷彿在水泥上刮削的釘子。

一九三五年，秋天。熱逐漸退卻，冷逐漸進逼。霜最初結在落葉上，稍後結在未落的葉上，再後來又結在窗上。當時我很喜歡觀察這些細節，可以從中獲得歡樂。我也喜歡吸入冷冷的空氣，因為它可以讓我覺得，至少我的肺還是屬於我自己的。

然而，事情還在持續發生中。

蘿拉逃家的事盡可能嚴密的隱瞞。理查告訴蘿拉，如果她向任何人透露這事情，他就會視之為對他的人身冒犯，甚至是蓄意破壞。為了擺平報界的懷疑，理查找來上流社會的朋友杜布斯夫婦作證，承認蘿拉被懷疑失蹤期間，事實上是與他們一起住在度假別墅裡。蘿拉以為他們已打過電話通知我們，而杜布斯夫婦又以為蘿拉已打過。度假期間，他們都沒有看報，所以不知道發生了什麼事。

這是個不怎麼有說服力的故事，但人們卻相信它，至少裝成相信它。我猜杜布斯夫婦應該會把真實的故事在二十個密友之間分享，因為八卦消息的價值相當於禮物。換成是溫妮薇德，也會做同樣的事。不過，事情的真相至少沒有見諸報端。

蘿拉被迫穿上呢絨短褶裙和方格子領帶，上學念書去。蘿拉毫不隱瞞對上學的厭惡，說根本沒必要上學，又說既然找到過一份工作，自然就能找到另一份。她這些話是對我說的，但理查在場。

理查說他已經聽煩了她那些歇斯底里的胡話，何況蘿拉這麼年輕，根本不適合自力更生，因為外面到處都是壞人。如果她不喜歡現在的學校，他可以送她到另一家，更遠的城市都可以。不過，倘若她再次逃家，他就會把她送到「迷途少女之家」，若那還關不住她，他就會把她送到私人療養院，窗戶上有裝鐵欄杆的那一種。他說，如果她想要終日以淚洗面的生活，這種療養院保證可以滿足她。他叫蘿拉搞清楚，她只是個小角色，而他是她的監護人，而且眾所周知，他這個人一向說到做到。

每當理查生氣，眼球就會微微突出，而他在說上述一番話時，語氣雖然冷靜，但眼球就微微突出。我覺得他太嚴厲了，試著想干涉，但他卻叫我別管這事。他說蘿拉嬌生慣養太久了，現在該是好好矯正她的時候。

幾星期後，雙方暫時停火。我努力在他們中間扮演緩衝角色，讓他們兩個不會發生正面衝突。

理查會變得這樣強硬，絕對和溫妮薇德脫不了關係。她一定勸過理查立場要強硬，一定說過，蘿拉是那種你不給她戴上口罩，就會咬飼主一口的女孩。

理查事事都會跟溫妮薇德商量，因為她不但跟他同一鼻孔出氣，而且也是幕後的鼓勵者和推手：把他推向她認為對他有利的領域，其中之一是政界。每當有人私下問她，理查什麼時候會競選國會議員，溫妮薇德就會在他們耳邊悄聲說：時機還不成熟，但為時不久了。他們都認定理查是政壇的明日之星，認定他背後的女人——不是每個成功男人的背後都有一個女人嗎？——就是溫妮薇德。

這個背後的女人當然不會是我。而我和溫妮薇德的相對地位，現在也變得明顯了（也許對他們而言，早就是很明顯的事）：她是理查不可少的，而我則是隨時可以取代的。我的職責只是岔開大腿和閉上嘴巴。

溫妮薇德從不讓我閒著，她不希望我會因為無聊而胡思亂想。她煞費苦心為我安排一些毫無意義的差事，而這些差事又沒有一件是難的（因為她認為我是個笨蛋。她從不掩飾這個想法，而我也從不會否定她這個想法）。

她派給我的其中一份差事就是當「上都」慈善舞會的執行委員。這個慈善舞會是為城中區孤兒院募款而舉辦，溫妮薇德是發起人。她把我列在執行委員的名單，除了讓我有事做，也是為了讓理查的名字會出現。不過，我總覺得，她把「執行委員」的頭銜掛給我，還有幽我一默的意味在內，因為她一向認定我除了綁鞋帶以外，什麼也執行不了。而作為慈善舞會的執行委員，她指派給我執行的就是寫請柬信封的地址。不過，這倒真是我能勝任而且喜歡的工作，因為它不需要動什麼腦，讓我可以把心思用來想別的事情。（我聽得到她打橋牌時這樣對小比莉和小薇妮說：「感謝老天，她總算還有一項本事。」然後又糾正自己：「不，兩項才對。」引來一陣笑聲。）

溫妮薇德固然為舞會組織了委員會，但每個委員都心知肚明，她會把所有重要事項的決定權一把抓，大家要做的只是合著她的拍子起舞。「上都」這個舞會的名字就是她欽定的。她會選這個主題，一方面是因為當時有一股東方熱（前不久溫妮薇德的對頭才搞了個叫「帖木兒在撒爾馬罕」的藝術舞會，大獲成功），二方面也是因為〈忽必烈汗〉是一首誰都曾在中學背過的詩，也就是說，就算是律師、醫生甚或銀行家都會知道何謂「上都」。他們的太太理所當然也會知道。

忽必烈汗建立上都，
修起富麗的歡樂宮，

那兒有神河阿爾浮，
流經深不可測的洞窟，
注入不見太陽的海中。

溫妮薇德把整首詩打字、油印，發給委員會每個人一份，希望藉此激發我們的想法，又說我們的任何建議，都是她由衷歡迎的。不過沒有人不知道，對於舞會的每一個細節，她都早已有了構想。請柬上也印著這首詩，用金色的字體，周邊圍繞著金色和天藍色兩色的阿拉伯字體。收到請柬的人當中，會有人了解這詩的意思嗎？不會，但他們一定會覺得請柬很可愛。

這樣的舞會都是收到請柬的人才有資格參加。如果你被邀請，就要出一份錢。但名額有限，所以，對自己身分地位不太有把握的人，難免會對自己是否會入列忐忑不安。希望受邀請而未受邀請的人大概還會哭一場——但當然是私底下哭，在那個世界，你不能讓人看出你在乎。

溫妮薇德用她的威士忌嗓音把〈忽必列汗〉給朗誦了一遍（我承認她朗誦得棒極了），然後告訴我們，「上都」這主題的妙處在於它可以讓參加者隨心所欲，愛多穿衣服或少穿衣服都可以。例如，肥胖的人可以身穿華麗的絲綢，苗條的人可以裝扮成女奴或波斯舞孃，露出除了去水孔以外的任何部位。你可以穿戴任何喜歡的配件：薄紗裙、臂鐲、叮噹響的帶鍊腳鐐，選項幾乎無窮無盡。當然，男人也可以打扮成文武官員，假裝自己妻妾成群。不過溫妮薇德補充說，她擔心自己說服不了任何人假扮太監。

蘿拉還太年輕，沒資格參加舞會（溫妮薇德打算到了適當時候，為蘿拉辦一場公開亮相儀式，那之後她就可以參加各種社交聚會）。雖然不能參加慈善舞會，但蘿拉對舞會的內容卻很感興趣。看到她再一次對事情感興趣，讓我鬆了一口氣。

不過，嚴格來說，蘿拉並不是對舞會感興趣，而是對〈忽必烈汗〉這首詩感興趣。這首詩，是我在阿維翁的時候從暴力小姐那裡學來的，但蘿拉當時卻沒有太注意。不過，她現在卻把這詩讀了一遍又一遍。

她問了一大堆關於這首詩的問題：什麼是「惡魔情人」？為什麼會有「不見太陽的海」？為什麼會有「無生命的大洋」？為什麼陽光燦爛的歡樂宮裡會有「冰洞窟」？阿波拉山在哪裡？而阿比西尼亞姑娘又為什麼要為它吟唱？為什麼「祖先的聲音要預言戰爭」？

我以前並不知道這些問題的答案，但如今都知道了。但我知道的不是柯立芝本人的答案，而是我自己的答案。（他本人有沒有答案也難說，因為他寫這詩那段時間都在嗑鴉片。）

神河代表的是活著，而它之所以流向「無生命的大洋」，是因為那裡是所有活人的最後歸結。情人之所以是「惡魔情人」，是因為他是個缺席的情人。陽光燦爛的歡樂宮會有冰洞窟，是因為它注定蓋好不久就會變得非常冷，繼而融化。阿波拉山則是阿比西尼亞姑娘的家，而她之所以為它吟唱，是因為她回不去。祖先的聲音要預言戰爭，是因為祖先都不肯閉嘴，不願被人認為他們是錯的：而戰爭的預言一定是不會錯的，因為或遲或早，戰爭總會發生。

如果我有說錯，請更正我。

下雪了，起初只是輕柔地下，後來變為堅硬的冰晶，落在肌膚上會讓人有被針扎的感覺。太陽才下午就下山，天空從淡紅色變成乳白色。煙從煙囪冒出，也從燒煤的火爐冒出。運麵包的馬車在街上卸下一堆堆熱騰騰的黑麵包，但用不了多久，麵包就會變得冷冰冰和硬邦邦。兒童會拿它們彼此拋擲。午夜鐘聲響了一遍又一遍。每天午夜，深藍色的天空都會布滿冰冷的星星和一輪慘白的月亮。我從臥室窗戶向外望去，目光穿過栗樹的枝椏，落在人行道上。然後我會把燈打開。

上都舞會的舉行日期是一月的第二個星期六。衣服在當天早上送來，放在盒子裡，由幾層棉紙包裹著。那是我從服裝店租來的，因為如果特別訂做，就會有太急於表現的樣子。我試穿這套衣服的時候，已是傍晚六點左右。蘿拉就在我房間裡：她常常在我房間裡寫功課，至少是一副在寫的樣子。「妳今晚要扮誰？」她問。

「阿比西尼亞姑娘。」我說。當時我對要用什麼充當揚琴，心裡還沒有譜。也許用把班卓琴綁些絲帶來權充吧，我想。但繼而又想起，我唯一一把班卓琴還留在阿維翁的閣樓裡，是我死去叔叔的遺物。看來，我應該乾脆把揚琴這部分略去。

我並不預期蘿拉會稱讚我漂亮或好看。她從來不說這些話，因為漂亮或好看並不在她的思想範疇之列。這次她說的是：「妳看起來不像阿比西尼亞人，阿比西尼亞人不會有金髮的。」

「我可無法改變我的頭髮，」我說，「都是溫妮薇德害的。她應該挑個跟維京人或之類有關的主題。」

「為什麼他們都這麼害怕他？」蘿拉問。

「害怕誰？」我說（我壓根兒沒想到她是在談〈忽必列汗〉。這首詩讓我感受到的只是歡樂，不是恐懼。歡樂宮。那是我現在的真正住處，裡面住著一個不為四周的人所知的真我。它有高牆和塔樓，所以沒有別人進得去）。

「聽著。」她說，然後閉起雙眼，背誦了起來：

啊，但願我能在心底
把她的樂曲和歌聲複製，
那時我就會如醉如痴，
我只消用那悠揚的仙樂，
就能重建那歡樂之宮，
那陽光燦爛之宮和那冰洞窟！
凡是聆聽者都將目睹，
而大家都將高呼：當心！當心！
瞧他飄揚的頭髮，閃亮的眼睛！

我們要圍他繞上三圈，
在神聖的恐懼中閉上雙眼，
因為他嘗過蜜的露水，
飲過樂園裡的乳泉。[11]

「看，人們都害怕他。」她說，「但這又是為什麼呢？」

「我不知道，」我說，「那只是一首詩，而詩並不一定都是一清二楚的。也許是因為他們以為他瘋了。」

「也有可能是因為他太快樂了，」蘿拉說，「他暢飲過樂園裡的乳泉。你太快樂時，人們就會害怕你。是這個理由嗎？」

「蘿拉，別老瞪著我，」我說，「我不是無所不知的。我不是教授。」

蘿拉坐在地板上，身上還穿著校服。她一邊吮吸指關節，一邊瞪著我看，滿是失望的表情。

我最近老是讓她失望。「我昨天看到了亞歷斯．湯馬斯。」她說。

我馬上轉過身去面對鏡子，調整面紗。整套服裝的效果奇差，讓我看起來像好萊塢電影裡的蕩婦。我安慰自己說，化裝舞會上又有哪個人看起來會不像冒牌貨？「妳看到亞歷斯．湯馬斯？真的？」我說。我應該表現出更驚訝一點的。

「對。妳高興嗎？」

「我為什麼該高興？」

「為他還活著高興，」她說，「為他沒有被逮到高興。」

「我當然高興。但不要對其他人提起這件事。妳應該不會希望他因為妳說溜嘴而被抓到吧？」

「這個不用妳來提醒，我不是小嬰兒。我看到他時沒跟他打招呼，就是怕別人發現。」

「他有看到妳嗎？」

「沒有。他正在過馬路。他的大衣衣領翻了起來，下巴也半遮在圍巾裡，但我知道是他。他的雙手也是插在口袋裡。」

聽她提到他雙手插著口袋這一點，登時有一股劇痛穿過我。「妳在哪條街看到他的？」

「我們這條街，」她說，「他站在對街，望向我們的房子。我猜他是想找我們。他一定知道我們就住在這裡。」

「蘿拉，」我說，「妳還在迷戀亞歷斯．湯馬斯嗎？如果是的話，妳應該趕快死了這條心。」

---

11 譯文出自飛白手筆，見《世界詩歌鑑賞詞典》，辜正坤主編，地球出版社。

「我從未迷戀他，」她嗤之以鼻地說，「我從未迷戀誰。迷戀是一個恐怖的字眼，聽起來糟斃了。」自從到學校念書以後，她的敬虔就減少了些，而用語也變得強烈。糟斃了是當時正在年輕人之間崛起的詞語。

「不管妳用什麼字眼稱呼妳對他的感覺，妳都應該斷念。因為你們是不可能在一起的。」我說，口氣很溫和，「妳只會讓自己不快樂。」

蘿拉伸手抱住雙膝。「不快樂？」她說，「妳以為妳對不快樂懂多少？」

——第八部

《盲眼刺客》肉食動物的故事｜《盲眼刺客》阿啊星的桃子女人｜《盲眼刺客》高禮帽餐館

《盲眼刺客》肉食動物的故事

他又搬家了，這對她來說求之不得。她痛恨那個位於平交道附近的房間：太遠了，也太冷了。每次待在那裡，她的牙齒都會打顫。她痛恨它那狹小幽暗的空間，痛恨位於房間角落的骯髒淋浴間，也痛恨上下後樓梯時會碰到隔壁那個女人。每次遇上，對方都是用陰鬱無禮的目光瞪視她，眼神裡又是嫉妒，又是鄙夷。

好了，終於可以擺脫這一切了。

雪已經融了，只在一些陰影處看到斑駁灰白的殘雪。太陽很溫暖，空氣中有一股潮濕泥土和躁動草根的味道。在這城市一些較高級的地區，黃水仙已經開了；在少數人家的前院，已經看得到鬱金香，有紅的、橘的。報紙上的園藝版說，這是大地已經回春的明證。不過，寫這話的人萬萬沒有想到，才第二天，風雪又再次遮天蔽日。

這一次，她為了隱藏頭髮，頭上綁了條大手帕。她穿的是藏青色的大衣，是她衣櫥裡能找到最接近素淡的大衣。他說過她最好穿得素淡一點。路上大小角落都會傳來雄貓留下的臊味、嘔吐物或雞籠裡雞隻的臭味。騎警騎著馬往來巡邏，眼神炯炯，但他們想抓的不是盜賊而是煽動分子：這一帶是外國共黨分子喜歡藏匿的地點。他們不斷策劃陰謀，六個人睡一張床，分享彼此的女人。據說，被美國驅逐出境的戈爾德曼（Emma Goldman）就住這附近。

地上有血跡，一個男人拿著水桶和刷子在清洗。她小心翼翼繞過這些粉紅色的水坑。這一區有很多猶太淨肉肉販，也是裁縫店和皮貨批發商的集中地。當然，一定還少不了血汗工廠[1]。她想像得到一排排移民女工在機器前面彎著腰工作的樣子，她們的肺部一定都充滿棉絮。

妳身上的衣服是從別人身上扒下來的[2]，他有一次這樣對她說。對，她輕鬆地回答，但我穿起來比她們好看。不過，她隨即帶點怒意的補充：不然你要我怎麼辦？你以為我自己作得了主嗎？

她行經一家蔬果店門外時停了下來，買了三個蘋果。不是非常好的蘋果，是上一季的，皮已經有點皺軟。但她覺得應該帶些什麼給他。老闆娘從她手上取回一個蘋果，指了指上面的爛斑，給她換了一個好的。雙方都沒講話，只是心照不宣地點點頭和露齒一笑。

再下來她走過一些穿長大衣、戴黑帽子的男人，還有會快速瞄你一眼的女人，都是披披巾、穿長裙的。他們不會正眼看你，但也不會看漏多少東西。在這一區，她是個顯眼人物，因為她的雙腿是暴露在外的。

1 指工作環境差、工時長和工資低的工廠。
2 指她身上的昂貴衣服都是靠剝削別人得來。

然後她走到他說的那家鈕釦商店。她在櫥窗前駐足了一下。漂亮時髦的鈕釦、緞帶、穗帶、花邊、閃光飾片，全是些為時裝增添夢幻色彩的材料。她那件白色雪紡綢晚禮服披肩上的白鼬皮飾邊，想必是這一帶某個巧匠縫上去的。嬌嫩的皮膚搭配毛茸茸的動物，最合紳士們的口味。

他的新房間位於麵包店樓上。繞到麵包店的側邊，走上樓梯，她就被一股她喜愛的氣味籠罩。不過酵母發酵的味道太濃太強了，讓她腦袋昏昏的，就像是有溫暖的氤氣直衝腦門。她沒有來找他已經有很長一段時間。是什麼事情把她絆住呢？

他打開了門。

我帶了些蘋果給你，她說。

過了一會兒，世界再一次在她眼前輪廓分明起來。她看到了他的打字機，不牢靠地放在小小的臉盆架上面，後面放著他的藍色手提箱，手提箱上面又擱著被移了位的洗臉盆。他的襯衫被扔在地上，皺成一團。為什麼這件皺巴巴的衣服總是會引起她的情慾悸動？

他們躺在床上，雕刻精美的桃花心木大床，幾乎占去了房間的全部空間。這一定一度（好久好久以前）是一件新婚家具，打算用一輩子的。一輩子，現在看來，這是個多麼愚蠢的字眼。她用他的摺疊小刀切下一片蘋果，送到他嘴裡。

妳是想勾引我嗎？

不，我只是要讓你可以活下去，等餵肥你以後再把你吃掉。

這可是很性變態的想法，年輕女士。

對，是很變態，卻是從你那裡學來的。可別忘了你那些有藍亮蓬鬆鬈髮、雙眸如毒蛇鑽洞的死女人。她們會拿你當早餐的。

樂意之至。說著，他伸出手，把她摟住。妳這段時間都在忙些什麼？妳好幾星期沒來了。

等一等。我有事情要問你。

是緊急的嗎？

對……不，沒那麼緊急。

太陽西斜了，窗簾的影子映到了床上。街外傳來各種人聲，說的都是她聽不懂的語言。我將會永遠記得這一刻，她對自己說。但接著她又納悶：我幹嘛想將來可以回憶的事呢？現在畢竟還沒有過去啊？

我幫你把故事後面的部分想出來了，她說。

真的？妳也有自己的想法？

我一向都有自己的想法。

那好，講給我聽聽吧，他笑著說。

好，她說。上一次，你說到三個探子因為懷疑盲眼刺客和啞女孩是神的信使，所以把他們帶去見「愉悅之僕」。如果我有說錯，請更正我。

妳真的有在認真聽？他驚訝地說。妳都記得內容？

當然記得。我記得你對我說過的每句話。到達「愉悅之僕」的帳篷後，盲眼刺客就說，他從神那裡帶來了信息，但只能告訴「愉悅之僕」一個人，又補充說，那女孩也必須在場。他不願讓女孩離開他視線之外。

他是個瞎子。妳忘了嗎？

反正你知道我的意思。「愉悅之僕」聽了以後就說：「好啊。」

他不會單說「好啊」兩個字，而會發表一番長篇大論。

這個部分我編不出來，所以只好省略。當「愉悅之僕」把他們帶到一頂沒有其他人的帳篷以後，盲眼刺客就告訴他有不用圍城或犧牲一兵一卒就可以進入薩諾基姆的方法。他有入城的口令，「愉悅之僕」的人可以憑著這個口令入城，然後帶著長繩索去水道口，把繩索一端綁著某處，另一端綁在自己身上，游過拱道出城；等到晚上，更多人馬就可以沿著繩子，從城外游入城中。之後，他們就可以輕易制伏守城的士兵，大開城門，讓等在外面的大軍一擁而入。

聰明的辦法，他說。夠狡猾。

對，她說，但不完全是我想出來的。希羅多德的書裡就這樣的記載，至少是類似的記載，應該就是在巴比倫城陷落的章節。

妳腦子裡裝著的小學問還真不少嘛，他說。不過，盲眼刺客是不是也應該想個脫身之計呢？小倆口子總不能這樣一直冒充下去，因為他們遲早會露出破綻，到時就會沒命。

我也想過這一點。你說的這個，盲眼刺客也考慮到了。他要求「愉悅之僕」派人把他和啞女孩送到西邊山脈的山麓，到山上去領受神的更多信息。又說只有到那裡，他才會告訴他們入城的口令和水道的位置。這樣的話，即使蠻族攻打薩基諾姆失敗，他們也不會被連累。

妳忘了，那山麓有野狼，他說。何況，就算他們沒有被野狼吃掉，也一定會給那些曲線玲瓏、有著紅寶石般朱唇的死女人殺掉。至少啞女孩會被殺掉，而盲眼刺客則會被迫滿足死女人無窮無盡的需索，直至油盡燈枯為止。可憐的傢伙。

不，她說，這樣的事不會發生。

為什麼不會？

因為那些死女人並不是真的死人。那只是他們營造出來的假象，好讓外面的人不會去打擾他們（盲眼刺客早就從各種傳言裡知道這一點）。他們有些是逃亡的奴隸，有些則是因為不想被父親或丈夫賣掉而逃出來的。另外，他們也不全都是女人，其中有些是男人，但都是友善而和氣的男人。他們都住在山洞裡，靠牧羊和種植蔬菜維生。他們會輪流在墓塚附近看守，用各種方法嚇走那些路過的旅人。

除此以外，野狼也不是真正的野狼，牠們都是牧羊犬，只是被訓練得會假裝狼嚎。事實上，牠們是很溫馴、很忠心的。

因此，他們在聽了盲眼刺客和女孩的身世以後，一定會很高興接納兩人成為一分子。此後，盲眼刺客和啞女孩將會住在一個山洞裡，而過一段時間以後，他們將會生下既不盲又不啞的子女，快快樂樂地生活下去。

他們自己快快樂樂生活，卻坐視同胞被屠殺？他笑著說。妳是鼓勵別人出賣自己的國家，鼓勵別人為了一己之私犧牲大眾的福祉？

那又如何？那些人雖然是他們的同胞，卻都是想殺他們的人。

只有少部分人有這樣的想法。總不能因為少部分人幹了壞事，就要其他人陪葬吧？

妳真有夠自私。

這是歷史，她說。《征服墨西哥》一書就有類似的記載。《聖經》不也記載，妓女喇合（Rahab）因為幫助過約書亞（Joshua）的人，她們一家才得以在耶利哥城城陷之後被免一死嗎？

好，就算妳有道理，但妳卻犯了規。妳不可以就這樣把一群死女人改寫為活女人。你從沒有正式把她們擺入故事裡。你只說傳言有這樣的死女人，但傳言可以是錯的。他笑了。好吧，就算妳說得對，現在讓我把妳的故事接下去。話說在「歡樂之民」的帳篷裡，一切都如妳剛才所說的發展，唯一不同只是「愉悅之僕」並不只是說了「好啊」兩個字，而是發表了一番長篇大論。接著，我們兩個主角被送到西邊山脈的山麓，之後，「歡樂之民」一如計畫偷偷入了城，發起攻擊，大肆蹂躪破壞，屠殺了所有的居民，無一倖免。國王被吊死，女大祭司被挖出內臟，陰謀叛變的朝臣就如同其他人一樣，死於刀下。所有的童奴、盲眼刺客、獻祭女孩都死了。一整個文明從此在宇宙中被抹去。

與此同時，我們的男女主角則手牽著手，在山麓上緩步而行，他們都深信很快就會碰到那些種蔬菜的牧羊人，並受到接納。不過，正如妳所說的，傳言並不一定是真的，結果，盲眼刺客聽到的傳言就是假的。死女人真的是死的。不只那樣，野狼也真的是野狼，而死女人一聲口哨，就可以把牠們召來。結果，我們兩個浪漫的主角連拜拜都來不及說就成了野狼的大餐。

哼！你還真是樂觀呢！她說。

我不是悲觀派，只是喜歡我的故事忠於實際人生罷了。實際人生裡總是有野狼的，牠們會以各種形態出現。

為什麼你說那是忠於真實人生的呢？她本來是面向著他的，這時轉過身，背貼在床上，凝視著天花板。她在生氣，氣他這樣蹧蹋她原來的故事構想。

所有故事都一定有野狼。我是指所有值得說的故事。其他的都只是甜得發膩的鬼話。

所有嗎？

對，想想看，所有故事，要不是逃離野狼，就是與野狼搏鬥，或是馴服野狼。不然就是自己被扔到野狼群裡，或是把別人扔到野狼群裡，因為這樣，野狼就會吃別人而不會吃你。再來還有變為野狼的故事，當然，能變成帶頭的野狼就更棒了。除此以外，沒有其他高尚的故事。

但我想你講給我聽那個有關野狼的故事卻不是關於野狼的。

可別這麼肯定。我也有野狼的一面。過來，我做給妳看。

先別這樣，我還有事要問你。

好，問吧，他懶懶地說。他的眼睛再次閉起，一隻手抱住她。

你有曾經對我不忠嗎？

不忠？好老式的字眼。

別管我的用字，你只要告訴我有沒有？

次數不會比妳對我的多。他停了半晌。但我不會稱那為不忠，不管是妳或我。

那你會稱那為什麼呢？她說，語氣冷冷的。

在妳那方面，我會稱為神遊太虛。因為在做那檔事時，妳都是閉上眼睛，心思飛到別的地方去。

那在你那方面呢？

別追根究柢了。我承認妳比她們都要棒，這可以了嗎？

你是個不折不扣的渾球。

我只是說真話罷了。

啊，是這樣？那也許你不應該說真話。

好啦，別生氣了，我是耍妳的。我連一根手指都沒碰過別的女人。別的女人都會讓我覺得倒胃。

停頓一會。她吻了他，輕輕的退開身子。我要遠行，她一字一字地說。我告訴你，是怕你以為我突然失蹤了。

遠行？去哪裡？去幹什麼？

我們要去參加處女航。我們所有人都會去，連僕從在內。他說那是本世紀的首要大事，絕不可以錯過。

這個世紀才過了三分之一，他憑什麼知道那是本世紀的首要大事？要我挑，我會把這個小小獎項頒給世界大戰。在月光下喝香檳要怎樣跟死於戰壕的數百萬人相比。

他的意思是那是本世紀上流社會的首要大事，她說。

好吧，女士，我認錯。

那有什麼大不了的？我只是離開一個月罷了。一個月上下，要視乎行程的安排。

他沒說什麼。

那不是我想去的。

當然不是。有那麼多大餐要吃，那麼多舞要跳，一定會累壞人。沒有一個姑娘會想去。

拜託不要這樣說話。

我不用妳教我該怎樣說話！我已經他媽的厭煩了。我只要當我自己。

對不起。對不起。對不起。對不起。

我討厭妳對我卑躬屈膝。但我承認妳裝得很像。我打賭妳在「前線」一定有很多練習的機會。

也許我該走了。

妳想走就走。他翻過身，背對著她。妳愛幹什麼鳥事就儘管幹。我不是妳的飼主，用不著跪在我面前嗚咽，搖尾乞憐。

你根本不明白，根本沒有嘗試去體諒我的處境。你以為我樂在其中？對。

《名流雜誌》，一九三六年七月號

尋找形容詞

霍金斯／撰文

……從未有過如此漂亮的船隻航行於大海的航道上。除了有著如獵犬般的流線外形外，其內裝更是極盡講究之能事，集舒適、便利與豪華於一身。這艘遠洋遊輪堪稱是一家海上的五星級大飯店。

我一直在尋找一個最適合她的形容詞。人們曾經用在她身上的形容詞林林總總，包括了「極致」、「帝王級」、「令人屏息」、「雍容華貴」、「富麗堂皇」、「超級」等等。這些形容，固然都是事實，卻只道出她給人感覺的一部分。被稱為「英國造船史上最偉大成就」的「瑪麗皇后號」是無法形容的，只有親眼目睹過她或親身「感受」過她的人，才會知道她是何等的無與倫比。

……大廳裡每天晚上都舉行舞會。曼妙的音樂、豪華的舞池、衣冠楚楚的男男女女——這一切本來只可能出現在世界幾個大城市的大飯店舞廳裡，很難想像會在大海上看得到。這裡有倫敦和巴黎最新發布的晚禮服款式，簇新亮麗，都是剛從硬紙盒裡取出。你還會看到最別致和新款的飾物：精緻的小手袋、飄動的晚披肩、華麗的圍巾和裘皮斗篷。寬鬆的晚禮服最受到青睞，有塔夫綢的，有網眼狀的。至於喜愛展示苗條身材之女士，則一律會以剪裁精緻的束身上衣搭配裙子。雪紡綢披肩舉目皆是，款式多樣。長著細瓷般可愛臉孔的年輕女士，頭戴白色假髮，身披淡紫色雪紡綢披肩，配以一襲灰色的拖地長晚禮服。高窕金髮美女穿的是西瓜紅色的晚禮服，披著飾有白鼬毛皮的白色雪紡綢披肩。

《盲眼刺客》阿啊星的桃子女人

每天晚上都有舞會。她不能不跳，也不能不裝出興高采烈的樣子：四周都是閃爍不停的鎂光燈，天知道你什麼時候會被拍到。

等第二天早上，她的腳就會痠痛。

每天下午，她會戴著太陽眼鏡，躺在甲板上的躺椅裡，從記憶裡找尋慰藉。她不想去游泳池，不想打羽毛球，也不想去玩套圈圈之類毫無意義的遊戲。消遣是為那些無事可做的人而設的，但她有許多事可想。

甲板上有很多狗在蹓躂，牽著牠們的都是家財萬貫的狗主人。她假裝在閱讀。

有些人在圖書室裡寫信。但寫信對她是沒有意義的。他居無定所，即使她寫了信，也不知道要寄去哪裡。

你為什麼都要講那麼悲哀的故事？幾個月前她問他。兩人躺在床上，裹在她的大衣裡（大衣鑲毛皮的一面向上）。冷風從破窗戶的縫隙吹入，窗外有電車經過的嘎嘎聲。等一下，她說，有顆鈕釦頂在我背上。

我講的都是我知道的故事，而我知道的只有悲哀的故事。但嚴格來說，每一個故事都是悲哀的，因為每個人到頭來都要一死。出生，然後交配，然後是死亡，毫無例外。有些可憐蟲連交配的份都沒有。

但在出生與死亡之間，總可以有快樂的部分吧？另外，如果一個人相信有天堂，那死前一刻就會是快樂的部分，因為屆時會有天使在他四周歌唱，讓他安息。

對。妳死了以後，天堂會有個大餅等著妳。不過我卻敬謝不敏。

即使撇開這個，人生也總有快樂的部分吧？

比方說我們結婚，住在一間小平房，生下兩個小孩。妳說的快樂部分，就是這個嗎？

你這個人很毒。

好吧，我知道不講個快樂故事，妳是不會甘休的。故事要開始了。

故事發生的時間是「百年戰爭」的第九十九年，這場戰爭，又稱作「色諾亞戰爭」。色諾亞星位於太空的另一個次元，上面住著智慧而又殘忍過人的生物，稱作蜥蜴人，但這可不是他們對自己的稱呼。蜥蜴人有七英尺高，身上覆蓋著灰色的鱗片，眼睛是近乎垂直的兩道細縫，就像貓或蛇的眼睛。他們的皮革極為堅韌，所以用不著穿衣服，不過卻會穿著一種用鎵織成的短褲（鎵是一種紅色、有彈性的金屬），以保護他們的要害。要補充的是，他們那話兒很巨大，而且也有鱗片，但卻很脆弱。

謝謝老天爺，總算有可以讓人滿意的尺寸了，她笑著說。

我保證妳看到只會覺得噁心。蜥蜴人計畫要俘虜一大批地球女人，繁殖出更優秀的下一代。這種有人類血統的蜥蜴人將會比原來的蜥蜴人具有更大的適應能力，可以呼吸任何奇怪的空氣、吃任何種類的食物和抵抗不知名的疾病。蜥蜴人計畫，一旦新種的蜥蜴人培育成功，就讓他們擴散到整個太空，逐一把各個星球的居民給吃光。

蜥蜴人的太空艦隊對地球發動第一次攻擊，是在一九六七年。這次攻擊，導致數以百萬計的地球人死亡。蜥蜴人還占領了歐洲和南美洲的一部分，當作殖民地。他們拿年輕的女人來進行傳宗接代的實驗，至於男人，則會被吃掉內臟後再埋在一些巨大的坑裡。蜥蜴人最愛吃的是人腦和心臟，又特別是腰子，吃以前會稍微烤一下。

不過，在戰爭中，蜥蜴人的補給線卻被地球人發射自一些隱祕基地的火箭給摧毀了，讓他們威力強大的電光槍無法獲得能源補充，變得無用武之地。而此時，地球人的力量也已經集結了起來，進行反擊。地球人除了靠原有的武器反擊以外，還發明了新的武器：瓦斯雲。這種雲，是從伊黎特斯星的鱷蛙的毒液提煉而成，對蜥蜴人深具殺傷力。

再來，蜥蜴人的鋖短褲是可燃的，如果你用夠灼熱的子彈射向這些短褲，它們就會著火。地球狙擊手使用的是遠程磷彈槍，裝有瞄準器，讓蜥蜴人吃盡苦頭。不過，這些大英雄如果被抓到，就會被施以酷刑，包括接受無比痛苦的電擊折磨。想也知道，蜥蜴人不會對縱火燒他們私處的人仁慈。

在力量此消彼長的情形下，蜥蜴人節節敗退。到了公元二〇六六年，也就是我們故事開始的這一年，蜥蜴人已經被逐出地球，向他們所居住的異次元外太空竄逃。但地球人並沒有就此罷休，繼續派出一些二人座的截擊飛船乘勝追擊，務求要把蜥蜴人徹底殲滅，只留下大約幾十個活口，放在銅牆鐵壁的動物園裡供遊人參觀。不過，蜥蜴人卻不打算投降，決定要戰到最後一兵一卒，而且，在他們的袖子裡，還藏著若干詭計。

袖子？你不是說他們上身是赤裸的嗎？

別那麼吹毛求疵。反正妳明白我的意思。

在追擊蜥蜴人的飛行員中，其中一組是韋特和布德，他們是哥倆好，在追擊部隊裡一共待了三年。在折損率極高的追擊部隊裡，三年可是一個很亮眼的年資。雖然在指揮官的評價裡，他們是兩個有勇無謀的戰鬥人員，儘管如此，他們還是在一次又一次的危險任務中存活了下來。

不過，在我們這個故事展開的時候，這對哥兒們的好運氣似乎已到盡頭。他們被一艘色諾亞的飛船發出的電射光擊中，燃料箱破了個大洞，操舵裝置也融化了；布德頭上出現了個大傷口，而韋德太空衣的中間部位也是血淋淋的。

看來我們要玩完了，布德說。這艘玩意可能會在接下來任一秒內報銷。我唯一的心願就是可以再幹掉幾百個有鱗的龜孫子。

我也是。咦，你的眼睛怎麼會有爛泥巴，是紅色的吶。你的腳趾也漏水了。哈哈。

哈哈，布德說，臉上露出痛苦的苦笑。你他媽的這時候還有心情幽默，真有你的。

韋特還沒來得及說什麼，飛船已失去了控制，像陀螺般快速旋轉下墜。兩個人馬上昏了過去。

當他們再次醒來的時候，簡直不敢相信自己的眼睛。他們現在已不在截擊飛船的船艙內，而身上的緊身金屬太空衣也不見了。他們現在穿的，是一種用閃光質料做的綠色寬鬆長袍，他們的傷都痊癒了，甚至連韋特在一次戰鬥中失去的中指也重新長了出來。他們只覺得全身充滿活力，無比健康。

我搞不懂，布德對韋特說。你想我們是不是已經死了？

如果這叫做死，我就樂得不要復活，韋特說。

我也會這麼說。

韋特不經意吹了口哨。突然，兩個他們生平僅見的美女出現，迎著他們走來。她們的頭髮是柳條籃子的顏色，身穿紫藍色的袍服，上面有很多細細的皺褶，她們走路時，皺褶會互相摩擦，窸窣作響。她們的手臂和腳都是裸露的，頭上戴著形狀古怪的細網狀頭飾。她們的膚色就像桃子，給人鮮美多汁的感覺。她們走起路來搖曳生姿，就像沾過糖漿。

歡迎你們，地球人，第一個美女對他們說。

對，歡迎你們，第二個美女接著說。我們等你們許久了，我們從太空攝影機知道你們正往這裡來。

這裡是哪裡？韋特問道。

這裡是阿啊星，第一個美女說。阿啊這個字，聽起來就像一聲滿足的嘆息，但也像是死前最後呼出的一口氣。

我們是怎麼到這裡來的？韋特問。布德則什麼都沒說，眼睛只是眨也不眨的看著眼前那成熟誘人的胴體曲線，心想如果能夠在上面咬一口就於願足矣。

你們是從天上掉下來的，跟著你們的飛船一起掉下來，第一個美女說。不幸的是你們的飛船已經撞毀了，你們只能待在這裡，跟我們在一起。

這不難接受，韋特說。

我們會好好照顧你們的。這是你們應得的獎賞。因為你們在保護地球對抗色諾亞人的同時，也保護了我們。

這兩個女人的儀態談吐都很莊重。不過，莊重這東西，一律都是用來遮住些什麼的薄紗。

一律嗎？

我馬上證明給妳看。這裡唯一要補充的是，布德和韋特是阿啊星上僅有的男人，所以這裡的女人都是處女。不但是處女，而且有讀心的本領，用不著布德或韋特開口，就會知道他們渴望些什麼。所以，用不了多久，布德和韋特有過的所有最不可能的性幻想，就一一實現了。

狂歡過後，他們享受了豐美的蔬果大餐。吃過飯，他們被帶到花園去散步，裡面長滿各種不可思議的奇花異草。接著，他們又被帶進放滿菸斗的大房間裡，各種樣子的菸斗應有盡有，他們愛抽哪一根就抽哪一根。

菸斗？像你抽的那一種？

接著，女人又給他們送上拖鞋。

我猜剛才我穿的跟他們的一樣。

當然一樣，他笑著說。

——更棒的是，兩個女人不只性慾旺盛，而且可以跟你討論藝術、文學、哲學和神學。布德和韋特想要做愛還是談論學問，她們都會隨時知道，馬上奉陪。

就這樣，布德和韋特過了一段神仙般的生活。他們漸漸知道了更多有關阿啊星的事情。首先，這個星球上是不吃肉的，也沒有任何肉食動物，但蝴蝶和唱歌的小鳥卻相當多。妳看我是不是有必要補充，她們敬拜的神，樣子像個大南瓜？

第二，阿啊星上是沒有出生這回事的，女人都是從樹上長出來。第三，這裡也沒有死亡這回事。每個桃子女人（布德和韋特私下都這樣稱呼她們）活了一段時間以後，就會解體，身上的分子會分解，滲入泥土裡，被樹木吸收後再次從樹上長出來，而且長得和先前一模一樣。

她們怎麼知道自己身體的分子快要解體？

首先可以憑皺紋判斷，一旦過熟，她們絲絨般的皮膚就會出現柔軟的皺紋。第二個判斷的辦法是憑果蠅。

果蠅？

紅色的果蠅會群聚在她們戴著紅色頭飾的頭頂上。

這就是你所謂的快樂故事？

別急，還有下文。

對於阿啊星的一切，布德和韋特剛開始覺得很神奇，但一段時間以後，他們就煩膩了。不說別的，光是兩個桃子女人反覆問他們快不快樂，就讓他們不勝其煩。更要命的是，天底下沒有這兩個寶貝做不出來的事。她們可說毫無羞恥心可言，只要稍加暗示，就會做出最淫穢的動作，「蕩婦」二字還不足以形容。但她們另一些時候又會正經八百、端莊賢淑。她們也會哭，也會尖叫——反正就是會按你心裡希望的樣子反應。

一開始布德和韋特覺得這很好玩，但不多久之後就開始惱火。

你打那些桃子女人的時候，她們不會流出血，只會流出汁液。如果你打得更用力，她們就會分解成甜甜糊糊的一灘果肉，而用不了多久，又會再次從樹上長出來。看來，她們是沒有痛覺的。這讓韋特和布德開始懷疑，這些女人是不是有快感。難道，她們高潮時的極樂狂喜，都是裝出來的嗎？

當被問及這個問題的時候，那些女孩都是笑而不答，顧左右而言他。你永遠別想摸得清她們的底。

你知道我最近都在想些什麼嗎?有一天韋特對布德說。

我打賭跟我想的一模一樣,布德說。

大塊的烤牛排,三分熟的,還滴著血的。外加一大袋炸薯條和一大杯冰啤酒。

對,然後再去跟色諾亞那些有鱗的龜孫子狠狠打一架。

正合我意。

於是,他們決定要進行一趟探險。不過,經過一段長時間的探險後,他們一無所獲,只印證了桃子女人早先告訴過他們的:這裡四面八方都是一樣的,有樹、蝴蝶、小鳥和桃子女人。最後,他們到達一片看不見的牆。這牆就像玻璃一樣滑滑的,但卻很柔軟,你用手按哪裡,哪裡就會凹進去,等你一鬆手又馬上彈回來,恢復成原先的模樣。牆很高,高得超過他們所能爬越。感覺上,那就像個巨大的水晶泡泡。

我想我們被困死在這個巨大透明的奶子裡面了,布德說。

他們在牆腳坐下,被一股深深的絕望感所籠罩。

這個鬼地方寧靜富足,韋特說。晚上有軟綿綿的床可睡和甜蜜蜜的夢可做,早餐桌上插著鬱金香,有美女為你倒咖啡。你能夢想的應有盡有。這一切,不正是那些正在外太空另一個次元戰鬥的人所憧憬的嗎?不正是他們不惜用生命來交換的嗎?我說得對不對?

對斃了,布德說。

但這裡的一切太完美了,所以不可能是真的,韋特說。這裡一定是個陷阱,甚至有可能是色諾亞人為了不讓我們回到戰場設下的詭計。你可以說這裡是個天堂，一個我們離不開的天堂。但任何我們離不開的地方不啻地獄。

這裡不是地獄，突然有一個桃子女人說，她是剛剛從附近一棵樹上長出來的。這裡有的只是快樂。放輕鬆，好好享受吧，你們會慢慢習慣的。

故事就此結束。

就這樣？她說。你打算讓他們兩個永遠被困在籠子裡面？

我只是照妳的吩咐做。妳不是想要一個快樂的故事嗎？是要放他們出來還是留他們在裡面，全憑妳一句話。

放他們出來。

但外面卻是死亡。記得嗎？

啊，我明白了。她側過身，把毛皮大衣拉過肩膀，一隻手摟著他。但有關那些桃子女人，她說，你的想法卻不對。

怎麼個不對法？

反正就是不對。

《帝國俱樂部會訊》，一九三六年九月十九日

葛里芬警告慎防共產勢力在西班牙坐大

在上週四於帝國俱樂部所作之演說中，知名企業家理查·葛里芬先生表示了他對西班牙目前動盪局勢的憂慮。他說，倘若這種局勢繼續惡化，將危及世界和平之維持與國際貿易之暢順運作。他指出，從沒收人民財產、殺害善良人士和迫害教會等種種行徑觀之，西班牙目前的共和政府，不啻蘇俄之傀儡。

葛里芬先生又說，由佛朗哥將軍所領導之民族主義者會起而抵制共和政府，實屬意料中事。這個團體，集合了西班牙各階層的忠勇之士，矢言捍衛西班牙的古老傳統與社會秩序。不過，他們是否能成功，尚屬未定之天，而全世界只能以焦慮的心情，靜觀最後結果。若共和政府獲勝，將意味野心勃勃的蘇俄勢力進一步擴大，而接下來將有更多小國家處於其威脅下。在歐洲大陸上，唯一有力量與其抗衡者，僅德、法兩國，義大利則勉強入列。

葛里芬先生強烈呼籲，加拿大應效法英、法、美等大國，對西班牙的內部衝突保持局外人之態度。不干預政策乃屬上上之策，因為沒有道理要求加拿大公民為他國的動亂去冒生命危險。但令人遺憾的是，目前已有一些死硬派的地下共黨分子，罔顧法令，前赴西班牙為共和政府賣命。不過葛里芬先生又指出，這種違法行徑倒是帶來了意料之外的好處：那就是政府不必浪費納稅人一分一毛，共產黨就自動從這個國家銷聲匿跡。

葛里芬先生的演說獲得了熱烈掌聲。

《盲眼刺客》高禮帽餐館

高禮帽餐館的霓虹燈招牌是一頂由藍色手套舉起的高禮帽。手套會把高禮帽舉起，再放下，舉起，再放下。帽子下面沒有人頭，只有一隻眼睛，一眨一眨的。

儘管高禮帽是這家餐館的顧客最常見的穿戴，但他倆仍然占據著雅座隔間，面前各放著一盤燒牛肉三明治：肉片厚而多汁，夾肉的麵包又大片又軟又沒滋味，就像天使屁股。盤子邊上伴著些灰綠色的罐頭豆子，還有油膩和軟趴趴的炸薯條。另外的雅座裡坐著些孤獨憂鬱的男人，兩眼血絲，看衣著像是會計員。客人中間有幾對是窮夫妻，來這裡，是要在他們負擔得起的範圍內歡度週五夜。還有三三兩兩妓女，做完生意後來此小坐。

我不在的時候，他有跟這些妓女其中一個鬼混嗎？她思忖。慢著，我又怎麼知道她們是妓女？

這是這裡最棒的，他說。他指的是熱燙的燒牛肉三明治。

你吃過這裡的其他東西嗎？

沒有，不過憑本能就可以知道。

就三明治來說，真的很不錯。

請恕我不講究宴會禮儀啦，他說，但語氣並不尖刻。他的心情不能說是興高采烈，但至少是很不錯。顯然有什麼事情讓他感到愉快。

自她旅行回來以後，都沒有見過他像今天的樣子。之前，他都是沉默寡言，滿懷恨意。

好久不見啦。妳是為同樣的事情來的嗎？

什麼同樣的事情？

同樣的匆匆一爽。

為什麼你就非要這樣惡毒不可？

這是我的天性。

她此時最想知道的就是他為什麼會帶她出來吃東西，而不是留在房間裡。他的謹慎小心都到哪兒去了？他又是哪來的錢？

他最先回答的是最後一個問題，儘管她沒有問。

妳手上這客燒牛肉三明治是蒙「色諾亞星的蜥蝪人」之賜。來，我們來敬那些邪惡的有鱗怪物一杯，他說，舉起了手上的可樂杯子，先前他從隨身攜帶的小酒瓶往杯中倒入了些朗姆酒。

她也舉起杯子。色諾亞星的蜥蝪人？是你講給我聽的同一個故事嗎？

差不多。我把它投給報紙，兩星期前寄的。他們馬上就採用了。我昨天收到支票。

這樣說，他一定是自己去開過郵局信箱，並且自己兌現了支票。他不得不這樣，因為他難得見到她。

你看來很開心。

當然開心……那是一篇傑作。高潮迭起，血流成河，又有那麼多美女，誰抗拒得了它的魅力？

美女？是那些桃子女人嗎？

不，這一次我沒有把桃子女人放進去。那故事有個不太一樣的布局。

他一面說，心裡一面想：如果我把事情說出來，她會有什麼反應？是會淡然接受遊戲結束的事實還是作出海誓山盟的承諾？而這兩者之中，何者又是他更不樂見的呢？她戴著一條頭巾，是橙中帶粉紅的顏色，縹緲而浮動。她的肌膚鮮脆而水漾。他還記得第一次看到她時的印象：當時，他竭力想像她衣服裡面的樣子時，卻只能想像到一層霧。

你怎麼啦？她問。你看起來怪怪的。你喝酒了嗎？

沒有。沒喝很多。他用叉子把盤子裡的豌豆撥來撥去。我要上路了。護照和一切都齊全了。

啊，原來是這樣，她說，盡量把聲音裡的失望壓低。

就是這樣，他說。我和我的同志聯絡上了。他們一定是覺得，我到那邊去會比留在這裡有用。我走了的話，他們也會少了個心頭之患。

路途上會安全嗎？

比留在這裡安全。不過，我聽說現在有關方面已經不再搜尋我了。似乎，他們也希望我可以滾遠一點，這對他們反而省事。儘管這樣，我還是不會告訴任何人我坐哪一班火車，以防這是個圈套。

越過邊界也安全嗎？你不是說過……

現在想要穿過邊界，比穿過衛生紙還要簡單。海關的人如今都知道該怎麼辦。從這裡到紐約再到巴黎有一條直通的管道，全都是組織好的，每個人的名字都叫做喬。警察一定都已經獲得指示，會把頭轉到另一邊，不會找我們這種人麻煩。

我只希望能跟你一道去，她說，眼眶紅紅的。

那就是為什麼他會帶她出來吃飯，他不希望她會失控。在公眾場合，她應該起碼不會痛哭失聲。

對，我也希望妳能一道去。但沒有法子，那邊的生活很艱苦。

他覺得她那張漂亮、沮喪的臉蛋就像是倒影在吹皺的池水裡，開始慢慢分解，馬上就要哭出來。但雖然她一臉憂愁，卻從未比今天更性感迷人過。他感覺有一團輕柔乳白的光暈圍繞著她，她的手臂（就握在他的手裡）結實而豐滿。他恨不得把她一把抱起，抱回到自己的房間裡，用六種方式幹她，一直幹到星期天。彷彿只有這樣子，才會永遠記住她。

我會等你回來的，她說。你回來那一天，我會走出大門，跟你一起遠走高飛。

妳真的願意離開？真的願意離開他？

對，我願意。為了你，我什麼都願意拋棄。

霓虹招牌的光從他們上方的窗子照進來：紅，藍，紅。她想像他受了傷的樣子；這是一個可以讓他走不成的方法。她恨不得把他鎖住、綁起來，讓他只能屬於她一個人。

現在就離開他，他說。

現在？她的眼睛瞪得大大。馬上？為什麼？

一想到妳要跟他上床，我就受不了。

我不把那當一回事，她說。

但我卻當一回事。尤其是我走了之後，看不到妳之後。我知道，到時只要一想到這件事，就足以讓我發瘋。

但我一點錢都沒有，她用顯得驚奇的聲音說。我要住哪兒呢？租個房間，一切靠自己？（難道要我像你那樣嗎？她想。）我要靠什麼維生？

妳可以找份工作，他無力地說。我可以寄錢給妳。

你根本沒有錢。再說我又能幹些什麼？我不會縫衣服，也不會打字。（另外還有其他的理由，她想，但我現在不能告訴你。）

總有辦法的，他說，但沒有再逼她。叫她現在就離開也許並不是個好主意：外面是個充滿罪惡的世界，萬一出了什麼差錯，他會自責終生。

現在最好的方法就是維持原狀，直到你回來為止，她說。你會回來的，對不對？平平安安、完完整整的回來，對不對？

當然會，他說。

如果你不回來，我不知道該怎麼辦。如果你死了或什麼的，我將會痛不欲生。（她心裡想：我說的話怎麼就像電影裡的對白，但我又能說什麼呢？看多了電影，我們都忘記怎樣說話了。）

慘了，他心想。她馬上就要哭了，女人一旦開始啼哭，你就別指望能讓她們停下來。

走吧，我們沒多少時間了，回我的房間去吧。

第九部

洗衣服｜菸灰缸｜頭上著火的男人｜女水妖號｜栗樹

洗衣服

三月終於來了，開始有些許吝惜的春意。雖然樹仍是光禿禿的，而花苞仍是硬而蜷縮，但在那些陽光照得到地方，雪已開始融化。狗幫忙做了些融雪的工作，灰黃色的狗尿在冰面造成了一些花邊。有些草坪已經冒出草來，儘管仍夾雜著殘雪和爛泥。地獄的邊境[1]一定就是這個樣子的。

今天早上我吃了不一樣的早餐。那是蜜拉帶給我的新品種麥片，說是吃了會讓人神元氣足：她這人總是對包裝盒上的產品介紹照單全收。包裝盒上的醒目文字是燙印的，它們說這種麥片色澤如棒棒糖、柔軟如絲棉跑步衫；它的原料不是一般過度商業化的玉米或小麥，而是某種鮮為人知的穀物（名字很難念，像是遠古的神祕文字）。這些穀物的種子在哥倫布時代的墓塚和埃及金字塔被人重新發現（說得煞有介事，但你稍一思考，便會知道毫不可信）。據說，這種神奇麥片不僅能像鍋刷一樣幫你清除體內垃圾，還能使你容光煥發、青春常駐、長命百歲。包裝盒背面畫著一副柔軟而嫣紅的腸臟，正面印著一副沒有眼睛的翠玉色拼花面具——負責設計包裝的人顯然不知道，那是阿茲特克人的死人面具。

為了對得起這種新麥片，我強迫自己規規矩矩坐在廚桌前，擺上全套餐具和餐巾紙。獨居的人都容易養成站著吃東西的習慣：既然沒有別人看見，又何必講究繁文縟節？不過，有時如果你在一點上鬆懈，就會導致全面的亂糟糟。

昨天，我決定自己動手洗衣服，向上帝不准人在星期天工作的規定作出挑釁（上帝會有這規定是很奇怪的，因為我們都知道，天堂就像潛意識一樣，並沒有時間這回事）。不過，我真正要挑釁的其實是蜜拉。蜜拉反對我自己整理床鋪，也反對我提著沉重的籃子走下搖搖晃晃的地窖樓梯（洗衣機就放在那裡）。

那我的衣物又要誰來洗呢？蜜拉。不過，她洗完衣服後，我們倆又會假裝她沒做過這件事。我們就像串通好製造假象：我仍然照顧得了自己。

不過，看得出來，她洗衣服已經洗煩了。另外，她的背現在也不好。她想安排女傭為我洗衣服和做各種雜事。她的託詞是我的心臟不好。她現在終於發現這件事了，我猜她是從護士那裡打聽來的。這個小鎮是個篩網，沒有祕密可以守得住。

我告訴蜜拉，洗我的髒衣服是我自家的事，不需要別人幫忙。想想看，讓別人看到我的無能、接觸到我的汙斑和臭味，是多麼尷尬的事？蜜拉要幫我洗衣服，我不會介意，因為她熟悉

1 據傳是基督未降生前未受洗的好人和兒童的靈魂所居之處。

取悅。

我，而我也熟悉她。何況，我又是她自願背的十字架：我讓她在別人眼裡顯得高尚。只要她一提我的名字，掌聲就會隨之而來，即使不是來自天使，也會是來自鄰居，而鄰居又比天使更難取悅。

別誤會我的意思。我不是嘲笑善行。善行要比惡行的動機更為複雜，也更難解釋。只不過，強加的善行有時候會讓人受不了。

下了決定後，我就彎腰在放髒衣物的柳條大籃裡東挑西揀（差點倒栽蔥般栽了進去），挑出我提得動的數量的衣服，放到塑膠桶子裡。然後，我側著身體，一次一級地往樓梯下面走去。我走得小心翼翼，就像是要穿過森林去找老外婆的小紅帽。唯一的不同是我就是那個老外婆，而且惡狼就在我的身體裡，正一點一點把我啃蝕掉。

下到一樓的時候，一切還好，接著，我從走廊走到廚房，再打開地窖的燈。但就在我探入地窖樓梯的剎那，恐懼就湧上心頭。曾幾何時，這棟一度我可以隨意穿梭的房子，變得到處暗藏凶險：玻璃窗框就像捕鼠陷阱，隨時都有可能軋到我的手；梯凳一副搖搖欲墜的樣子；碗櫥還有裡面的高價玻璃杯碟就像隨時都會倒下來，把我壓垮。樓梯才走到一半，我就知道自己應該放棄。樓梯的角度太陡了，陰影太深了，味道太險惡了。在地窖的最下面是一片黑暗，又深、又濕，泛著暗光，像是池塘。但那也許真的是池塘，因為說不定附近的河流曾經水位暴漲，早把下面給淹沒了。四大元素[2]任何時候都有可能會錯位：火會從土裡噴出來；土會液化，翻滾過你的耳朵；氣會像石頭般撞擊你，掀開你頭頂的天花板。所以，河水暴漲有什麼不可能？

我聽到咕嚕一聲，有可能是我身體發出來的，又可能不是。我感到我的心臟在我胸口裡因為恐慌猛喘大氣。我知道那池水是我眼睛、耳朵或心靈的幻覺，儘管如此，我還是打消下去地窖的主意。我決定把桶子留在樓梯，回過頭再來收。不過也許不用我收，因為也許蜜拉會幫我收。想像得到，到時她的嘴巴一定抿得緊緊。好啦，我現在非得有幫傭不可了，這是我自找的。我轉過身（差點沒跌倒），緊緊扶住欄杆扶手，一次一級把自己往上挪，回到廚房去。

窗外是無精打采的灰色，天空也灰沉沉。我把電水壺插上電，沒多久，它就開始吱吱冒出蒸氣。我有受到慰藉的感覺。當人需向器具尋求慰藉，就代表身體情況不太妙。

我泡了杯茶，喝掉，然後自己把杯子洗乾淨。我起碼還能自己洗杯盤。當我把杯子放回碗櫥去的時候，忽然擔心起放在地窖樓梯那桶衣服會不會倒掉。這樣，裡面的破布就會四散開來，像一片片蛻下的白皮膚。不，它們不全是白的。它們就像證言一樣，透露出我本來白淨如書頁的身體，早已慢慢地裡外翻了過來，早已被歲月草寫上一些如密碼般的符號。

也許我應該試著把那些東西撿拾起來，放回大籃子裡，那就不會有人知道。那蜜拉就不會知道。

2 古希臘哲學家認為，宇宙是「氣」、「水」、「火」、「土」四大元素構成。

看來，我已經得了強烈的潔癖。

遲做總比沒做好，蕾妮老愛說。

啊，蕾妮，我多麼渴盼妳就在這裡，像從前一樣照顧我！

但這是不可能的。現在，我只能靠自己照顧好自己，還有蘿拉，這是我肅穆答應過的。

遲做總比沒做好。

我寫到那兒啦？當時是冬天。不對，這個我已經寫過了。

當時是春天。一九三六年的春天。一切就是從這一年開始分崩離析。不，應該說一切早就開始分崩離析，只是這一年變得更白熱化。

英王愛德華就是這一年遜位的。他決定要捨野心而選擇愛情，不，應該說他決定要捨自己的野心而選擇溫莎公爵夫人的野心。其時，西班牙的內戰也即將爆發。不過那是幾個月後的事，不是春天的事。那麼，在三月的時候，我們知道些什麼呢？一點點事情。例如，有一天理查在吃早餐翻報時，就說了句：他終於動手了。

那天早餐桌上只有我們兩個人。除週末以外，蘿拉都不會跟我們一道吃早餐，稍後，即使週末，她也不下樓，會假裝還在睡覺。週一到週五的早上，蘿拉都是一個人在廚房裡吃早餐——也許不應該說一個人，因為她吃早餐時，穆加特羅伊德太太總在旁邊。然後，穆加特羅伊德先生會開車載她上學，放學時再去接她。理查不喜歡她走路上學，更精確地說，他不喜歡看到她再次逃家。

蘿拉會在學校吃午餐，週二和週四另有笛子的課要上。學校規定學生至少要學一種樂器。蘿拉試過學琴，卻以失敗告終，學大提琴也是一樣下場。學校告訴我們，蘿拉不肯好好練習，不過，有時傍晚她會用一些哀怨、走調的笛聲來娛樂我們。她不時會吹錯音，而且似乎是蓄意的。

「我要跟她談一談。」理查說。

「我們很難怪她，」我說，「畢竟她現在所做的，都不是自己情願的。」

蘿拉這時已不會公然頂撞理查，但只要他走入哪個廳室，她就會走出去。

回到那天早上的報紙去吧。由於理查的報紙是舉起的，所以我看得到標題。他說的他是希特勒。希特勒破壞約定，揮軍進入了萊因河。哈，理查說，你站在一英里外都可以看到他想幹什麼，但那些老傢伙就只顧看著自己的褲襠。他根本不把他們當一回事。他是個聰明絕頂的傢伙，只要看準弱點，就絕不會錯過。當米已煮成飯，他們只好拱手相讓。

我點頭附和，但並沒有真的在聽。對他的話聽而不聞是那幾個月唯一可以平衡的方法。我就像在尼加拉瓜大瀑布上方走鋼索，如果不對四周喧囂的水聲聽而不聞，就會有踩空之虞。當你發現醒著的每一刻都和你心中的理想生活天差地遠時，你不讓自己變得渾渾噩噩，又要怎樣生活下去呢？餐桌的小花瓶裡，插著一朵溫妮薇德讓它強行發芽的水仙，顏色白得像紙。這個時節能欣賞到這樣的花真棒，她說，唔，好香，就像是希望的氣息。

溫妮薇德認為我是沒有殺傷力的，換言之就是認為我是個笨蛋。不過十年後，就是我們老死不相往來之後，她卻隔著電話對我說：「我以前以為妳是個蠢才，但我看走眼了，妳實際是個惡魔。因為妳老爸的破產和縱火燒工廠的事，妳一直滿肚子怨氣，並轉嫁到我們身上。」

「工廠不是他燒的，」我說，「是理查燒的。或者應該說是他找人燒的。」

「這是個漫天大謊。妳老爸那時已經一窮二白，如果不是因為有保險理賠，妳只怕連豆子也不會有得吃！是我們把妳和妳那個迷糊妹妹從泥淖中打救出來的！如果不是因為我們，妳只怕現在還在沿門托缽呢。妳從來都是茶來伸手、飯來張口，自己從沒用過一分力，但妳卻對理查沒有絲毫感激。妳從沒有幫過理查一次，那怕只需要費妳一根手指的力。一次都沒有。」

「但我不是一直任由你們擺布嗎？我一直保持沉默，保持微笑，自甘當個花瓶。我什麼都可以忍受，但他把蘿拉給扯進來卻太過分了。」

「全是一派胡言！妳虧欠我們無數，卻又為此心理不平衡，所以拿理查來當報復對象！他就是妳害死的。」

「那我請問妳，蘿拉又是誰害死的呢？」

「她是自殺的，妳知道得一清二楚。」

「那好，關於理查的死，我也可以說相同的話。」

「厚顏無恥的謊話！蘿拉這個人一向神經兮兮，妳是知道的。我搞不懂妳為什麼要相信她說的半個字。沒有一句她講關於理查或任何事情的話是真的。沒有一個頭腦正常的人會相信！」

我氣得無法再多說出一個字，所以就砰一聲把電話掛斷。我當時無力對抗她，因為她手上有人質。她有艾咪。

然而，在一九三六年的時候，她對我的態度仍然和藹可親，仍然以我的保護人自居。她不斷把我從一個社交場合拖到另一個社交場合，到了以後，就把我擱在某個角落的椅子上，自己交際應酬去。不過我慢慢明白，她基本上是不受歡迎的，人們只是忍耐她罷了。而他們會忍耐她，一方面是因為她有錢，二方面是她有無窮的精力：那個圈子裡大部分的女人都樂得讓溫妮薇德幫她們分擔大部分的事情。

不時會有人走過來，找我搭訕，說是認識我祖母。如果是比較年輕的，則會說她們真希望認識我祖母，希望回到大戰前的黃金時代，體會何謂真正的高雅大方。言下之意是溫妮薇德只是個暴發戶，滿身銅臭、傲慢而粗鄙。她們也暗示我應該追求些不同的目標。對此，我都是淡淡一笑，回答說祖母在我出生時已過世很久，換言之，她們不能指望我去跟溫妮薇德搞對抗。

您那英明睿智的丈夫可好？她們會問。我們什麼時候會聽到重大宣布？理查還沒有正式宣布他要角逐國會席位，但大家都認為指日可待。

他真有這種決定的時候，我想我會是第一個知道。這當然是假話：我相信我一定是最後一個知道。

我和理查的生活成為了固定模式，而我也認定，那將會是我一輩子的生活模式。不過，又也許應該說，我過著的不是一種生活，而是兩種生活，一是白天的，一是晚上的。它們截然不同，但同樣都是一成不變。每天的生活看似平靜、規律，卻潛藏著文雅的暴力，就像是有一隻沉重、野蠻的鞋子按節拍不斷在鋪著地毯的地板上踏步。我每天早上都會淋浴，以除去晚上沾來的氣味：理查的髮油味。我全身上下都沾著這種黏稠稠的髮油。

對於我在床上的漠然反應，他會不悅嗎？一點都不會。就像生活的其他領域一樣，他喜歡別人在他的壓力下就範。

有時候，他會在我身上弄出些瘀傷來：它們先是紫色的，繼而淡化為青色，再淡化為黃色。愈後來，這種情形就愈頻繁。妳怎麼會那麼容易瘀傷，他會微笑著說。

他喜歡製造瘀傷的部位是大腿，因為那是個不會外露的部位。他不喜歡任何會暴露他野心的痕跡外露。

有時我會覺得，我身體上的這些記號是某種密碼。但如果它們是密碼，解碼本又是握在誰的手上？

我是沙、是雪，任人書寫、重寫，再抹平。

菸灰缸

我又去了一趟診所，是蜜拉載我去的，她說路上正在融雪，滑溜溜的，不宜用走的。

醫生輕拍我的肋骨，用聽診器聽了聽心跳。他眉頭皺起，然後鬆開，然後問我覺得怎樣。我猜他給自己的頭髮動過了手腳。他頭頂本來比較稀疏。他是給頭皮貼了些假髮嗎？還是更糟，做過植髮手術？我心裡想：哈，儘管你每天堅持慢跑，腿上又毛茸茸，但已經開始顯出老態。不久你就會後悔曬那麼多太陽：你的臉將會變得像曬乾的橘子皮。

「我睡不著，」我說，「我做太多夢了。」

「如果妳有做夢，那就代表妳正在睡覺。」他故作詼諧地說。

「你知道我的意思，」我尖銳地說，「那不一樣。那些夢會把我驚醒。」

「妳還在喝咖啡嗎？」

「沒有。」我撒謊說。

「那一定是妳不安的良心引起的囉。」他一面開藥方，一面吃吃笑，顯然覺得自己很幽默。人們總是認為，人年紀愈老就愈純潔無邪。在他眼中，我只是個衰朽無用的老嫗，根本不可能會有什麼罪衍。

我看病的時候，蜜拉坐在候診室裡看過期雜誌打發時間。她在雜誌上撕下兩篇小文章，一篇是教人怎樣應付精神緊張，一篇是談生吃包心菜的好處。這是給妳看的，她說，臉上露著得意的笑容。她喜歡當我的私人健康顧問，對我肉體健康的興趣幾乎不亞於對我靈性健康的興趣：她尤其感興趣的是我的排泄狀況。

但我告訴她，我沒有精神緊張，因為生活在真空裡的人不會精神緊張。至於包心菜一篇，我說不管生吃包心菜有多大好處，我都不會試，因為我不打算讓我的胃脹得像頭死牛。又說我不打算在餘生讓自己聞起來像個泡菜桶或聲音聽起來像貨車喇叭。

我這一類滿不在乎自己身體健康的言論常讓蜜拉無言以對。載我回家的一路上，她都沒有說話，儘管臉上始終掛著個石膏像般的微笑。

我有時會對自己深以為恥。

還是回到正題吧。我寫到哪兒啦？我翻頁又翻頁。一九三六年四月。

四月的時候，蘿拉學校的女校長打電話給我，說是想約我談一談。又說事情不方便在電話裡談，想請我到學校去一趟。

理查因為忙於公事，無法跟我一道去。他建議讓溫妮薇德陪我，但我說我肯定那沒有什麼大不了的，我一定處理得了，而如果有什麼重要的話，一定會告訴他。我跟女校長約好見面時間（她叫什麼名字我早忘了），把自己穿戴得架式十足，或至少可以讓她記得理查的地位和影響力。如果我沒記錯，我當時穿的是鑲野狼獾皮邊的喀什米爾羊毛大衣（雖稍嫌熱，卻很有架式），戴的是頂裝飾著一隻死雉雞的帽子。不，不應該說是一隻，因為不是一整隻，而是只有翅膀、尾巴和頭的部分。牠的眼睛裡鑲著兩顆紅色的玻璃珠子。

女校長頭髮花白，身材像木頭掛衣架，一身衣服鬆垮垮的。她坐在辦公室的櫟木書桌後面接見我，一副誠惶誠恐的樣子。一年前，換成是要我面對像我現在這樣的有錢人，一樣會誠惶誠恐。但如今我有了自信。我一直都在觀察溫妮薇德的舉手投足，而且常常練習。現在，我也學會有時候挑起一根眉毛了。

女校長緊張地微笑，露出一口黃牙齒。我知道蘿拉闖的禍一定不小，否則，女校長不會鼓得起勇氣去面對缺席的理查和他看不見的權勢。「我們恐怕無法繼續讓蘿拉待在學校裡。」她說，「我們已經盡了最大的努力，而且也知道她有可減罪的情節[3]，但為了其他學生著想，我們不得不把她的行為界定為深具破壞性影響力。」

我當時已經學會，要求別人解釋自己所說的話，可以讓自己占到上風。「對不起，我不明白您的意思，」我說，「什麼叫『可減罪的情節』？什麼叫『深具破壞性影響力』？」我雙手放在大腿上，頭抬起並微側，這是個可以讓我的雉雞帽發揮最大效果的角度。我希望女校長會覺得她是被四隻而非兩隻眼睛瞪住。我需要耍這些小伎倆，是因為我雖然有錢，但她卻比我年

3 可減罪的情節，這是法律用語，表示可讓犯人減輕罪刑的情節，如綁架犯沒有苛待肉票或撕票。

紀大、地位高。

「她對上帝的信仰提出了質疑。」她說，「在宗教課的課堂上，她寫了一篇題為『上帝說謊了嗎？』的作文。」

「那她的結論又是什麼？」我是嚇了一跳，但卻沒有表現出來。我還以為蘿拉早就不去想上帝的問題了。

「肯定的回答。」她說，低頭看著桌面。蘿拉寫的那篇文章就放在上面。「她先是引用了《列王紀上》二十二章的一段話來證明自己的論點：『現在，耶和華使謊言的靈入了你這些先知的口……』然後說如果上帝曾經撒謊過一次，我們又怎麼知道祂不會有第二次，而且又要怎樣才能區分真預言與假預言呢？」

「這至少是個合乎邏輯的推論，」我說，「蘿拉一向對《聖經》很熱中。」

「我敢說，」女校長惱怒地說，「魔鬼可以在《聖經》裡找到任何為自己惡行辯護的根據。她還說，上帝就像個廣播電台，而我們則是有瑕疵的收音機。我覺得這種類比相當不敬。」

「但蘿拉不是存心不敬，」我是，「至少對上帝不是。」

女校長沒理我這個話。「重點不在她的論證，而在於她為什麼要挑那樣的題目來寫。」

「蘿拉喜歡問問題，」我說，「尤其關於重大事情的問題。我想您一定會同意，上帝是重大的事情。所以，我看不出來這有什麼破壞性。」

「但其他學生卻覺得有，他們認為蘿拉是在表現，想挑戰既有的權威。」

「但基督不也是這樣的嗎？起碼有些聖經學者是這樣解釋的。」

「妳不明白，」她說，兩隻手絞在一起，「其他同學認為她只是故意搞笑，至少一部分人是這樣想。有一些人認為她是布爾什維克，另一些則認為她是怪胎。總之，她招引了對她不恰當的注意。」

我開始明白她的重點了。「我不認為蘿拉是故意搞笑。」

「這可難說！」我們隔著桌子四目相視，沉默了一下子。「再來還有她嚴重缺課的問題。我固然知道她身體不好……」

「什麼身體不好？」我說，「蘿拉身體沒有不好。」

「我是因為她常常要看醫生，才會認為……」

「看什麼醫生？」

「那些請假信不是妳寫的嗎？」她拿出一疊信給我看。我一眼就看出那些信是用我的私人信紙寫的。我過目了一遍：雖然不是我寫的，但都有我的簽名。

「我明白了，」我說，「我會跟蘿拉好好談談的。謝謝妳的寶貴時間。」這時我們都心照不宣，蘿拉將會自動退學。

「我們已經盡了全力。」可憐的女校長說，只差沒有哭出來。又是一個暴力小姐。完全不是蘿拉的對手。

那個晚上，理查問起我與女校長見面的事時，我告訴了他蘿拉在同學間引起的騷動。但出乎我意料的是，他不但沒有生氣，反而有點高興，甚至是欣賞的樣子。他說蘿拉是個有腰桿子的人，又說人就是要有點反叛性格，才能幹出些什麼來。像他自己就是個不愛上學的人，常常把老師弄得一個頭兩個大。我不認為這是蘿拉的動機，但沒有說什麼。

我沒有提請假信的事，那等於是給理查製造發揮的機會。惹惱老師是一回事，偽造文書又是另一回事。

「妳不應該假冒我的簽名。」我私下對蘿拉說。

「理查的簽名我假冒不來，跟我們的相差太遠了。假冒妳的要容易得多。」

「簽名是很私人的東西。假冒別人簽名形同偷竊。」

她這一次倒是臉有愧色的樣子，但只是一下下。「對不起。我只是借妳的簽名用一下罷了，不知道妳會介意。」

「妳為什麼要這麼做呢？」

「上學念書不是我自己要求的，」她說，「學校裡的人都不喜歡我，我也不喜歡他們。他們都不是認真的人，也沒有認真對待我。如果我一整天都待在那裡，一定會發瘋。」

「妳蹺課的時候都去了哪裡？」我擔心她會是去跟某個人約會，某個男人。她已接近春心蕩漾的年紀。

「這裡去去那裡去去，有時是在市中心，有時在公園裡坐坐。我看到過妳兩三次，但妳卻沒有看到我。我猜妳是在買東西。」我感覺一股血湧向心臟，然後是一陣心臟收縮引起的疼痛，就像是被一隻手捏住胸口。我當時的臉色一定瞬間變得慘白。

「怎麼回事？」她說，「妳不舒服嗎？」

接下來的五月，我們坐「貝倫加里奧號」橫渡大西洋，前往英國，然後坐「瑪麗皇后號」返回紐約。「瑪麗皇后號」是有史以來最大、最豪華的遠洋客輪，而我們乘坐的那一次是處女航。這是劃時代的事件，理查說。

此行溫妮薇德和蘿拉都隨行。理查說，帶蘿拉出來走走對她有好處，說她突然輟學以後，就顯得憔悴和漫無目標。不過我想，他會想要把蘿拉帶出來，是不放心讓她一個人留在家裡。

出航第一天我暈了船，但第二天就好了。船上的舞會很多。我當時已懂得跳舞，跳得不是頂好，但還不錯。（凡事都不要做得頂好，溫妮薇德說過，那會讓人看出妳賣力練習過。）我有時也會跟理查之外的男人跳舞：跟他認識的人或他介紹我認識的人跳。幫我照顧好艾莉絲啦，理查會這樣對邀我跳舞的男人說，然後拍拍他們手臂。他也會跟別的女人跳舞。有時，他會走到舞廳外面抽根菸，或在甲板上蹓躂一圈，至少他自己是這樣說的。有時我會整整看不見他一個小時，然後他又回來，坐在桌子旁看我跳舞。

我懷疑他心情有點不好，因為此行的情況和他的期望有所出入。他有時會訂不到晚餐桌子，也不是每個他想認識的人都會搭理他。他在他的地盤裡固然是個大牌，但在「瑪麗皇后號」上卻只是個小牌。溫妮薇德同樣是個小牌：我不只一次看到她趨前跟某個貴婦人搭訕，但對方只是側身而過，沒有理睬。碰到這種情況，她會低調地往回走，希望沒有人注意到。

蘿拉並沒有跳舞。她不會跳，也不感興趣。晚餐過後，她就會把自己關在房間裡，說是閱讀。第三天早餐時，我看到她的眼睛是紅腫的。

事後我去找她，看到她坐在甲板的一張躺椅裡，身上裹著條格子花呢的小毯子，無精打采地看著別人玩套圈圈的遊戲。我在她旁邊坐下。一個肌肉發達的年輕女人從我們面前經過，一個人牽著七隻狗。雖然天氣冷颼颼的，但她卻只穿短褲，露出兩條曬得棕黑的腿。

「我樂意找一份那樣的工作。」蘿拉說。

「什麼樣的工作？」

「遛狗，」她說，「幫別人遛狗，我喜歡狗。」

「妳不會喜歡那些狗主人的。」

「我又不是要遛狗主人。」她戴著太陽眼鏡，但身體卻微微發顫。

「妳有什麼原因要戴太陽眼鏡嗎？」

「沒有。」

「妳會著涼的。」

「我什麼事都沒有。別老是慌慌張張的。」

「我不過是關心妳罷了。」

「妳用不著關心我。我已經十六歲了。我不舒服的話自己會知道。」

「我答應過爸爸要照顧好妳的，」我嚴峻地說，「我也答應過媽媽。」

「妳真蠢。」

「我是蠢。但當時我年紀還小，不知道有別的選擇。」

蘿拉脫下了太陽眼鏡，但並沒有望向我。「我不需要為別人所作的承諾負責。」她說，「爸爸把我塞給妳，是因為他從來不知道要怎樣處理我——應該說我們。但他已經死了，他們都死了，沒有人會管妳有沒有履行承諾。我同意免去妳的責任，妳可以解脫了。」

「蘿拉，到底發生了什麼事？」

「沒事，」她說，「只不過每次我想一個人靜一靜，想想事情，妳就會認為我是病了，囉唆個沒完沒了。」

「妳這樣說不公平，」我說，「我只是努力做好我的分內事，努力想給妳最好的……」

「妳自己留著吧。」她說，「看看那個，好愚蠢的遊戲！我好奇他們為什麼喊它作套圈圈。」

我把蘿拉的奇怪態度歸因於阿維翁和發生過在那裡的一切所帶給她的愁緒。還是說，她還在想念亞歷斯．湯馬斯？我應該再問她一問，再堅持一點的。不過我知道，即使是那樣，她也不會告訴我是什麼事讓她心煩。

這趟海上航行，除蘿拉的事以外，讓我記憶最深刻的，就是遍見於整條船的掠奪行為。但凡印有、繡有或鐫有「瑪麗皇后號」字樣的小東西都被旅客順手牽羊，包括紙張、銀器、毛巾、肥皂碟。有些人甚至誇張到把水龍頭把手或門把拆下來帶走。其中，又以頭等艙的乘客偷得最凶，這不奇怪，當時的有錢人都有偷竊癖。

人們這樣做的理由何在呢？收集紀念品。這些人需要靠點什麼來記住經歷過的事。收集紀念品的行為出自一種奇怪心理：明明還在現在，但你卻想著它已經成為過去。有時候，因為你不太敢相信自己就在現場，就偷個什麼東西以資證明，哪怕你偷那東西可能什麼也證明不了。

我自己也扒了一個菸灰缸。

頭上著火的男人

昨晚我吃了醫生開的藥丸，馬上就睡著了。但隨後又做了夢，和沒有吃藥丸時做的夢是同一類。

我站在阿維翁的碼頭上，河面上滿是破碎的微綠色冰塊，在河水沖刷下發出叮叮噹噹的聲音。但我身上穿的卻不是冬天的大衣，而只是有蝴蝶圖案的棉布連衣裙。另外，我還戴著一頂綴滿塑膠花的帽子，每一朵花裡都有亮著的小燈泡。

我是在哪裡？我聽到蘿拉說，聲音是她五歲時的聲音。但當我望向她的時候，才發現我們已經不是小孩了。蘿拉老了，就像我一樣；眼珠子不再是眼珠子，而是兩顆小小的葡萄乾。一驚之下，我醒了過來。

當時是凌晨三點。我一直等到心跳減緩，才摸索爬下樓梯，到廚房給自己熱了杯牛奶。我早該知道不應求助於藥物，寧靜可不是這樣廉價買得到的。

還是回到我的故事吧。

下了「瑪麗皇后號」後，我們一行四人在紐約停留了四天。理查有生意要談，叫我們自己到處觀光。

但蘿拉不想到洛克菲勒中心，也不想上自由神像或帝國大廈。她唯一喜歡的事情是在街上東逛逛西逛逛。但理查認為讓蘿拉一個人在街上逛太危險，要我陪她。蘿拉不是個有生氣的遊伴，但跟溫妮薇德這樣超級生氣勃勃的人待久了，跟蘿拉同遊，倒是讓我有鬆一口氣的感覺。

之後我們回到多倫多，住了幾星期。接著，理查計畫帶我們到阿維翁去度假。他說我們可以到那兒開開帆船，聽起來，就像那是唯一值得去阿維翁的理由。另外，他似乎是暗示，他樂於犧牲自己時間來取悅我們——我和蘿拉。

我有一種感覺：理查開始認為蘿拉是個謎團，一個他有興趣去解開的謎團。有時候，我會瞥見他用一種很奇怪的神情看蘿拉，那神情，和他在看報紙股票版，絞腦汁要找到竅門和破綻時一模一樣。根據他的人生觀，每一件事情都有竅門或破綻，要不就是有一個價格。他希望把蘿拉置於他的手掌心之中，讓她變得服服貼貼。但蘿拉卻沒有那麼好對付：每次他對準她的方向撲過去，都只是撲個空。這讓他有茫然若失的感覺。

蘿拉是怎樣做到的？不是透過跟他對抗（起碼後來不是），而是退後一步，轉過身，讓他突然失去平衡。

理查想從蘿拉那裡得到的是她的肯定，甚至讚賞，或只是單單的感激。換成是別的女孩，他會用禮物來當手段，像珍珠項鍊或喀什米爾羊毛衣這一類被認為是十六歲女孩所期盼的東西。但他很清楚，這些東西對蘿拉不會起作用。

在我看來，他想馴服蘿拉，不啻是希望太陽從西邊出來。他永遠也別想摸得透她，而蘿拉也是沒有價錢的，因為他沒有什麼東西是她想要的。如果我要賭這場意志的角力最後會是誰贏，一定會押蘿拉。她倔得像頭牛。

我本來預期，蘿拉知道可以去阿維翁住一陣，會高興得跳起來。但當理查提到這件事時，她卻一副滿不在乎的樣子。我猜，這是因為她不想讓理查得意。她只說了句：「至少我們可以看到蕾妮了。」

「很抱歉沒有告訴妳們，蕾妮已經不再是我們雇用的人了。」理查說。

什麼時候的事？有一陣子了。一個月？幾個月？理查的回答語焉不詳。他說，問題出在蕾妮的丈夫，他酒喝太凶了，因此，房子修繕的事宜不適合繼續交由他們夫妻倆監督。

「他不想讓蕾妮跟我們待在一起，」蘿拉對我說，「他知道她靠哪一邊站。」

當時，我們正在阿維翁的一樓蹓躂。感覺上，房子的面積縮小了。家具都覆蓋著防塵布，而一些較笨重和深色的家具被移走了。圖書室裡的皮革書都還在，不過我預感得到它們時日無多了。祖父和三個總理的合照不見了，肯定是理查發現了他們的臉被塗了顏色。

阿維翁一度有種不動如山、近乎絕不妥協的氣勢，就像它是時間之河裡沉重大岩石一樣，任你怎樣推拉，都休想移動分毫。不過，它現在卻是破舊、落魄的模樣，彷彿隨時都會倒塌。

它已不再有自命不凡的勇氣。

真讓人洩氣，溫妮薇德說，這裡怎麼到處都是髒兮兮的，廚房裡還有老鼠。她說她看到了老鼠屎，還看到蠹魚。不過穆加特羅伊德夫婦今天稍晚就會來，她說，隨行的還會有兩個新請的僕人，到時，這裡一切就會變得乾乾淨淨、整整齊齊。這個時候，理查正在船屋裡看「女水妖號」。按照計畫，這條船應該在蕾妮和欣克斯的監督下，重新油漆和整修一新的，但這件事卻像阿維翁的很多修繕計畫一樣，半途而廢了。溫妮薇德不明白理查為什麼對「女水妖號」那麼感興趣，說如果他想駕船兜風，何不買一艘新的。

「我猜他保留這艘船，」我說，「是因為覺得它對我和蘿拉而言有懷舊的價值。」

「有嗎？」溫妮薇德說，嘴角帶著她一貫的挖苦微笑。

「沒有，」蘿拉接腔說，「爸爸從來不會帶我們去駕船，只會帶卡莉絲塔去。」

我們當時坐在飯廳裡。起碼那張長餐桌還沒有被移走。我很好奇，理查和溫妮薇德最後會怎樣處置那幾扇彩色玻璃窗。

溫妮薇德上樓後，蘿拉對我說：「卡莉絲塔有來參加爸爸的喪禮。」

「哦？妳先前沒告訴我。」

「我忘了。蕾妮很氣她。」

「氣她來參加喪禮？」

「氣她來晚了一步。蕾妮對她說的話很不客氣：『妳晚來了一個小時，所以一毛錢也拿不到了。』」

「但蕾妮不是一直討厭卡妮來阿維翁住的嗎？不是認為她是個妓女嗎？」

「我猜她是認為，卡莉絲塔未盡到自己該盡的責任。」

「未盡到當妓女的責任？」

「嗯，蕾妮認為她應該有始有終。至少在爸爸那麼艱難的時刻留在他身邊開導他。」

「這些話都是蕾妮說的嗎？」

「不是，但可以聽得出來她是這個意思。」

「卡妮有什麼反應？」

「假裝聽不懂。之後，她就像參加喪禮的每一個人一樣，哭泣和撒謊。」

「撒什麼謊？」

「她說儘管爸爸和她在政治觀點上不是常常意見一致，但他卻是個很好的好人。」

「我認為他已經盡了力，」我說，「我是指當好人、好爸爸這件事。」

「不，我認為他沒有，」蘿拉說，「妳還記得他常說的嗎？他常說我們是被留在他手上的，聽起來我們就像是黏在他手上的油漬。」

「他已經竭盡所能。」

「記得他裝扮成聖誕老人那個聖誕節嗎？就是媽媽死前的聖誕節，我才五歲。」

「記得，」我說，「這就是我說他盡了力的意思。」

「但我卻痛恨他那樣做，」蘿拉說，「我一直痛恨驚奇。」

聖誕節那一天，大人叫我們在衣帽間裡等著。通往大廳的雙扇門是關著的，所以我們看不見外面。我們踞坐在一張長靠椅上，背後的牆上掛著一面長方形的鏡子。大衣掛在一些長長的掛衣架上，有爸爸的大衣、媽媽的大衣，還有他們的帽子：媽媽帽子上的羽毛比較大，爸爸帽子上的要小些。衣帽間裡瀰漫著橡皮套鞋的味道，還有從掛在前樓梯扶手上的花環傳來的清新松脂味。另外還有地板溫暖的蠟味，因為電暖爐開著，發出嘶嘶和卡喇的聲音。突然間，雙扇門被推開了，出現了一個穿紅色衣服的人，他的頭上有一個紅色尖塔狀的東西。他的臉上布滿白色的煙，頭頂上著了火。他張著雙手，蹣跚地向我們走過來，嘴巴裡發出一陣又像呼喊又像貓頭鷹叫的聲音。

我是驚駭了一下子，但因為我已經是個大小孩，所以隨即明白面前這個人，是化裝成聖誕老人的爸爸。他所發出的聲音是笑聲（起碼他自己是這樣以為）。他的頭也沒有著火，只是他頭上戴的蠟燭花環和大廳裡的聖誕樹燭光造成的錯覺。他身上穿著的是他的紅色晨衣（反著穿），臉上的鬍子是棉花絮黏上去的。

媽媽生前常說爸爸從不知道自己多有力量，不知道自己與其他人相比身影是多麼巨大。他顯然也不知道自己有時可以有多嚇人。蘿拉著實被他嚇著了。

「妳當時大聲尖叫，叫了又叫，不明白那只是假扮的。」

「我有不同想法，」蘿拉說，「我認為他其餘時間才是在假扮。」

「妳這話什麼意思？」

「那個時候的他才是他真正的樣子。」她耐心地解釋，「他一切時間都是燒著的，只是掩飾起來罷了。」

女水妖號

今天早上我遲遲沒有起床，一整晚的夢中漫遊讓我筋疲力竭。我的腳腫了起來，就像是在硬地上走了很遠的路；我感覺我的頭在漏水，濕濕黏黏的。最後把我挖起床的是蜜拉的敲門聲。「起來曬曬太陽吧。」她向著門上的投信口喊道。出於反抗心理，我並沒有應聲。也許她會以為我已經死了，在睡夢中嚥氣！毫無疑問，她早在為我的後事盤算，像該為我的遺體穿上哪套衣服，喪禮茶會該準備些什麼樣點心之類的。

我微笑了起來，但隨即記起蜜拉有一把鑰匙。我本來考慮要把被單矇住頭，好讓她至少嚇個一分鐘，但最後打消此意。我撐起身體，下了床，穿上晨衣。

「等一等，我來了。」我在樓梯頂端喊道。

但蜜拉已經進門了，身邊站著個女清潔婦。她高大粗壯，五官有點葡萄牙人的味道。現在要趕她走已經遲了。她二話不說就馬上就拿起蜜拉帶來的吸塵器展開工作，而我則像女鬼一樣，如影隨形跟在後面大呼小叫。別碰這個！別碰那個！我總算來得及趕在她們前頭進入廚房，把我那疊字跡潦草的紙張放入烤箱裡。我猜她們才來第一天，應該不會去動烤箱，況且我從來沒用它來烤過東西，看起來不太髒。

「成了，」蜜拉在清潔婦打掃收拾停當以後說，「全都乾乾淨淨、整整齊齊，妳有沒有覺得舒爽一些？」

她從「薑餅屋」給我帶來新鮮玩意兒：翠綠色的番紅花種植器。它只有一點點破損，造型是笑容靦腆少女的頭部。據蜜拉說，番紅花開花後，花會從種植器頂上一圈洞孔長出來，形成一光環的花圈（她的用語）。她說，我什麼都不用做，只需澆水，番紅花就會長得可愛得不得了。

蕾妮常說，上帝的神蹟總是以最神祕的方式展現。那麼，蜜拉有可能是祂指派給我的守護天使嗎？還是說，她是上帝派來讓我預嘗煉獄的滋味的？但這兩者又真的有分別嗎？

待在阿維翁的第二天，我和蘿拉一起去找蕾妮。要找到她住哪兒一點都不難；鎮上每個人都知道地址。至少貝蒂快餐店的人會知道，因為她現在就是在那兒工作。我們沒有告訴理查和溫妮薇德我們打算找蕾妮，因為何必在早餐桌上再增添不愉快的氣氛呢？如果告訴他們，我們是不至於會被禁足，但被瞪是少不了的。

我帶著為蕾妮的小女嬰買的泰迪熊，那是在多倫多的辛普遜百貨公司買的。這隻泰迪熊並不是特別可愛，表情有點嚴峻，填充得也太滿，有點僵硬，看起來像個小公務員。我是說當時的公務員。我不知道現在的公務員是什麼模樣，不過大有可能是穿牛仔褲上班。

蕾妮和她丈夫住的，是原為工廠工人而蓋的石灰石小平房。兩層式，有一個尖頂，無沖水設備的廁所位於狹窄花園的後方。這房子離我現今的住處不遠。蕾妮家裡沒有電話，所以我們未能事先通知。當她打開門看到我們姊妹倆時，先是眉開眼笑，繼而哭了起來。蘿拉隨之也哭了。我站在那裡，手上拿著泰迪熊，有一種被排除在外的感覺，因為我並沒有哭。

「上帝保佑妳們，」最後蕾妮說，「快進來看看我的小娃兒。」

我們順著鋪了油毯的走廊走入廚房。蕾妮把廚房漆成白色，裝上黃色窗簾（與阿維翁的黃色窗簾同一色調）。我注意到廚房裡有一組小罐子，也是白色的，蠟印著黃色字樣：麵粉、糖、咖啡、茶葉。不用別人說，我知道這些都是蕾妮傑作。她盡了最大努力要讓自己的廚房有模有樣。

小女嬰躺在柳條洗衣籃裡，一雙圓眼睛眨也不眨地看著我們（蜜拉，她就是妳啊，妳現在進入故事來了）。她的眼珠子是藍色的，比當時一般小嬰兒的眼珠子要藍。她長得像個板油布丁，但那年頭大部分小嬰兒都長這樣子。

蕾妮堅持要給我們泡茶，說我們已經是大人，不應該再給我們喝那種大半杯是牛奶、小半杯是茶的玩意兒。蕾妮變胖了；她的手臂一向都堅強有力，但現在卻看得出來微微顫抖，而且雙手浮腫。當她走向火爐時，幾乎是一晃一晃的。

「人懷孕時會吃兩人份的東西，但產後卻會忘掉減量。」她說，「看到我的結婚戒指沒有？一戴上之後，我就無法拔下來。看來我是要跟它一起入土了。」她嘆了一口心滿意足的氣。這時，小女嬰哭鬧了起來。蕾妮把她抱起，放在膝上，然後用近乎挑釁的目光看著我們。

我感到，隔在我們中間的桌子就像個深淵，在其中一邊是我們姊妹倆，而在另一邊則是蕾妮和她的小女嬰。她一臉毫不懊悔的樣子。

毫不懊悔什麼？毫不懊悔遺棄我們。至少這是我當時的感受。

蕾妮的態度有點奇怪，但不是對小女嬰，而是對我們：就像我們發現了她的什麼祕密。自這一天起，我就懷疑——蜜拉，也許妳不應該再往下看的，因為好奇心可以要了一隻貓的命——這小女嬰並非欣克斯的女兒，而是爸爸的骨肉。因為我度蜜月那期間，蕾妮是阿維翁裡的唯一僕人，她會不會為了安慰爸爸而主動向他獻出身體，就像為他送碗熱湯或熱水瓶那樣？

如果是這樣，蜜拉，妳就是我的妹妹了。至少，是不是這樣，我們已無從得知，至少我無從得知。至於妳，則說不定可以把我從墓裡挖起來，採集一些頭髮或骨頭的樣本，拿去做基因對比。另一個方法是找薩賓娜，跟她做基因對比。但要能那樣做，前提是她會回來，而又只有天知道，她會不會回來。她現在可能在任何地方，甚至說不定已經死了，說不定已經葬身在大海裡。

我好奇蘿拉知不知道蕾妮和爸爸之間的事（如果確有其事的話）。我好奇，這是不是她向我祕而不宣的眾多事情的其中之一。這是完全有可能的。

住在阿維翁的日子過得很慢。天氣仍然炎熱得嗆，潮濕得嗆。兩條河的水位都很低，就連羅浮多河的急流，都變得溫吞吞的；尤格斯河也有一種不怡人的氣味升起。

我大部分時間都是待在房子裡，坐在祖父圖書室裡那張皮背椅，兩條腿跨在扶手上。冬天死蒼蠅的屍殼還留在窗台上：顯然，圖書室沒有被穆加特羅伊德夫婦列為第一優先要打掃的地方。艾達麗祖母的畫像仍然君臨此處。

有時，我會翻翻祖母那些剪貼簿，看看各種剪報。有報導茶會的，有報導費邊社[4]成員來訪的，也有報導探險家放映幻燈片，講述他們在蠻荒異域的見聞。我不明白，人們為什麼覺得某些土人會給祖先頭骨彩繪是匪夷所思。我們自己不也是這樣做的嗎？

有時我也會翻那些老舊的社交雜誌，記起自己以前有多嫉妒裡面那些上流社會的紳士名媛。

我的童年顯得很遙遠，褪色而苦甜參半，就像是乾燥花。我遺憾它的失落，想要回到從前嗎？我並不認為我想。

蘿拉白天都沒有待在屋裡，而是恢復往日的舊習，在鎮上到處閒逛。她穿的是我上一個夏天買的黃色洋裝和帽子。看著她的背影，我感到怪怪的，覺得就像是看著我自己。

溫妮薇德毫不掩飾她對住在阿維翁的無聊厭煩。她每天都會去游泳，在船屋旁邊的私人小海灘游。不過她從來都不會走到深水裡，大部分時間都是戴著紅色的圓錐形草帽，在淺水處潑水。她本來希望我和蘿拉陪她，但我們找理由婉拒了。這不只因為我們泳術欠佳，也是因為了解當地人會把什麼排到河裡。當她不游泳或曬日光浴時，就會在屋裡東看西看，記下有哪些需要整修改善的地方，不然就是躲在房間裡睡大覺。阿維翁看來抽乾了她的精力。看到她也有精力耗盡的時候，讓人深感安慰。

理查花在講電話上的時間很多，都是長途電話，偶爾也會開車到多倫多處理事情。其餘時間他會繞著「女水妖號」轉，監督翻修工程的進行。他說讓這條船能重新航行在水面上，是他離開前的最大心願。

報紙每天都會送到阿維翁。「西班牙內戰開打了，」有一天理查吃午餐的時候說，「醞釀得夠久的了。」

「那可不是件令人高興的事。」溫妮薇德說。

「對我們可沒差，」理查說，「只要我們置身事外就行。就讓蘇聯佬和德國佬互砍吧，他們很快一定會去蹚這灘渾水的。」

蘿拉沒吃午餐，只拿了杯咖啡，一個人走到碼頭去。她常常會到那兒去，讓我有點忐忑不安。

「話雖如此，」溫妮薇德說，「但我還是希望他們不要打起來。」

4 費邊社：英國二十世紀初的工人社會主義團體。

「不過我們也許可以善用這一場戰爭，」理查說，「也許它可以加速經濟的發展，讓大蕭條早點結束。我有幾個朋友都等著靠這個賺一筆，不無小補。」我從不知道理查的財務狀況，但最近卻從各種蛛絲馬跡推斷出，他的財力並不如我當初以為的雄厚。至少是不再如當初雄厚。阿維翁的修繕工作已經停止了，因為理查不願再花更多的錢在這上面。這是蕾妮告訴我們的。

「為什麼他們會從中賺到錢呢？」我問。我知道答案很明顯，但我卻喜歡問理查和溫妮薇德一些蠢問題，想看看他們怎樣回答。

「因為那就是世界運轉的方式。」溫妮薇德只簡單地說，「對了，妳的老友被抓了。」

「什麼老友？」我馬上問她，反應顯得有點太迅速。

「那個叫卡莉絲塔的女人，妳爸爸的老相好。就是自以為是藝術家那一個。」

我痛恨她的語調，但又不知道該怎樣還擊。「我們還是小孩的時候，她很疼我們。」我說。

「她當然會那樣，不是嗎？」

「我喜歡她。」

「這是毫無疑問的。兩三個月前，她還死纏著我，想說服我買她那些要命的油畫或壁畫。畫的都是一些穿著工作服的醜陋女人。誰會想在自己的飯廳裡掛這種東西？」

「她為什麼會被抓？」

「『反赤小隊』圍捕左傾分子聚會時，她人在現場。她被抓以後打過電話來，說是要找妳談談。但我卻看不出妳有什麼必要被捲進去，於是理查開車到多倫多，把她保了出來。」

「理查為什麼要幫她忙？」我說，「他幾乎不認識她。」

「完全是出於好心腸，」溫妮薇德微笑著說，「不過，他不是常常說，這類人待在牢裡會比在外頭製造更多的麻煩嗎？對不對，理查？他們會向記者高喊政府缺乏這個正義、那個正義。所以，理查也許只是為了幫總理一個忙。」

「還有咖啡嗎？」理查說。

他說這話，等於是叫溫妮薇德把話題打住，但她卻繼續說下去。「又也許理查會這樣做，是因為他覺得虧欠你們一家人什麼。他也許覺得她是你們家的祖傳遺物，就像舊瓦罐一樣，應該悉心保存。」

「我想我該到碼頭上去跟蘿拉一起曬曬太陽了，」我說，「今天真是好天氣。」

我和溫妮薇德一路談下來，理查都在看報，但這時他卻迅速抬起了頭。「別去，留在這裡。」他說，「妳太保護她了。讓她一個人靜一靜，她就能克服。」

「克服什麼？」

「任何啃咬著她的東西，」理查說。他轉頭看著窗外的蘿拉時，我第一次注意到，他後腦勺的頭髮變稀疏了，從他的棕色頭髮間隱隱露出一圈粉紅色的頭皮。看來過不了多久，他就會變成個禿子。

「下個夏天我們到馬斯科加湖去度假吧，」溫妮薇德說，「我可不敢說今年這個小小的度假實驗高度成功。」

逗留阿維翁近尾聲的某一天，我決定到閣樓去走走。我一直等到理查忙著講電話和溫妮薇德曬日光浴才行動。我推開通往閣樓樓梯的門，關起，然後儘可能小聲地拾級而上。

但蘿拉早在那裡，坐在其中一口杉木箱子上。她已經把窗子打開，這可是功德一件，因為閣樓裡充滿舊衣服的霉味和老鼠屎味，窗子不打開的話，肯定會讓人窒息。

她聽到我的腳步聲，就轉過頭，但轉得並不快。我不敢正視她。「哈囉，」她說，「這裡變成蝙蝠窩了。」

「我不會驚訝。」我說。我看到，她身邊放著褐色的大紙袋。「妳在裡面放了些什麼？」聽我這麼一問，她就把紙袋裡的東西一件件掏出來，包括我祖母的銀茶壺和三個連杯托的瓷杯、幾根鐫著姓名縮寫的湯匙、美洲鱷造型的剝堅果鉗子、一顆落單的珍珠母袖釦、缺了些梳齒的玳瑁梳子、壞掉的銀製打火機、獨缺了醋瓶的調味架。

「妳拿這些東西幹嘛？」我說，「他們不會讓妳帶回多倫多的！」

「我會把它們藏起來。他們可別想把一切扔掉。」

「他們是誰？」

「理查和溫妮薇德。我聽到他們談到要扔掉這裡一切沒有價值的垃圾。遲早他們就會把這裡的東西一掃而光。所以，我正在搶救。我會把它們放在一口行李箱裡，藏在阿維翁的某個地方。」

「要是他們發現的話怎麼辦？」

「他們不會發現的。這些都不是有價值的東西。看看這是什麼——」她說，「我找到我們以前的作業簿，它們還放在原來的地方。還記得我們曾帶了幾本上來給他嗎？」

提到亞歷斯．湯馬斯，蘿拉從來不會稱名道姓，就只會用單單一個他字。我本來以為她已經忘了他，或至少已死了心，看來顯然不是如此。

「我們竟然做了那樣大膽的事，而且還沒有被發現，回想起來還真難以置信。」我說。

「我們做得很小心謹慎。」蘿拉說。然後，若有所思地，微笑說：「有關埃爾斯金先生的那一番話，妳從來沒有真心相信，對不對？」

我想我本該厚顏撒謊的，但最後卻決定採取迴避的方法。「我不喜歡他，他很恐怖。」

「但蕾妮卻相信我的話。妳想他現在人會在哪裡？」

「埃爾斯金先生？」

「妳知道我說的是誰？」她說，轉頭再次看著窗外，「我給妳那張照片還留著嗎？」

「蘿拉，我不認為妳應該再想他了，」我說，「我也不認為他會再出現。」

「為什麼？妳認為他已經死了嗎？」

「他為什麼會死呢？」我說，「我不認為他已經死了，只是認為他已經到了別的地方去。」

「不管怎麼說，他至少還沒有被抓到，不然我們一定會知道。報紙上一定會有消息。」她說完就拿起那一疊作業簿，放入紙袋裡。

我們留在阿維翁的時間比我預期的要長，也比我希望的要長：我有一種被困住、無法行動的感覺。

走前一天，我下樓要吃早餐的時候，沒看到理查，只看到溫妮薇德，她正在吃蛋。「妳錯過大餐了。」

「什麼大餐？」

她向窗外比了個手勢。窗外可以同時看得見羅浮多河和尤格斯河。我驚訝地看到蘿拉和理查一起坐在「女水妖號」上，順流而下。她坐在船頭上，背對著理查。理查在掌舵，戴著頂難看的白色水手帽。

「船沒有沉到水裡去算他們幸運。」溫妮薇德說，語氣有點酸溜溜的。

「妳怎麼一個人在這裡？妳不想跟他們一道去兜風嗎？」

「一點都不想。」她的語氣怪怪的，我誤以為是嫉妒：她一向都喜歡被理查重視，喜歡與他同進同出。

蘿拉會願意與理查同遊讓我感到釋懷：也許，她的態度已經軟化了一點；也許，她已開始把理查看成是個人而不是某種從岩石下面爬出來的爬蟲類。這樣的話，家裡的氣氛將不會那麼凝重，我的生活也會好過一點。

但事情並不如我想像的那樣發展。自那天以後，理查和蘿拉的緊張關係不減反增，但這一次，這種緊張關係卻似乎主客易了位：每當蘿拉走入哪個廳室，理查就會走出去。他看起來幾乎像是怕她。

「妳和理查說了些什麼？」回多倫多以後，我有一晚問蘿拉。

「我不懂妳的意思。」

「我是說你們在『女水妖號』上那天，妳對他說了些什麼。」

「我沒跟他說什麼，」她說，「為什麼我要跟他說什麼？」

「我哪知道。」

「我從不跟他說什麼，我跟他沒什麼好說的。」

栗樹

重看我寫下來的這些東西時，我知道它們是不實的。並不是因為我寫了一些假話，而是因為我略去了一些事情。但不在那裡的東西，仍然會像隱沒的光一樣，讓人隱隱感受到它的存在。

我知道，你們會想要事實，會想我把事情像二加二等於四那樣呈現出來。但二加二不一定會帶給你真理，有時，二加二只等於風聲。附有說明標籤的鳥骨架並不等於活鳥。

昨晚半夜我猝然驚醒，心臟噗噗亂跳。窗子上傳來匡噹的聲音：有人朝著玻璃扔石子。我爬下床，摸索到窗邊，把窗框再拉高一些，探身外望。雖然沒有戴眼鏡，但我卻看得相當清楚。月亮掛在天上，幾乎是圓的，布滿靜脈曲張般的蛛絲紋理，宛如一些老舊的傷痕。天空在街燈的映照下，暈染上一層暗橘。窗子下方是陰影斑斑的人行道，部分被前院的栗樹遮蔽。

我意識到，這棵栗樹不應該長在這裡，它應該在別處，在一百英里外，在我和理查住過的房子裡。但它又明明白白就在眼前，枝椏向外延伸成又厚又硬的網，白色飛蛾般的花朵泛著微光。

匡噹聲又一次響起。在黑暗中，我逐漸看到一個男人的輪廓。他彎著腰，正在翻垃圾箱，細細端詳每一個抄出來的空酒瓶，巴望裡面還剩下些殘酒。看來不過是個受飢餓和酒癮驅策著的街頭醉漢。但他的行動相當鬼祟，與其說是在覓酒覓食，更像是在刺探：要在我倒的垃圾裡找出一些對我不利的證據。

之後，他站直身體，往旁邊走過去一點，站到較光亮的位置，抬頭望向我的窗戶。我可以看得見他的濃眉、深陷的眼窩、橢圓形的臉龐和像傷痕一樣的蒼白笑容。他舉起一隻手，擺向一邊，像是打招呼，又像是告別。

他走開了，但我不能喊他。他知道我不能喊他。他走遠，不見了。

我感到心臟像被什麼掐住。*不要走，不要走，不要走*，我喊道，眼淚從臉上汩汩而下。我一定是喊得太大聲：理查醒了。他就站在我背後，一隻手馬上就要放在我的頸背上。

這一次我真的醒過來了。我滿眼淚痕，瞪著灰茫茫的天花板，靜待心跳緩和下來。現在我醒著的時候已不常哭，只會偶爾流幾滴乾淚。

當你年輕時，你會以為一切都是隨心所欲。你這裡去那裡去，把時間捏在手中捏成一團，扔得遠遠的。你就是輛高速汽車。你以為你可以把不喜歡的人事物遠遠拋在後頭，而不知道，他們或它們具有去而復返的慣性。

夢裡的時間是凝固的，你永遠不可能從去過的地方逃逸出來。

真的有匡噹聲，是玻璃碰撞玻璃的聲音。我爬下床，走到窗前。原來有兩隻浣熊正在翻對街人家的塑膠垃圾桶，瓶瓶罐罐全部翻了出來。牠們警覺地望著我，卻不害怕，在月光中，這兩個小賊的面孔是黑色的。

祝你們好運，我在心裡說。當你們還能拿的時候，就盡量拿吧。誰又會在乎那些東西是不是屬於你們的呢？只要別被逮到就好。

我回到床上，躺在濃黑中，聆聽那我知道並不在我身旁的呼吸聲。

——第十部

《盲眼刺客》色諾亞星的蜥蜴人｜布拉維斯塔療養院來函｜《盲眼刺客》尖塔｜《盲眼刺客》聯合車站

《盲眼刺客》色諾亞星的蜥蜴人

她有好幾星期都如坐針氈。她常常跑到離家最近的一家雜貨店，買些指甲銼或橙木棒之類的小東西，然後走過雜誌架，裝成漫不經心的樣子，快速掃描一本本雜誌的封面。她要搜索的是他的名字——應該說是他的化名。她現在已經知道他用哪些化名，至少知道大部分，因為支票是她幫他拿去兑現的。

終於有一天，她發現了她一直期待的東西。**色諾亞星的蜥蜴人：辛克龍百年戰爭緊張刺激第一集**。毫無疑問一定就是他寫的。雜誌的封面畫著一個金髮女郎：身穿緊身白袍，碩大的胸部上裹著金胸罩，脖子戴著天青色的珠寶，頭上是半月形的銀飾物。她嘴唇濕潤，嘴巴張開，眼睛睜得大大，正被兩個人形的外星生物抓在手裡。兩個怪物每隻爪子各有三指，雙眼呈兩條垂直的細縫。除了紅色短褲以外，什麼都沒穿。他們的臉像張平坦的碟子，皮膚上布滿青灰色的鱗片，身體油油亮亮，就像是塗了油脂。在他們無唇的嘴巴裡，長著為數眾多的針尖形牙齒。

她早就熟悉他們。

怎樣才能弄到一本呢？不是在這家雜貨店，因為店員認識她。第二天，她藉口到百貨公司買東西，繞道到了火車站。火車站的書報亭果然有賣同一本雜誌。她付了幾個銅板，馬上把雜誌捲起，塞到手提包裡。報僮用奇怪的目光打量她，但這並沒有什麼不尋常，因為男人都是用這種目光打量她。

坐計程車回家的一路上，她都把手提包抱得緊緊的。到家後，她馬上跑進浴室，把門反鎖。翻開雜誌時，她意識到自己的手在抖。這種雜誌都是流浪漢坐在火車貨車廂裡看的，是高中生躲在被窩裡用手電筒看的，是工廠的守夜人打發時間看的。不過，沒有人會發現隱藏在字裡行間的信息，因為那是專門留給她的信息。

雜誌的紙頁又薄又軟，差點在她指間被翻破。

她坐在馬桶上，雜誌攤開於大腿間。壯麗輝煌的薩基諾姆又一次在她眼前展開：它的眾神、習俗、名毯、童奴、獻祭女孩；還有它的七個大海、五個月亮、三個太陽；還有那些出沒在山麓的野狼和潛伏在墓塚的死女人。宮廷陰謀再一次展開，國王再一次在最高樓沉思，女大祭司再一次收受賄賂。

故事來到獻祭的前夜，被選中的女孩等在錦緞床上。但盲眼刺客在哪兒呢？沒有交代。她想，他一定是想把這個部分保留到下一集。

不過，再往下看，她卻發現蠻族對薩基諾姆的攻擊，來得出乎預期的早。然而，就在「歡樂之民」將要攻入城門之際，令人震撼的事情發生了：在東方的平坦平原上，有三艘太空船著陸。它們的形狀就像煎蛋或橫剖開的土星，它們是來自色諾亞星的。從太空船裡面，蜂擁而出一些長著灰色鱗片和穿著金屬短褲的蜥蜴人。他們帶著最先進的武器：有死光槍、電套索和一人座的飛行器。

外星人的突然入侵改變了辛克龍星的一切。現在，蠻族與文明人、陰謀者與當權者，主人與奴隸忘掉彼此的界線，決定要攜手合作。階級的藩籬打破了。「史涅法」甘願放棄他們的世襲封號和面具，挽起袖子，與「伊格列」一同架設障礙物。大家彼此都以「特里斯托」相稱，這個稱呼，翻譯出來約略相當於「與我歃血為盟的人」，也就是「同志」或「兄弟」的意思。所有女人小孩都被送到女神廟裡，以策安全。薩基諾姆的國王讓「歡樂之民」的軍隊進入城裡，共抗強敵。國王與「愉悅之僕」握手，決定共同指揮軍隊。一個拳頭的力量要大於五根手指，國王引用一句古訓說。在最要緊的關頭，薩基諾姆八扇沉重的城門同時緊閉了起來。

蜥蜴人最初在外圍的戰場取得若干勝利，這主要是他們的攻擊來得出其不意所致。他們抓了一些漂亮的女人，關在籠子裡，蜥蜴人的士兵圍在籠外觀賞，為之垂涎。不過之後，蜥蜴人就遭到還擊，節節敗退。他們現在面對很多不利的因素。因為辛克龍星與色諾亞星的地心引力不同，蜥蜴人的死光槍效果大打折扣；至於他們的電套索，只能在近距離發揮作用，而辛克龍人此時都已躲到了厚重的城牆後面。蜥蜴人雖然有一人座的飛行器，但數量有限，無法運送夠多的士兵攻城。另外，辛克龍人也發現蜥蜴人的金屬短褲在高溫下是可燃的，所以只要蜥蜴人逼近城牆，他們就會向城下投射火球。

蜥蜴人的領袖對戰事的失利大發雷霆，把五個蜥蜴人科學家處死。又告訴其餘科學家，不趕快解決科技上的問題，他們就會有同樣的下場。這些科學家保證，只要給他們足夠的時間和設備，就能製造出融化薩基諾姆城牆的武器。

第一集的內容至此結束。但那個愛情故事到哪兒去了呢？盲眼刺客和啞女孩又在哪裡？啞女孩最後一次出現，是躺在紅錦緞的床上。至於盲眼刺客，則從頭到尾未見提起。

她把書頁翻過來翻過去，懷疑自己是不是看漏了什麼。但她沒有漏看一個字，盲眼刺客和啞女孩就是平白消失了。

說不定他們下一期會上場，她這樣安慰自己。

她知道自己這種期望有點歇斯底里，因為他不見得會捎信息給她，就算會，也不見得是透過這種方法。但她還是無法釋懷。

她想，我說不定是被遺棄了。被遺棄，好過時的字眼，但卻精確形容了她現在的困境。他有想過要遺棄她，並不是不可想像的。她知道，他在必要時可以為她而死，但為她而活又是另一回事。他不是一個善於過單調生活的人。

接下來幾個月，她反覆遊走於雜貨店、書報攤和火車站之間。不過，緊張刺激的第二集卻始終沒有出現。

《名流雜誌》，一九三七年五月號

多倫多頭條花絮

約克撰文

今年，四月像小羊般蹦蹦跳跳地來到，受其啟發，春天也在一片接風與送行的歡快忙亂氣氛中降臨。里德爾先生與夫人已從墨西哥避寒歸來；里夫斯先生與夫人已從佛羅里達之棕櫚灘驅車歸來；格蘭奇先生與夫人已從陽光普照的加勒比海島嶼回返。相反的，韋斯特菲爾德夫人與千金達妮芙則啟程前往法國，又說「如果墨索里尼許可」，會到義大利一趟；麥克萊蘭先生和夫人去了神話般的希臘。另一對受到接風的伉儷是弗萊徹夫婦：在倫敦度過多采多姿的一季後，弗萊徹先生已偕夫人適時回到多倫多，擔任「自治領戲劇節」評審。

與此同時，在布置成淡紫色和銀白色的阿卡狄亞宮裡，舉行了一個不同種類的「接風」盛會。那是午餐宴會，由溫妮薇德．葛里芬．普里歐夫人為小姑艾莉絲．查斯．葛里芬夫人舉辦。年輕的葛里芬夫人是上個春季最亮眼的新娘，在阿卡狄亞宮裡，她穿著漂亮的天藍色真絲套裙，頭戴尼羅河色綠帽子，接受來賓道賀：賀她生下掌上明珠艾咪小姐。

另外，「文藝女神俱樂部」之成員亦為巨星霍莫小姐之來訪，雀躍不已。霍莫小姐是知名獨角戲表演家，這一次，她在伊頓禮堂粉墨登場，演出她的《改變歷史之女性》系列。這系列的女主人翁是一些知名女性，曾給拿破崙、西班牙國王斐迪南、納爾遜和莎士比亞等歷史人物帶來深遠影響。霍莫小姐就像女諧星妮爾一樣妙趣橫生而充滿生氣，就像伊莎貝拉女王一樣高貴雍容。她扮演的約瑟芬維妙維肖，她扮演英國海軍名將納爾遜的情婦漢密爾頓夫人入木三分。總的來說，霍莫小姐帶給觀眾的是一席娛心意、悅耳目的饗宴。

演出結束當晚，由普里歐夫人作東，「文藝女神俱樂部」成員和來賓在「圓廳」享用了一頓豐盛自助晚餐。

布拉維斯塔療養院來函

葛里芬先生閣下：

睽違多年，能於今年二月與閣下再次重逢並握手，欣喜莫名。自那段「美好的黃金歲月」之後，我們確然已走上各自不同的道路。

另一方面，我必須遺憾地告知閣下，尊夫人之胞妹蘿拉．查斯小姐的病狀不但未見改善，反有日漸惡化之勢。其妄想症之症狀，也愈發加深。依我們之見，她仍有危害自己生命之虞，必須處於持續不斷的監護中，必要時甚至需施打鎮靜劑。打破窗戶的事情已沒有再發生，唯一的狀況，是涉及剪刀的小意外。我們將會盡最大努力，防止同樣事情再度發生。

我們也將繼續竭盡所能，為改善查斯小姐的病情努力。目前已有幾種深具潛力之新療法問世，其中一種是「電擊療法」，本院已添購了這方面的器材。如蒙同意，我們將會在胰島素療法之外，加入此種新療法。儘管依我們的判斷，查斯小姐恐永難恢復昔日之康健，但對於新療法將能大大改善其現況，卻深具信心。

本人懇請閣下或尊夫人暫時不要探訪或寫信給查斯小姐，因為任何接觸，都會為治療帶來負面效果。而且，誠如閣下所知，閣下一直是查斯小姐無故仇恨之對象。

如閣下時間許可，本人擬於本週末到多倫多辦公室拜訪您，將查斯小姐之現狀當面告知。至於尊夫人，因初為人母，實不宜聞此等令人困擾之情事。屆時，本人將會帶同新療法的同意書，請閣下簽署。

隨信奉上過去幾個月來的帳單，如蒙迅速處理，不勝感激。

布拉維斯塔療養院院長威瑟斯龐敬上

一九三七年五月十二日

《盲眼刺客》尖塔

她感到自己又重又髒，就像一籃子待洗的衣物。同時，她又覺得自己是扁的，沒有實質存在。就像一張白紙，上面用無色的墨水簽著一個依稀可辨的名字。但名字不是她的。至於是什麼人的，也許某個偵探會去查出來，但她自己卻不會費這種心，她甚至懶得費心去看這簽名一眼。

她並沒有放棄憧憬，她只是把它摺好收起：憧憬不是一種日常必需品。與此同時，身體是必須照顧好的。不吃東西是沒有意義的。上上策是保持頭腦的敏銳，而好的營養，又是保持頭腦敏銳所必須的。她也會為自己找些小小的樂趣：例如欣賞初開的鬱金香。心煩意亂是沒用的。

保守祕密的最佳方式是假裝什麼祕密都沒有。謝謝你的好意，她在電話裡說，但我不能來，抱歉，我忙翻了。

有些時候，特別是在晴朗溫暖的天氣，她會覺得自己是個被活埋著的人：天空只是個藍色的岩洞穹頂，而太陽只是這穹頂中央的圓孔，供真正的日光照射進來。其他跟她一道被活埋的人並不知道他們是處於活埋之中，只有她知道。不過，如果她把這件事大聲說出來，一定會被當成瘋子，永久禁錮起來。她唯一逃出的機會就是裝得一切如常，同時卻用一隻眼盯著平板藍色的天空，等著它哪一天裂開一條縫隙。到時，他就會沿著一道繩梯從裂縫裡爬下來，而她將會覓路爬上屋頂，跳向繩梯。接著，繩梯就會慢慢收起，而其他人則只能站在下面的草坪，張口結舌望著他倆遠去。

多麼全能而稚氣的情節。

在藍色的岩石圓頂下，有時雨，有時晴，有時風。她很驚訝，這種人工的氣候效果是怎樣製造出來的。

附近有小嬰兒的哭聲。哭聲斷斷續續，就像是風聲。隨著門的開關，小嬰兒的哭鬧聲會變大或變小。有時，小嬰兒的呼吸聲會變沉，柔軟而粗礪，就像是絲帛的撕裂聲。

她躺在床上，至於被子是被她蓋在身上還是壓在背下，則視那是一天中的什麼時間而定。她喜歡白色的枕頭，白得像護士制服，微微上過漿的。她會把幾個枕頭墊在背後，支撐起身體，手上拿杯咖啡，讓自己不至於昏昏沉沉。為防咖啡杯摔落，她會把它捧在兩手之間，但如果它摔落地上的話，她就會醒過來。但她不是所有時間都這樣賴在床上，因為她才不是個懶骨頭。

白日夢會間歇侵襲她。

她會想像他正在想像她。這是她的救贖。

她會回憶找他或跟他在一起時走過的每一條街道、每一個暗角，每一扇門、每一道樓梯和躺過的每一張床；回憶他們彼此說過的每一句話，做過的每一件事，甚至包括爭論、激辯、互吐惡毒話的時刻。現在回想起來，他們是多麼喜歡刺痛對方，舔對方的血。我們是敗壞在一起的，她想。但在這樣的日子，除了生活在敗壞之中以外，還能有什麼其他的生存方式呢？

有時候，她會想要痛下決心，把他忘掉，以終止這無盡、無用的思念。不過，再多的驅魔儀式都沒有用，況且她也沒有真正很努力地做。驅魔儀式並不是她想要的。她想要那種恐怖的快感，就像因為偶然失足而掉下飛機的那種。她懷念他挨餓的面容。

她最後一次看到他，兩人一起回他房間去的時候，她感覺就像溺水：一切都變暗和變喧鬧，另一方面卻又光亮、緩慢而清晰。

這就是所謂的沉溺得不能自拔吧。

也許，他會把她的影像帶在身邊，就像收藏在貯物箱那樣。不過，又或許他帶的不是嚴格意義下的影像，而是一幅地圖：一幅他有朝一日一定會按圖覓路的地圖，就像一幅藏寶圖。

這幅地圖中是一片幾千英里的大地，在最外圍是積雪的巉巖高山。再裡面一圈是森林，地上滿布被風吹落的果子和在苔蘚下面腐爛的枯樹。再下來一圈是歐石南地和草原和紅色的小山丘：戰爭正在那裡打得如火如荼。在岩石的背後，在大砲的轟鳴聲中，抵抗者蹲伏著；他們最擅長的是打冷槍。

再下來是村莊：看得見邋遢的茅舍、嬉耍的頑童、背負著沉重藤枝的婦女和坑坑窪窪的土路。再下來是通往一個個小鎮的鐵路，這些小鎮各有各的火車站、工廠、貨倉、教堂、銀行。再下來是大城市，一個光與影交織的巨大正方形建築物，聳著一座又一座龐然的尖塔。這些尖塔包覆著堅硬的岩石。不，不是岩石，應該是一種更現代、也更可信的金屬物質。但不是鋅，因為只有窮人家的洗衣盆才會是用鋅造的。

對，這些尖塔都用鋼包覆。那是製造炸彈的地方，也是炸彈落下的地方。不過不管怎麼樣，他還是會想辦法繞過一切、穿越一切，來到她所住的這個城市。她被層層的房子和尖塔包圍在最中間的一座尖塔。這座尖塔經過偽裝的；它看起來一點不像尖塔，而像普通的房子。而她，則蜷曲在白色床鋪上。她被鎖在這個遠離危險的所在，但仍然是眾多尖塔中的一個。這也是他們費盡心思把她保護於一切之外的原因。她望向窗外，沒有任何東西可以搆得到她，而她也搆不到任何東西。

她是個圓滾滾的O，是個徹底的零，以自己的不存在而界定自己的空間。這也是他們搆不著她，無法拿她怎樣的原因。她的笑容一向純潔無瑕——儘管她並不會站在這個笑容的後面。

他會想像她是無法被傷害的。想像她站在發著光的窗前。而自己就站在樹下，抬頭看著她。然後，他會鼓起勇氣，靠著攀爬藤蔓，爬上牆壁，抬起窗框。房間裡的收音機是開著的，音樂聲掩蓋了他的腳步聲。他倆相對無言，但接下來卻是一陣身體的糾纏——聲音低沉、動作猶豫、光影幽暗，就像是發生在水面之下那樣。

妳過的是仰人鼻息的生活，以前他對她這樣說過。

你是可以這樣說，她答道。

但除了透過他以外，她又有什麼方法可以逃脫這種生活呢？

《環球郵報》一九三七年五月二十六日報導

巴塞隆納赤色分子鬩牆

雖然巴塞隆納當局對新聞進行了嚴格管制，但本報駐巴黎特派員仍然從特殊管道得知，在該市共和黨與派系之間，爆發了嚴重衝突。有傳言指出，以史達林為後盾、配備精良的共產黨對素有嫌隙的馬克思工人聯合黨（POUM）進行了一次大洗牌。後者是極端的托洛斯基分子，一向與無政府主義者暗通款曲。在共和黨人主政之初，巴塞隆納一度氣象一新，但隨著共產黨指控馬克思工人聯合黨為「內奸」，這城市現已籠罩在猜疑與恐懼的氣氛中。很多馬克思工人聯合黨的成員據說不是已經下獄就是在逃。有若干名加拿大人也在被捕者之列，但這項傳聞仍有待證實。

目前西班牙的局勢仍然混沌不明。儘管首都馬德里仍處於共和黨的控制，但佛朗哥將軍領導的民族主義部隊卻有重大的進展，正在向馬德里節節推進中。

《盲眼刺客》聯合車站

她彎著頸項，額頭抵在桌子的邊緣，想像他在歸途中的樣子。

那是薄暮時分，車站的燈已經亮起，他的臉在燈光中顯得憔悴。離車站不遠處是一片海岸；因為他聽見海鷗的鳴叫聲。他扶著火車的階梯扶手，一躍而上。他把圓筒形行李袋高舉過頭，放到置物架上，然後一屁股坐到座位上。他把買來的三明治拿出來，打開包裹著它的那張縐縐的紙，一點一點掰來吃。他累得幾乎食不下嚥。

坐他旁邊的是個老婦人，正織著一件紅色的東西，是件毛線衣。他知道老婦人織的是什麼，是她告訴他的，而如果他樂意聽，她會說出所有有關她小孩和孫子女的一切事情。但他卻不想聽小孩的故事。在看過那麼多死掉的小孩以後，他已不再想聽任何有關小孩的事。縈繞在他心中的小孩子，要比縈繞在老婦人心中的還要多。他們總是以他意想不到的姿態出現：眼睛閉著，如蠟色般的手，手指鬆開，像碎布洋娃娃那樣倒臥在血泊裡。他轉過頭去看著黑夜裡的車窗。在車窗玻璃上，他的皮膚看起來濕濕的，眼睛空洞，皮膚黑中帶點微綠，深色的樹影不斷在倒影的後面快速掠過。

他站起來，跨過老婦人的膝蓋，沿走道走到車廂的連接處。他點起一根菸，抽罷便把菸蒂彈到車外，繼而向著虛空處尿尿。他感覺自己和尿去的是同一個方向：虛無。他有想過是不是乾脆就這樣跳出車外，永遠從這個世界消失。

外面是沼澤地，更遠處是模糊不清的地平線。他回到座位上。車廂裡一定又冷又濕，不然就是又熱又悶。最後，他終於睡著了，嘴巴張開，頭垂到一邊，靠在髒兮兮的車窗上。他朦朦朧朧聽見毛衣針的叮叮聲和火車輪輾過鐵軌的軋軋聲。

現在，她進而想像他在做什麼樣的夢。她想像他夢見了她，而夢中的情境與她夢見他的一模一樣：他們各拍著看不見的深色翅膀，在深色的天空下，向著對方飛去。他們搜索又搜索，被希望和渴盼所牽引，被恐懼所折磨。最後，他們終於碰觸到彼此，並緊緊糾纏在一起。不過，他們的飛行至此也結束了：他們就像降落傘失靈的傘兵一樣，向下急墜，而敵人的砲火則從地面上向著他們掃射。

白天過去了，然後是晚上，然後又是白天。在中途一個火車站，他下車買了蘋果、可樂、半包菸、報紙。為了麻醉自己，他應該也會買一點威士忌，甚至買一整瓶。透過被雨打模糊的車窗，他怔怔望著如起毛踏墊般的田野連綿不斷地展開。黃昏時，落日久久不去，隨著他的不斷接近而不斷向西退卻，逐漸從粉紅色凋謝為紫色。夜是由斷斷續續的開車聲和停車聲連接而成的。在他闔起的眼瞼後面是一片紅色：砲火的紅色，火藥在半空中爆炸開的紅色。

他會在天色微明時醒來。他勉強看得見，在火車一邊是一片平坦而光亮的水體，那是一座內陸湖泊。在另一邊是一些破落的小房子，前院裡掛著晾曬的衣服。接下來，高大的煙囪出現了，是髒兮兮的磚砌工廠。然後是另一家工廠，整面玻璃窗反射著最淡的淡藍色。

她想像他在大清早下車，走過月台，走過長長的拱形大堂，走過一排排柱子，走過大理石地板。回聲浮動著，是模模糊糊的擴音喇叭聲。空氣中瀰漫著：香菸的菸味、火車的煙味，還有這個城市本身的煙味。但與其說是煙味，卻更像是一片塵埃。她同樣正走在這片塵埃或煙味之中。她擺出張開雙臂的姿勢，準備被他擁入懷中，舉上半空。歡欣緊扼著她的喉頭，感覺與驚恐無異。但她卻看不見他。初升的旭日從高高的拱形窗上照下，帶煙的空氣刺人口鼻，地板閃爍著微光。他終於出現了，就在火車站的遠端，身上每一個細眼、嘴巴、手都清晰分明，但又像是池塘裡的倒影，微微抖動。

但她的想像力無法把他固定住，無法把他定格為她記憶中的樣子。就像有一陣輕風吹過水面，他的臉被吹皺了，破碎成各種顏色，破碎成為漣漪。然後，這些顏色和漣漪又會在大堂的下一根柱子前面重組，再破碎，再重組。在他身周環繞著一圈光暈。

那圈光暈其實是他的缺席，但顯現在她眼裡卻成了光。她的一切，都是靠這光照亮——包括了每一個日與夜、每一雙手套與鞋子、每一張桌子與椅子。

第十一部

洗手間｜小貓｜美麗景觀｜月亮仍然皎潔｜貝蒂快餐店｜信息

洗手間

自此而下，事情的發展要愈發幽暗。不過，這當然是你們早就預期的，因為你們業已知道蘿拉出了什麼事。

蘿拉本人自然不知道什麼事將發生在她身上。她沒想過要去扮演注定滅亡的愛情小說女主角。只是到後來，因為那宗事故，她才會在崇拜者心中成了那樣的人。在日常生活中，她就像任何人一樣，有時會惹人生氣，有時鬱鬱寡歡，有時快樂。對，她也是快樂：只要時機對，只要她自己才知道的什麼願望獲得實現，她就會快樂得出神忘我。每次回憶起她那些快樂的瞬間，最是讓我痛徹心扉。

回頭看我寫下的東西，發現它們有點囉唆。我也許寫了太多無聊事了，至少在別人眼中會覺得無聊。我描寫了一大堆服裝，它們的款式和顏色都早已過時。我描寫了一大堆晚宴，它們的菜餚其實不一定好吃。早餐、野餐、海上旅行、化裝舞會、報紙、河上泛舟。這些東西好像並不是一齣悲劇的恰當配件。然而，在現實生活中，悲劇並不是一聲長長的尖叫。它是由通向它的千百件事情匯成的。無聊的日復一日、月復一月、年復一年，然後，在你冷不防的時候，悲劇發生了：有人被捅一刀、槍聲大作、汽車從橋上墜下。

現在是四月。雪來過又走了，番紅花開了。用不了多久，我就可以回到後門廊去寫東西（至少陽光普照的時候可以）。人行道上已沒有積雪，所以我又可以開始散步。整個冬天因為不能出門，我變得更衰弱，這點，我可以從自己的腿感覺出來。不過，我下定決心要重拾舊遊，收復失地。

今天，靠著拐杖幫助，加上沿路好幾次休息，我勉力走到了墓園。兩座天使像還在，沒有因為冬雪而有明顯毀傷；墓碑上的名字也還在，只是字跡又模糊了一點，但這也可能是我視力更差的緣故。我用手指摩挲那些名字：它們雖然堅硬、具體，卻在我的觸摸下變得柔軟、模糊、搖曳。歲月不斷用看不見的利齒在啃咬它們。

有誰清掉了上個秋天積聚在蘿拉墳前的濕枯葉。墳前插著一小束白色水仙花，已經凋謝，莖包裹在錫箔紙裡。我把它拔起來，扔進附近的垃圾桶。蘿拉的崇拜者以為他們這些祭品會讓誰受用呢？他們和他們的花都是垃圾，只會讓這片墳地被虛情假意的悲傷弄得髒兮兮。

想哭還不容易，我有更好方法讓妳們哭個夠，蕾妮愛說。如果她是我們媽媽，「更好方法」當然是賞我們兩巴掌。但由於她不是，所以我們從未能得知她的方法是什麼。

回程途中，我在甜甜圈店稍事休息。我累得像狗，而且樣子一定也是累得像狗，因為女服務生馬上向我走過來。平常，他們是不招呼客人的，你得到櫃台點餐。我點了咖啡和（為了換換口味）藍莓鬆餅。女服務生走到櫃台，和坐在那後頭的另一個女服務生交談，這時我才意識到她不是女服務生，而是像我一樣，是個客人。她的黑色制服並不是制服，只是夾克和家常褲。她身上有什麼光閃閃的，也許是拉鍊發出的，我無法看那麼仔細。在我來得及謝謝她以前，她就走了。

能碰到這麼有禮貌又體貼人的年輕女孩，真讓人窩心。不管別人死活是現在大多數年輕人的特徵——每次想到薩賓娜我就會這樣想。但那也是年輕人的盔甲，沒有這副盔甲，他們又要怎樣穿過人生？大人都說希望年輕人幸福快樂，但他們其實也希望年輕人倒楣。他們想要吃掉年輕人，吸取他們的青春活力，讓自己長生不死。沒有乖戾和輕浮作保護，所有的孩子都將被過去（別人的過去，別人硬加到他們肩上的過去）壓垮。自私是上天給他們的救恩。

穿藍色工作服的女服務生給我端來了咖啡。我幾乎一看到那個鬆餅就馬上後悔：我根本吃不下多少。現在，餐廳的一切食物都太大份、太沉重了：物質世界變得就像又大又濕又厚甸甸的麵糰。

喝過我喝得下的最多咖啡後，我前去重新收復洗手間。在居中的單間，上個春季的塗鴉被漆蓋掉了，所幸新一季的塗鴉業已登場。門的右上角，一個姓名縮寫宣示著自己對另一個姓名縮寫的愛意。緊接其下，有人用藍色字體整齊寫道：

好判斷力來自經驗。經驗來自壞判斷力。

那下面是一行紫色圓珠筆寫的草體字：想找有經驗的姑娘嗎？請找我「大嘴」安妮塔，保證可以讓你上天堂[1]。後面是電話號碼。

下面一行是用紅色麥克筆寫的粗體字：世界的末日近了。請準備迎接妳的滅亡吧，安妮塔。

有時我會想（嚴格來說不是「想」，只是「想著好玩」），這些塗鴉事實是蘿拉的作品，是她以遠距操控別人的手寫下。這是個愚蠢想法，但卻好玩。不過，細細想去，這想法又不是那麼好玩。因為這些塗鴉如果是蘿拉授意，那一定是寫給我看的，但如果是為我而寫，蘿拉又想要表達什麼呢？一定不是字面的意義。

有時候，我會有強烈衝動，要貢獻一則廁所塗鴉，要在色情廣告、愛意表白、讚美詩和詛咒的大合唱裡加入我顫抖的聲音。

冥冥有手在寫，字字如鐵，
任你虔求，任你竭智，
誘不了它刪掉半行；
任你淚盡，洗不去半個字。[2]

1 指「保證可以讓你銷魂」。
2 出自波斯詩人奧瑪·珈音。《舊約聖經·但以理書》記載，上帝曾差遣一隻「手」在巴比倫王宮牆上寫上神祕文字，預言巴比倫王國氣數已盡。

哈，如廁的姑娘們讀到這個，一定會跳起來，大罵這是什麼跟什麼。

等哪天我身體好一點，一定要再回來，真的寫下這番話。她們應該高興才對，因為那不正是她們憧憬的嗎？我們每個人莫不憧憬，可以在身後留下信息，一個不可能被擦去的信息。但這一類信息有可能是危險的。所以做以前必須三思，特別是你希望把自己交到命運之神手中的話。（做事要三思，這是蕾妮教我們的。蘿拉問她：為什麼三次就夠？）

小貓

九月來了，然後是十月。蘿拉又回到學校念書，這一次是另一家。但除了百褶短裙由灰色和藍色變成蕈色和黑色之外，我看不出來這家學校和前一家有什麼不同。

蘿拉在十一月滿十七歲。滿十七歲沒幾天，她就對理查說，他送她上學只是浪費金錢，而如果他堅持，她還是會繼續上學，但不認為自己會學到什麼有用的東西。說這些話的時候，蘿拉的語氣平和，沒有半點火藥味。而出乎我意料的，理查竟然讓步了。「看來她真的沒有必要上學，」他說，「反正她將來又不必出去找工作賺錢。」

不過，蘿拉當然是不容許閒著的——就像我一樣。所以，她就被徵召到溫妮薇德旗下稱作「亞比該」的慈善組織工作。「亞比該」是個專門從事醫院探訪的志工組織，入選的門檻很高，成員都是準備受訓成為未來溫妮薇德的富家女孩。她們會穿著擠奶女工穿的圍裙，在醫院的病房之間穿梭，跟病人聊天、為病人讀書報和提振病人的心情（這一點要怎樣做卻是沒有教的）。

事實證明，蘿拉很勝任這樣的工作。她不喜歡「亞比該」的其他女孩（這是不消說的），但卻很喜歡穿圍裙。她在進行醫院探訪時，挑的都是最下等的病房，是其他「亞比該」的女孩避之唯恐不及的（她們都討厭那裡的惡臭和病人的傲慢無禮）。這一類病房裡擠滿了被遺棄的人：癡呆的婦女、貧困潦倒的老兵、因三期梅毒而鼻子爛掉的人，不一而足。這方面的護士人手短缺，而沒多久，蘿拉就開始做那些根本用不著她管的事情。為病人倒尿盆和擦嘔吐物不會讓她皺一下眉頭，病人的謾罵與譏諷她也毫不在意。這不是溫妮薇德的本意，而很快地，蘿拉在醫院裡的行為就成了我們注意的焦點。

護士都認為蘿拉是天使。溫妮薇德告訴我（她當然有耳目），蘿拉特別擅長照顧那些沒有希望的病患。她根本不當他們是快死的人，而是把他們當成平常人看待。溫妮薇德認為，蘿拉這種本領，正是她怪異性格的又一明證。

「她的神經系統一定是結了冰，」溫妮薇德說，「換成是我就打死也做不來。想想那有多骯髒。」

同時，溫妮薇德為蘿拉籌備公開亮相儀式的計畫還在持續進行中。她沒有告訴蘿拉這件事，因為她從我這裡得到的印象，是蘿拉絕不會喜歡什麼公開亮相儀式。因此，溫妮薇德對我說，整件事情必須要保密，等一切準備就緒，才當成既成事實告知蘿拉。不過，她又說，如果能夠不用搞公開亮相儀式就能達到它的戰略目的，那就更理想不過。

我們這番談話是在阿卡狄亞宮進行。溫妮薇德邀我到那兒去吃午餐，說是要跟我共商關於蘿拉未來的戰略大計。

「戰略？」我說。

「妳知道我的意思。」溫妮薇德說，「依目前的情形看，最好是可以找到有錢又自願吃苦頭的男人，跟她一起步上紅毯。而如果能夠找到又有錢又笨，不曉得有苦頭要吃的男人，那就更妙了——等到他發現一切，已經遲了。」

「妳認為跟蘿拉結婚的人會吃些什麼苦頭？」我問。我好奇，當初溫妮薇德是不是就用這種戰略引他老公普里歐入彀：她把乖張的個性隱藏到蜜月才肆無忌憚地暴露出來？他之所以會變得無影無蹤（我只在照片看過他，從未看過他本人），是不是就是因為這個原因？

「妳得承認，」溫妮薇德說，「蘿拉不只有一點點怪。」說罷，她停了一下，隔著我的肩膀，向某個人微笑和揮了揮手，手上的幾個手鐲匡啷作響；她手鐲戴太多了。

「我不太明白妳的意思。」我溫婉地問。收集溫妮薇德說過的話，已經成為我的嗜好。

聽我一問，她嘛起了嘴。她的口紅是橘色的，而她的嘴唇已有皺褶。我們現在都知道，太陽曬太多就會有這種後果，但那時候的人還不知道。溫妮薇德喜歡日光浴，喜歡把自己曬成古銅色。「她不會符合任何一個男人的品味。她太多奇言怪行了。她缺乏——缺乏謹慎。」

溫妮薇德今天穿的是她那雙綠色鱷魚皮鞋，但我已不再認為這雙鞋子優雅，只覺得它俗麗。原先包圍著她的神祕氛圍已經從我眼前消失，因為我已經看透她了。而且我已培養出自己的品味。

「比方說呢？」我問，「比方說哪些奇言怪行？」

「她昨天才跟我說，結婚並不重要，愛情才重要。她說耶穌一定會同意她的觀點。」

「這只是她的意見，並不代表她會付諸實行。」我說，「況且，她指的並不是性，而是厄洛斯[3]。」

舉凡碰到她聽不懂的東西，溫妮薇德不是笑要不就是跳過去。她這一次選擇的是跳過去。

「她們指的都是性，不管她們自己知不知道。」她說，「有這種意見的女孩都會為自己招惹一身麻煩。」

「她的想法會隨著時間慢慢改變的。」我說，雖然我根本不這麼認為。

「等她自己改變恐怕就太遲了。像她這樣活在雲霧裡的女孩子，最容易成為壞男人的祭品。」

「那妳有什麼好建議呢？」我問，用漠然的目光看著她。我都是用這種目光來隱藏自己的惱怒，甚至憤怒，但溫妮薇德反而受到鼓舞。

「正如我剛才說的，把她嫁給搞不清狀況的男人。她想搞什麼自由戀愛的話，等婚後再來搞。只要她是悄悄的搞，那就無傷大雅。」

溫妮薇德顯然完全不了解蘿拉的為人。蘿拉想做什麼，絕不會悄悄地做，而會在光天化日下做，就在人行道上做。她就是要公然挑釁。她甚至會不惜跟有婦之夫私奔。她想反照出我們其他人有多矯情。

「蘿拉等到二十一歲就會有錢。」我說。

「但不會太多。」

「但對她來說也許已經夠了。我猜她所求不多，只是想過自己的生活。」

「過自己的生活！」溫妮薇德說，「想想看她會捅出多大的婁子！」

想要改變溫妮薇德的想法是白費氣力的：她就像一把凌空斬下的切肉刀，是絕不會轉向的。

「妳心目中有理想人選了嗎？」我問。

「暫時還沒有具體人選，但我會繼續留意。」溫妮薇德說，「有不少人會想要跟理查攀上關係。」

「只希望那不會讓妳太費神。」我喃喃說。

「唉，我不費神，」她歡快地說，「又要靠誰來把事情辦好？」

「我聽說妳在溫妮薇德面前談什麼自由戀愛，弄得她緊張兮兮。」我對蘿拉說。

「我從沒提自由戀愛這幾個字。」蘿拉說，「我只是跟她說，婚姻是過時的制度，說婚姻跟愛無關，就這麼多。愛是付出，婚姻是買賣，你是不能把愛放入一紙契約中的。然後我又

3 eros，希臘文裡「愛」的意思。

說，天堂上是沒有婚姻的。」

「但這裡不是天堂。」我說，「而且不管怎麼說，妳都嚇到她了。」

「我只是實話實說罷了，」她說，一面用我的橙木棒去刮她手指上的角質。「我猜她已經開始準備為我介紹丈夫了。她這個人什麼事都要管。」

「她只是擔心如果妳滿腦子都是自由戀愛，有可能會毀了自己的人生。」我說。

「婚姻有讓妳的人生沒被毀嗎？還是說言之尚早？」

我沒理她帶刺的語氣。「那妳對妳的婚姻又有什麼想法呢？」我問。

「沒有。」她說。她走到我的梳妝台前面坐下，然後拿起我的髮刷刷頭髮。最近，她變得對儀容比較在意，衣著也比較時髦。

「妳是說，妳沒有多想這件事？」我問。

「不，我是說我完全不會去想這檔子事。」

「或許妳應該想想的。」我說，「或許妳至少該用一分鐘去想想妳的未來。妳不能無限期地晃蕩下去，無所……」我本來是想說無所事事的，但到了嘴邊又收回，因為這顯然違背事實。

「未來是不存在的。」她說。她現在跟我說話，習慣用一種大姊姊的語氣，彷彿我才是她的小妹妹。接著，她的奇言怪語又出爐了：「如果妳是個在尼加拉瓜大瀑布上走鋼索的人，妳會注意站在遠處的人群，還是自己的腳？」

「我的腳。我希望妳不要再用我的髮刷了。那不衛生。」
「但如果妳太注意妳的腳，妳就會掉下去。不過，如果妳太注意人群，一樣會掉下去。」
「那到底哪一個才是正確答案？」
「如果妳死了，這把髮刷還會屬於妳的嗎？」她說，斜著眼看自己鏡子裡的側影。這讓她的側影看起來有一點靦腆的表情，而這種表情在蘿拉本人是很罕見的。「死人可以擁有東西嗎？如果不能，那麼，此時此刻又是什麼讓這把髮刷是屬於『妳的』呢？是刻在上面的姓名縮寫嗎？還是上面的細菌？」
「別鬧了！」
「我不是鬧，」她把髮刷放下，「我只是在思考。妳就是永遠也分不出其中的差異。我不懂妳為什麼老是要聽溫妮薇德的。聽她說話，等於是聽捕鼠器說話，只差裡面沒有老鼠。」
她最近變了：變得尖銳、冷漠和不顧後果。她不再會公然流露出她的不馴。我疑心，她還背著我抽菸：我在她身上聞到過一兩次菸味。我早該警覺到發生在她身上的轉變，只是我的心思被太多其他的事情占據了。
我一直等到十月底才告訴理查我懷孕的消息。我說這麼晚才告訴他，是為了要完全確定，不想他空歡喜。他表現出高興的樣子，親吻我的前額。「幹得好。」他說，就像我懷孕只是為了符合他的期望。

懷孕的好處之一是理查晚上不會再來煩我。他說他不想冒任何險，我說他考慮得很周到。「從現在起，妳的琴酒要限量了，我可不准妳任性胡來。」他晃動一根手指說，但這個手勢只讓我覺得噁心，就像是看到蜥蜴嬉戲。他輕浮的時候要比其餘任何時間更讓我忐忑不安。「我們一定要請最好的醫生，」他又說，「費用多貴都在所不惜。」聽到他重新站在金錢的角度談論事情，讓我放下心頭大石。因為一談到錢，我就知道自己現在的身分是：被當做非常昂貴的東西的保管者。

至於溫妮薇德，乍聽到這個消息時，先是發出一聲出自驚恐的小尖叫，繼而才表現出虛情假意的驚喜。她是真的被嚇到了。她擔心，我一旦成為男繼承人的母親（或哪怕只是女繼承人的母親），我的地位就會大大提高。我在理查心目中的分量愈多，她的分量就會愈少。我預期得到，在這件事情上，她將會用盡各種手段減低我的分量：例如把布置嬰兒房的計畫的每一個細節都握在自己手中。

「這件大喜事什麼時候會誕生？」她問。對於讓她緊張的事情，她總是極端在意細節。

「我想應該是四月，」我說，「或者是三月。我還未給醫生檢查過，所以說不準。」

「但妳應該知道的。」她皺著眉頭說。

「我以前又沒有懷孕過。」我生氣地說，「再說，我從沒想到過懷孕這件事。我根本沒有去注意。」

一天傍晚，我到蘿拉的臥室，告訴她我懷孕的消息。我敲了敲門，但她沒有應門。我輕輕把門推開，心想她一定是睡著了。但她卻不是在睡覺，而是跪在床旁邊，身穿藍色睡袍，頭垂下，雙手張大，就像是迎著一陣讓她無法移動的疾風。起初我以為她是在祈禱，但卻不是，至少我沒聽到她的禱告聲。當她終於注意到我的存在時，就站了起來，若無其事地走到梳妝台前面的凳子坐下。

每次進她房間，我都會感受到四周的陳設（都是溫妮薇德挑的）和她之間的巨大不協調感，感受到幾近超現實的味道。看到她置身於俗麗的印花布、蟬翼紗、荷葉邊之間，就像看到一塊被放在薊種子冠毛之間的燧石。

我說的是燧石，不是石頭。這兩者不同：燧石有一顆火的心。

「我想告訴妳，」我說，「我快要有小寶寶了。」

她轉過身看著我，臉蛋滑順白皙得像個瓷盤子。她看來並不驚訝，也沒有恭喜我。「記得那隻小貓嗎？」

「哪隻小貓？」

「媽媽那隻小貓。殺死她的那一隻。」

「蘿拉，那不是隻小貓。」

「我知道。」她說。

美麗景觀

蕾妮回來了。她對我有點不悅。噯，年輕女士，妳要怎樣為自己解釋？妳對蘿拉說了些什麼來著，難道妳就永遠不會學乖？

這些問題沒有答案。因為它們的答案與問題本身糾結在一起，結得那麼緊密、千絲萬縷，以致根本稱不上是答案。

我知道我正在接受審判，也知道你們不多久也會認為我應該接受審判。事實上，我也捫心自問：事情發生時，我是不是應該有截然不同的反應？你們一定認為應該要有，問題是我有別的選擇嗎？我現在是有別的選擇了，但現在並不是當時。

我理應看得透蘿拉的心思嗎？我理應知道有什麼事情在發生著嗎？我理應預見得到有什麼事會緊接而來嗎？我理應是我妹妹的保護者嗎？

理應是個徒勞的字眼。它是關於該做而沒有做的事情。它屬於平行的宇宙，屬於外太空的另一個次元。

二月的一個星期四，我在午睡後下樓。那段時間我經常會小睡一下：我已經懷孕七個月，而且晚上都睡不好。我的血壓有一點點高，腳踝浮腫，醫生吩咐我躺著時把腳擱得盡可能高些。我覺得自己像顆巨大的葡萄，隨時都會爆開，濺出紫色的汁液。我覺得自己又醜又累贅。

我記得那天下著雪，又軟又濕又大片的雪。我從床上起來以後，看到窗外那棵栗樹全是白色的，就像巨大的珊瑚。

溫妮薇德就在起居室裡。這沒有什麼稀奇的，因為她一向都自由進出，把這裡當成自己的家。稀奇的是理查也在。平常白晝的這個時間，他幾乎都是待在辦公室。兩個人手上都拿著酒杯，而且都是一臉陰霾。

「怎麼啦？」我說，「發生了什麼事？」

「過來坐下，坐到我身邊來。」理查拍拍沙發說。

「我知道事情一定會讓妳感到震撼，」溫妮薇德說，「我很遺憾它發生得這麼不是時候。」

負責把事情告訴我的人是溫妮薇德，從頭到尾理查緊握著我的一隻手，眼睛望著地板。他三不五時都會搖搖頭，就像溫妮薇德所說的話是難以置信的，或者不是真的。

她的話大意如此：

今天蘿拉在從事慈善探訪的醫院裡，精神突然崩潰了，完全失去了控制。幸而當時有醫生在場，而另一個醫生——這方面的專家——也被及時召了過來。醫生診斷的結果是，蘿拉對自己和他人都有危害性，所以理查在不得已的情況下，只好把她送到療養機構去治療。

「可惜我們沒能及早發現她有異狀，否則就能及時幫助她了。我們都以為她已經適應下來了。」溫妮薇德說。

「妳在說什麼？她幹了些什麼？」

溫妮薇德裝出悲天憫人的樣子。「她威脅要傷害自己。她還說了些奇怪的話。總之，她明顯是得了妄想症。」

「她說了些什麼？」

「我沒有把握是不是適合讓妳知道。」

「蘿拉是我妹妹，」我說，「我有權知道。」

「她指控理查企圖謀害妳。」

「她是這樣說的嗎？」

「她是這個意思。」

「拜託，把她的話源源本本告訴我。」

「她說理查是個說謊的、陰險的奴隸販子，是隻崇拜瑪門[4]的下流怪獸。」

「我知道她這個人有時想法很極端，而且常常口沒遮攔。但你們總不能因為別人說了這樣的話而把他關在籠子裡。」

「她說的還不只這些。」溫妮薇德陰沉地說。

這時候，理查為了安撫我，就說他送蘿拉去的，不是制式的療養院，也就是說不是維多利亞式的療養院，而是一家設備完善、環境優美的私人療養院，名字是布拉維斯塔（Belle Vista）。他保證，蘿拉在那裡一定會受到最好的照顧。

「那裡有什麼景觀？」

「妳說什麼？」

「『布拉維斯塔』不是義大利文『美麗景觀』的意思嗎？那裡有什麼景觀？蘿拉望向窗外的時候會看見些什麼？」

「妳不是在開玩笑吧？」溫妮薇德說。

「不是，這個問題很重要。外面有草坪、花園、噴泉什麼的嗎？」

但他們都回答不出來。理查說，布拉維斯塔療養院位於城外，所以四周樹木扶疏自不待言。

「你有去過那裡嗎？」

「親愛的，我知道妳很難過，」他說，「妳現在最好睡一睡。」

「我才睡過。拜託告訴我你有沒有去過。」

「沒有，我沒去過。」

---

4 瑪門是《聖經》的典故，崇拜瑪門意指崇拜金錢。

「那你們怎知道那裡會有很好的景觀？」

「真是的，艾莉絲，」溫妮薇德說，「那有什麼分別？」

「我想去看看她。」我很難相信蘿拉會突然精神崩潰。但另一方面，也有可能是因為我已經習慣了她那些奇言怪行，所以反而沒注意到她有精神衰弱的徵兆。對於我說想要去看蘿拉一節，溫妮薇德表示，醫生強調現在蘿拉不適宜見任何人，因為她現在不但精神極度錯亂，而且有暴力傾向。何況我現在又懷有身孕。

我開始哭泣。理查把他的手帕遞給我。

「另外還有一件事是妳應該知道的，」溫妮薇德說，「一件更讓人沮喪的事。」

「也許這件事應該等晚一點再說。」理查用低沉的聲音說。

「沒錯，那是一件會讓人痛苦的事。」溫妮薇德說，假意裝得欲言又止。但我當然堅持要馬上知道。

「可憐的蘿拉聲稱她懷孕了，」她說，「就像妳那樣。」

「什麼？」我停止了哭泣，「那是真的嗎？」

「當然不是，」溫妮薇德說，「她怎麼可能會懷孕？」

「誰是小孩的父親？」我問。我的意思是，誰是她想像出來的父親。

「她不肯說。」理查說。

「那只是她幻想出來的東西，當然。」溫妮薇德說，「她似乎是相信，妳即將會生下的小寶寶事實是她的。」

理查搖了搖頭。「真可悲。」他喃喃地說，用的是殯葬工那種低沉肅穆的聲音，聽起來就像是踩在厚地毯上的腳步聲。

「專家說蘿拉會這樣想，一定是出於對妳的不正常的妒意。」溫妮薇德說，「她嫉妒妳擁有的一切，希望可以過妳的生活，希望自己就是妳。專家說妳接近她可能會有危險。」她啜了一小口酒。「妳自己從來就沒有疑心過她嫉妒妳？」

你可以看出溫妮薇德是個多聰明的女人。

艾咪是在四月初出生的。那時代醫生接生都會使用乙醚麻醉，所以生產過程中我是昏迷的。醒來時只覺得比產前更虛弱。小寶寶不在我身邊，而是跟別的小寶寶一起睡在育嬰室裡。是個女孩。

「小寶寶有沒有什麼不對勁的？」我一醒來就焦急地問護士。

「十根手指，十根腳趾，一根不缺，」護士說，「也沒有多出什麼不應該有的東西。」

小寶寶在下午被帶到我身邊，身上裹著條粉紅色的毯子。我早想好名字。艾咪一詞的意思是被愛者，而我當然期望她會受人所愛。但我卻懷疑我有沒有愛她的能力，至少是有沒有能力提供她所需要的那麼多愛。

艾咪看起來和其他新生兒沒有兩樣：一張被擠壓過的臉，就像曾高速撞在牆壁上。她的頭髮長而黑。她瞇著眼睛看我，眼瞼幾乎是閉起的，就像是不信任我的樣子。我們被生下來的時候要經歷多大的折騰，我想，而我們乍接觸到外面的粗礪空氣時又會多吃驚。我對她微感歉意，發誓會盡我所能去照顧好她。

當我們母女倆互相審視的時候，理查和溫妮薇德來了。護士小姐起初誤以為他們是我父母。

「不，這位是小寶寶驕傲的父親。」溫妮薇德說，跟著和理查一起大笑起來。

「好可愛！」溫妮薇德說，「但我們原來預期會是個金髮小美女。看看她的頭髮，好黑！」

「我很抱歉，」我對理查說，「我知道你想要一個兒子。」

「沒關係，親愛的，還有下一次。」理查說，一點不悅的表情都沒有。

「班傑明祖父頭髮未轉白以前就是黑髮的。艾達麗祖母也是黑髮的，我爸爸當然也是，但兩個叔叔我就不知道了。金髮是我母親那邊的遺傳。」我用的是平常聊天的語調，看見理查毫不注意這件事的樣子，讓我鬆了一口氣。

我會慶幸蘿拉現在不在這裡嗎？我會慶幸她現在被關得遠遠的、沒能搆得著我嗎？因為如果她現在就在我床邊，一定會說：妳在胡說些什麼？

她當然會知道是怎麼回事。而且會馬上就知道。

月亮仍然皎潔

昨晚，我在電視上看到一個女子引火自焚的畫面：她是個年輕苗條的女孩，穿著一件又輕又薄的袍子。她這樣做，是為了抗議社會不公。但為什麼她認為把自己燒死可以解決任何事情呢？啊，千萬別這樣，我想對她說，不要燒掉妳的人生。不管妳為的是什麼，都是不值得的。不過，在她，這樣做顯然是值得的。

這些敢於殺身獻祭的女孩，到底是著了什麼魔？是想證明女孩子也是有勇氣的嗎？是想證明女人除了會哭鬧以外，還有淡然面對死亡的能耐？這種衝動源自什麼呢？是藐視嗎，那又是藐視什麼？是藐視事物死水般的秩序、盲目的暴君，還是盲目的神祇？但她們憑什麼認為把自己獻上祭壇，就可以改變事物的軌道？難道不能說，她們不是過分天真就是過分自大嗎？她們的做法，誠然是勇氣十足，卻了無用處。

在這方面，我也為薩賓娜擔心。現在，她在地球的另一頭正在忙著些什麼呢？她是被基督教迷住了嗎？還是被佛教？又抑或是其他的古怪念頭？你們做在我兄弟中最小一個身上的事，就是做在我身上[5]。這句話，是不是就是寫在她那本通往徒勞的護照上面的話？她是想為她那個唯利是圖、可哀可歎的家族贖罪嗎？我但願她不是。

即使艾咪也有一點點這種味道，不過她採取的是更緩慢、更遠離正軌的方式。蘿拉墜橋的時候，艾咪八歲，理查死的時候她十歲。這些事件，都不可能會對她沒有影響。然後，她又在我和溫妮薇德之間被拉扯得體無完膚。換成是今日，溫妮薇德不會打贏這場仗，但當時她卻贏了。她把艾咪從我身邊搶走，而儘管我用盡各種努力，還是無法把她給要回來。

在這種情況下，艾咪長大成人、繼承理查的財產以後會走向極端，是自然不過的。她在各種藥物酒精之間尋求慰藉，用不同的男人來煎熬自己。（誰是薩賓娜的父親呢？難說。艾咪從來沒有透露。）

我一直盡力與她保持連絡，盡力希望可以與她言歸於好：她畢竟是我女兒，何況，我也感到內疚，希望可以補償她童年所失去的東西。不過，她當時已對我產生了敵意——唯一微感安慰的是她對溫妮薇德也表現出同樣的敵意。她不願意讓我們兩個接近她和薩賓娜，特別是薩賓娜。她不想我們汙染她。

她常常搬家，幾乎可以用馬不停蹄來形容。有兩三次，她因為沒繳房租而被扔到街上。她也因為騷擾別人的罪名而被逮捕過。她被送院治療過好幾次。我想你可以說她成了一個強迫性的酗酒者，儘管我痛恨這個名詞。她有足夠的錢，所以根本不需工作，這對她是好事，因為她不可能待得住任何一份工作。另一方面，這對她又或許不是好事，因為如果她需要為三餐費心，心思就不會老是圍繞著她認為我們加諸於她的種種傷害打轉。不勞而獲的收入，最容易鼓勵有自憐傾向的人更加自憐。

我最後一次去看艾咪時，她住在多倫多的議會街附近。當我走到前台階的時候，看到旁邊的泥地上蹲著個小女孩，我猜應該就是薩賓娜。她蓬頭垢面，衣衫襤褸，手上拿著個錫杯子和調羹，正在鏟土。她是個腦筋動得很快的女孩：她向我要一毛錢。我有給她嗎？很可能有。「我是妳的外婆。」我說，但她只是瞪著我看，就像是看著瘋子。毫無疑問，從來沒有人告訴過她有我這樣一號人物存在。

那個時期，我對於艾咪生活的情況，是從她鄰居那裡約略得知一二的。他們看來是高尚的人，否則不會在艾咪忘記回家的時候給薩賓娜東西吃。就我記得，他們姓凱利。艾咪摔斷頸骨、死在樓梯下面，就是他們發現的，也是他們打電話報的警。至於艾咪是摔下來、被推下來還是自己跳下來，將永遠無法得知。

那天，我本該把薩賓娜拐走，帶著她直奔墨西哥，隱姓埋名定居下來。我一定會這樣做，要是我知道接下來會發生什麼事的話：溫妮薇德把她搶走禁錮起來，就像對待艾咪那樣。

薩賓娜跟我在一起，會比跟溫妮薇德在一起好嗎？她跟一個有錢、惡毒、化膿的老太婆

5《馬太福音》中耶穌所說的話，意指為徬徨無助的人做事，就等於為耶穌而做。

住在一起，不是比跟一個貧窮、惡毒、化膿的老太婆住在一起要強嗎？但我卻可以給她愛，而這是溫妮薇德不會給她的。溫妮薇德霸占著她不放，只是為了報復我，懲罰我，顯示她打敗了我。

我敲了門，見沒人應門，就逕自推開門，走了進去，再爬上狹窄、陡峭的樓梯，上到二樓。艾咪就在廚房裡，坐在小圓桌前，看著自己雙手。她手上捧著馬克杯。她把杯子舉到眼皮底下，把它搓過來又搓過去。她的臉色蒼白，頭髮蓬亂，正在抽菸。看樣子剛嗑過藥和喝過酒，我聞得出味道。除了這種味道，還有未清洗的水槽和未傾倒的垃圾桶的臭味。

我試著跟她講話。開始的時候我溫聲婉語，但她卻沒有心情聽。她說她已受夠了我們，說我們一直都隱瞞著她，沒有人肯告訴她真相；不過，她總算自己猜出來了。她是被強搶過來的。事實上，我並不是她的生母而理查也不是她的生父。這一點，蘿拉的書上寫得明明白白，她說。

我問她究竟在說什麼。她說，很顯然，她的生母是蘿拉，而生父則是《盲眼刺客》裡面那個男人。他們彼此相愛，我們卻橫加阻撓。而當我們發現蘿拉懷孕，為了掩飾醜聞，就把她送到療養院。後來，我自己生的小孩在出生時死了，我就把蘿拉的小孩搶過來，據為己有，說是自己生的。

她說的話並不是那麼連貫清楚，但大意就是如此。這種幻想會對她有吸引力，不難理解：因為如果有機會，誰不想把一個像舊貨一樣的真媽媽，換成充滿神祕感的新媽媽？

我說她全錯了，把所有事情都給搞混了。但她不聽我的。她說，她現在終於明白，為什麼跟我和理查生活在一起的時候，從來不會感到快樂。我們對待她的態度從來不像親生父母。而蘿拉阿姨會開車衝出一座橋，理由也昭然若揭：因為我們讓她傷心欲絕。她猜，蘿拉臨死前一定有留下遺書，要把真相告訴她，但我和理查卻把遺書給毀了。

也怪不得我是那麼可怕的媽媽，她繼續說。我從未真正愛過她。如果我真正愛過她，就會重視她勝於一切，就會考慮到她的感受，就不會離開理查。

「我願意承認，我不是個完美的母親，」我說，「但在當時的環境下，我已經盡了最大的努力。那是一個妳所知甚少的環境。而且，試問妳對薩賓娜就有盡到母親的職責嗎？就這樣任她在屋子外面亂跑，邋遢得像個乞丐。妳知道她隨時都有可能會走失的嗎？」

「這事妳管不著，妳不是她真正的外婆。」艾咪說，開始哭起來。「蘿拉阿姨才是。但她死了，是妳害死她的！」

「別蠢了。」我說。但這是錯誤的反應，因為這一類事情，你否認得愈激烈，別人就會相信得愈堅定。只不過，當別人讓你害怕的時候，你很容易就會作出錯誤的反應，而艾咪就讓我感到害怕。

當我說到蠢這個字的時候，她開始尖叫，說我才蠢，而且蠢得危險，蠢得不知道自己有多蠢。然後，她又用了一些我不願在這裡複述的字眼罵我，繼而把手上的馬克杯扔向我。接著，她磕磕絆絆走向我，一面走一面吼叫，張開雙臂，像是想要對我不利。我又傷心又害怕。我一步步後退，一到樓梯，就緊抓著欄杆扶手，轉身下樓，再急匆匆走出大門。

或許當時我應該張開雙臂抱緊她的，或許我應該哭的。然後再與她面對面坐下來，把事情原原本本告訴她，就像我現在告訴你們的那樣。但我卻沒有那樣做。我錯過了機會，現在只感到後悔莫及。

那次見面，是在艾咪摔下樓梯前的三星期。她是我女兒，我當然會為她的死哀悼。但我必須承認，我哀悼的，更多是兒時的艾咪。我為她所沒有變成的人而哀悼，為她失去的可能性而哀悼。而我尤其哀悼的，是我為人母的失敗。

艾咪死後，溫妮薇德就把指爪伸向薩賓娜。她以迅雷不及掩耳的速度把薩賓娜帶走，並宣稱自己擁有法定的監護權。我有考慮過興訟，但我知道，這只是把我跟她爭奪艾咪的戲碼重演一遍，而我注定會輸。

當時我還未滿六十歲，還可以自己開車。不時，我都會開車到多倫多，在她的小學附近徘徊，像個私家偵探那樣窺探她。我這樣做，只是想看看她並確定她安然無恙。

在溫妮薇德搶走薩賓娜的幾個月後，有一天早上，我一路跟蹤她們跟蹤到伊頓百貨公司。溫妮薇德帶她到那裡，是要幫她買鞋子。以溫妮薇德的行事風格，薩賓娜的衣服肯定都是她買的，而且都是沒事先徵求她意見就直接買回來。但買鞋子總得要試穿過，而基於什麼理由，溫妮薇德似乎不願意把這件事假手僕役。

那時候是聖誕時節，百貨公司的柱子上都纏繞著假冬青，門拱上掛著噴了金粉和綴著松果的花環。在到女鞋部門的半路上，她們被聖誕詩歌隊給攔住了。我站在離她一道走道外。我的穿著跟從前不一樣（我衣櫥的內容改變了）：身上是件老舊大衣，頭上裹著條蓋過額頭的大手帕。雖然她正眼看到我，卻沒有認出我。她大概以為我是個清潔婦，不然就是個找便宜貨買的移民。

儘管溫妮薇德盛裝一如往常，但給人的感覺卻很襤褸。這沒有什麼好奇怪的，因為她當時已年近七十，而如果人到這把年紀還使用一些鮮豔的化妝品，只會讓人覺得是個木乃伊。她不應該再塗橘色的口紅，那讓她看起來相當刺眼。

溫妮薇德拽著薩賓娜一隻手臂，想強行把她拉過詩歌隊和穿臃腫冬裝的購物人群。從溫妮薇德深皺的眉頭和緊繃的下顎，可以看出她對詩歌隊充滿熱忱的稚嫩歌聲備感惱恨。

不過，薩賓娜顯然想要聽歌。她沒有掙開溫妮薇德的手，卻一直拖著腳步，讓自己的身體變得分外沉重——這是一種沒有抵抗姿態的抵抗。我知道她這樣子會讓自己手臂疼痛。

詩歌隊唱的是〈好國王瓦茨拉夫〉。薩賓娜對歌詞顯然很熟，我看得見她的小嘴巴在翕動。「冰霜雖烈，夜空上月亮仍然皎潔，」她唱道，「那個窮漢出現了，撿拾冬天的柴薪。」

這首歌是關於飢餓。而我敢說薩賓娜了解飢餓：她一定還記得什麼叫飢餓。這時，溫妮薇德把薩賓娜的手臂向後一扳，然後緊張兮兮地打量四周。她看不見我，卻可以感應得到我就在附——圍籬裡的牛不會感應不到野狼的逼近。

當時，我有股巨大的衝動，想要跑過去一把抱起薩賓娜，拔腿就跑。我可以想像得到，我奔跑的沿途，溫妮薇德淩厲的尖叫聲一定會不絕於耳。

我一定會把薩賓娜抱得緊緊的，步伐絕不會磕磕絆絆，也絕不會讓她掉到地上。儘管如此，我知道我還是跑不了多遠就會被尾追而來的人們給追上。

事後，我走出百貨公司，頭低下，翻起衣領，沿著人行道漫無目的地走了又走。風從湖的方向吹過來，天空的雪盤旋而下。雖然是白天，但因為密雲和下雪的關係，光線很黯淡。汽車徐徐開過積雪的路面，紅色的車尾燈彷彿是倒著跑的弓背野獸的眼睛。

我緊緊抓住從百貨公司買來的東西，手上並沒有戴手套。我一定是把手套掉在百貨公司的地板上。但我並不懷念它們。雖然風雪凜冽，手卻一點都不覺得冷。只要是身處於愛或恨或恐懼或暴怒之中的人，都會有這個能耐。

我過去常做一個可笑的白日夢。夢裡，我看見溫妮薇德和她一票朋友戴著用鈔票織成的花冠，圍在薩賓娜那張有摺邊的白床四周（薩賓娜正在睡覺），商議還要賜些什麼給她。她們給過她的東西包括了雕花的銀杯、有熊圖案的壁紙、小小串的珍珠項鍊和其他金光閃閃的東西，一言以蔽之，就是第二天太陽升起時會變為煤的東西。現在，她們計畫要給她矯正牙齒、為她安排網球課、鋼琴課、舞蹈課和只有富家子女可以參加的夏令營。

就在這時，我突然隨著一道電光和一團煙霧閃現，背上拍著一雙沾滿煤灰的皮革翅膀。我也想賜她一份禮物，我喊著說，我有這個權利！

溫妮薇德一票人指著我大笑。妳？妳？妳不知多少年前就被逐出這個家門了！妳最近有照過鏡子沒有？妳走樣了，看起來好似一百二十歲。回到妳那個髒兮兮的山洞去吧！妳以為有什麼是妳能夠給她的？

我可以給她真相，我說，我是最後一個可以給她真相的人。那也是這房間裡唯一不會在明天早上消失掉的東西。

貝蒂快餐店

幾星期過去了，蘿拉還是沒有回來。我想寫信或打電話給她，但理查說這對她不好，說我們應該讓蘿拉專心接受治療。醫生是這樣說的。當我問他蘿拉接受的是什麼療法，他卻支支吾吾，說他不是醫生，所以不應該假裝了解；這一類的事情應該留給專家去操心。

一想到蘿拉被禁錮在她的狂想裡痛苦掙扎的樣子，我就備受折磨。不過，有可能禁錮著她的，不是她自己的狂想，而是別人的狂想。但這兩者的起訖點又是在哪裡呢？內在世界與外在世界的門檻又是在哪裡呢？我們每天都在這個門檻上來來去去，用的是文法上的通關口令：我說，你說，他說，她說。我們都是靠著附和被共同接受的意義而享有「正常」的特權。

不過，蘿拉從來就不是個願意附和別人的人，從兒時開始就不是。這就是問題的癥結了嗎？她會常有麻煩，就是因為別人說是的時候她就說不是，或唱反調嗎？

理查時而會告訴我蘿拉改善了，時而又會說她退步了。改善了什麼？退步了什麼？但他的回答都是千篇一律：像我這樣年輕的媽媽不應該把精力耗在讓人困擾的事情上。「我們會讓妳儘快復原。」他說，輕拍我的肩膀。

「但我並不是真的生病。」我說。

「妳知道我的意思，」他說，「我指的是回到原來的樣子。」他露出深情的、幾乎是色瞇瞇的微笑。他的眼睛變小了，要不就是他眼睛四周的肉變擠了。這讓他的表情顯得狡猾。他在想的，是什麼時候可以回到屬於他的位置：我上面。不過，我卻擔心，如果他再次在我上面，我說不定會被壓得窒息。他變胖了，他吃太多了。他常常要在不同的俱樂部演講，而這些都是會讓人變得有分量和變胖的場合。

演說可以讓一個人自我膨脹起來。這種情形我看多了。他們用在演說中的那些字眼，對自己的腦子具有發酵作用。君不見在電視上或收音機裡發表政治演說的那些傢伙，吐出來的都是一個個瓦斯泡泡嗎？

我決定要讓自己盡可能病懨懨和病懨懨得盡可能久一點。

蘿拉的事讓我痛苦。我把溫妮薇德說的事情在腦海翻來想去，從各個角度去檢視它。我既無法相信那是事實，但又無法不相信。

我無法不相信，是因為蘿拉一直有很大的力量，無緣無故折斷東西的力量。她也從來都不會尊重別人的所有權。舉凡我的東西都被她當成是自己的，如我的原子筆、香水、夏裝、帽子、髮刷。然則，她會不會是把我未出生的小孩也歸到這個範疇裡呢？

但另一方面，假如說謊的是溫妮薇德呢？那麼，蘿拉說的就是實話，也就是說她真的懷孕了。但她為什麼不告訴我，而要告訴醫生，一個陌生人呢？為什麼她不來我這裡尋求幫助呢？

我為這個問題想了又想。原因有可能有很多個，而我有身孕可能是其中之一。

如果是這樣，那孩子的父親只有一個可能：湯馬斯．亞歷斯。

但這是不可能的。怎麼可能呢？

我不再知道蘿拉會怎樣回答這些問題。我看不透她，一如我看不透戴在手上的手套的內裡。她一直跟我住在一塊，但我看到的只是表面：空洞的人形，裡面充滿著我自己的各種想像。

幾個月過去了。六月，七月，然後是八月。溫妮薇德說我看起來蒼白憔悴，應該多花點時間在戶外。而如果我不願意打網球或高爾夫球的話，那不妨多花些時間在岩石花園上。園藝的工作和媽媽的身分是很匹配的。

我不喜歡我的岩石花園，它就像大部分的東西那樣，只是在名義上屬於我。（我由此想到，「我的」小寶寶說不定也是如此。她為什麼那麼愛哭、那麼不愛笑、那麼難纏？顯然，她不是我親生的，而是被什麼吉卜賽人掉了包。）那個岩石花園同樣抗拒我的照料，沒有任何我為它做的事可以取悅它：我從未能種活過些什麼。

所以，我就只能以讀讀園藝書籍為滿足，像《岩石花園的多年生植物》、《北方氣候的沙漠肉質植物》之類。我會一面讀它們，一面開列清單：裡面哪些植物是我可以種的，哪些是我應該種的，哪些又是我已經種過的。有一些植物的名字我很喜歡，像「龍血」、「山中雪」、

「母雞帶小雞」，但它們本身卻引不起我的種植興致。

「我不像妳，」我對溫妮薇德說，「我沒有園藝的天分。」假裝無能已經成為了我的本能，不假思索就可以脫口而出。不過，這時的溫妮薇德，已不再那麼容易被我假裝的無能打發。

「但妳總得付出一點努力啊。」她說。這個時候，我就會把自己種死過多少植物的名單報給她聽。

「岩石本身就很漂亮，」我說，「妳不覺得它們足以構成一件雕刻？」

我想過逕自去看看蘿拉。我可以把艾咪留給新來的保母照顧。我對這新保母的觀感一如對穆加特羅伊德太太的觀感，事實上，在我看來，我們的所有僕人全都姓穆加特羅伊德，他們全都是一夥的。所以，她一定會向溫妮薇德通風報信。那麼，我找一天早上帶著艾咪偷溜出去又如何？我可以搭火車去找蘿拉。但要搭到哪去呢？我不知道蘿拉現在的所在。聽說布拉維斯塔療養院是在多倫多北面，但多倫多北面可是很大一片地域。我搜查理查的書桌，但沒有找到布拉維斯塔療養院的來信。他一定是把它們保存在辦公室裡。

有一天，理查早早就回到家，一副魂不守舍的樣子。蘿拉已經不在布拉維斯塔療養院了，他說。

怎麼會這樣？我問。

有個男的去了療養院，說是蘿拉的律師，是她信託基金的受託人。他質疑蘿拉被關在療養院裡的合法性，威脅要採取法律行動。妳認識這個人嗎？

不，不認識。（我雙手交疊在大腿上，面上流露出驚訝的表情，沒有流露出高興。）之後怎樣？我問。

療養院的院長剛好不在，其他職員都不知所措，所以最後就讓那男的把蘿拉帶走。他們認為我們一定不會想讓這件事情曝光（那律師威脅說，如果他們不放人，他就會公諸報界）。

我想他們做法正確，我說。

對，理查說，當然正確。問題是蘿拉的心智已經回復正常了嗎？療養院的人告訴我，儘管外表上看起來她已平靜了許多，但卻不是完全沒有疑慮。誰又知道讓她到處亂跑的話，她會對自己和別人構成多大危害？

我一點都想不出來她現在會在哪裡。

我也是。

妳沒有聽到任何有關的消息嗎？

沒有。

我等上一段相當時間之後才採取行動。我的行動就是要到泰孔德羅加港找蕾妮，問她蘿拉現在可能在哪裡。我向理查謊稱蕾妮打了一通電話給我，說她現在健康很糟，希望有什麼不測以前見我一面。我讓理查有一種感覺：她快死了。我說，畢竟我是她一手帶大的，而我現在唯一能為她做的，也只有見見她，跟她敘敘舊。

我跟蕾妮約好在貝蒂快餐店碰面（當時她家裡已經裝了電話）。她還在貝蒂快餐店裡工作，不過只是兼職。她在電話裡告訴我，貝蒂快餐店又有了新的東主，前一任店東不喜歡她下了班在店裡當顧客，但這一任店東卻不一樣，因為他希望能賺多少是多少。

貝蒂快餐店走下坡走得厲害。那個條紋圖案的遮陽篷已經沒有了，座位顯得老舊不堪。瀰漫在空氣裡的，再也不是新鮮香草冰淇淋的味道，而是腐臭的油脂味。走進裡面時，我意識到自己太盛裝了。我不應該穿那件銀狐披肩來這裡的。在這樣的環境下，有什麼表現的必要呢？

蕾妮的樣子讓我不安：太浮腫、膚色太黃，呼吸也有一點太粗重。說不定她的健康真的不好，但我又猶豫要不要問。「但願我的腳可以減少點重量。」她重甸甸坐在我對面的座椅時說。

蜜拉就跟在她身邊。蜜拉，妳當時是幾歲呢？我當時忘了算，但應該是三、四歲吧，她的雙頰因為興奮而緋紅，眼睛睜得大大，眼球微微突出，就像是脖子被人輕輕扼住。

「我告訴過她有關妳們的事，」蕾妮深情地說，「妳們姊妹倆的事。」看得出來，蜜拉對我不感興趣，不過，她對我的銀狐披肩卻很著迷。那個年紀的小孩都喜歡毛茸茸的動物，哪怕是已經死了的。

「妳有見過蘿拉或跟她談過話嗎？」我問。

「少說少錯。」蕾妮說，然後瞧了四周一眼，就像擔心隔牆有耳。但我卻看不出有這麼謹慎的必要。

「我猜那個律師是妳找來的吧？」我說。

蕾妮看起來很得意的樣子。「我只是做該做的事。」她說，「那個律師是妳媽媽一位表妹的丈夫，所以算得上自己人。他聽了我說的話以後，就知道該怎麼做。」

「妳怎麼知道的？」我沒有問妳知道些什麼，打算稍後再問。

「她寫了信給我。」蕾妮說，「她說她也給妳寫了信，但並沒有得到回音。是那裡的女廚子幫她把信偷渡出來。事後蘿拉會給她郵費，外加一些小費。」

「我沒收到她的信。」我說。

「她也是這樣猜。她猜他們一定會防著。」

我知道蕾妮說的他們是誰。「我想她應該是來了這裡。」我說。

「她還能有哪裡可以去？」蕾妮說，「可憐的女孩，才小小年紀就要經歷這樣的折騰。」

「她經歷了些什麼？」我又渴望知道，又害怕知道。而且，她告訴蕾妮的話，有可能是虛構的。蘿拉真是得了妄想症的可能性是不能排除的。

不過蕾妮卻一定會排除這種可能。一直以來，不管蘿拉告訴她什麼，她都照單全收。我懷疑，她跟蕾妮說的事情，跟我從溫妮薇德那裡聽來的是一樣的，特別是有關小嬰兒一節。「有小孩在旁邊，我不想細說。」蕾妮說，望了蜜拉一眼。蜜拉正在大口吃著粉紅色的奶油蛋糕，一面吃一面瞪著我看，就像是想舔我一口。「如果我把全部事情告訴妳，只怕妳以後晚上休想睡得著。唯一讓人安慰的是妳跟這件事情無關。她是這樣說的。」

「她有這樣說？」我問。聽到這一點讓我釋懷，但我卻可以肯定，蕾妮並沒有完全原諒我，因為她認為我不應該坐視一切發生。（蘿拉墜橋以後，蕾妮對我就更不能諒解了。依她的觀點，蘿拉的死，我多少脫不了關係。自此以後，她就對我非常冷淡。她是在忿懣中過世的。）

「不論任何理由，像她這樣一個年輕女孩都不應該被送進那種地方去的。」蕾妮說，「那裡的男病人常常會脫掉褲子到處走，真是可恥！」

「牠會咬人嗎？」蜜拉忽然問道，伸手去摸我披肩上的銀狐。

「別碰，」蕾妮說，「妳的手黏答答的。」

「不會，牠不會咬人，」我說，「牠不是真的。看，牠的眼睛只是玻璃珠子。牠只會咬自己的尾巴。」

「蘿拉說，要是妳知道她待的是什麼地方，說什麼也不會讓她留在那裡。」蕾妮說，「她又說妳不是個沒心沒肝的人。」說這個的時候，她皺著眉，顯然是表示對蘿拉的話存疑。「他們在那裡吃的絕大部分都是馬鈴薯，不是蒸馬鈴薯就是馬鈴薯泥。我猜，院方剝削病人的膳食，把錢放進自己口袋裡。」

「她去了哪裡？現在人在哪裡？」

「她說妳還是不知道比較好。」

「她看起來有沒有一點點……」我本來想問的，是蘿拉看起來有沒有一點點發瘋的跡象。

「她和以前一模一樣，不多也不少。她一點都不像個瘋子——如果這就是妳要問的。」蕾妮說，「不過她瘦了，她需要的是多吃點肉和少談些上帝。我只盼祂現在是站在她旁邊。」

「謝謝妳，蕾妮，謝謝妳所做的一切。」我說。

「不用謝我，」她生硬地說，「我只是做該做的事。」

言下之意是我沒有做。「我可以寫信給她嗎？」我說，一面說一面摸索我的手帕。我很想哭。我感覺自己像個罪犯。

「她說最好不要。但她要我告訴妳，她給妳留下了信息。」

「什麼信息？」

「她說那是在她被帶去那地方之前留下的，說妳知道在哪裡會找得到。」

「妳感冒了嗎？」蜜拉問我，她興致勃勃地看著我擤鼻子。

「問太多問題，舌頭就會爛掉。」蕾妮說。

「才不會。」蜜拉沾沾自喜地說。她開始哼起歌來，一雙小肥腿在桌子下面踢來踢去。看來，她是個快樂自信的人，不輕易被嚇倒。她的這種素質，正是常常讓我惱怒的原因，但是，我如今已經開始心生感激。（蜜拉，我這話對妳來說也許是新聞。但就把它當成恭維吧。）

「我想妳也許會想看看艾咪的照片。」我說。起碼我還有這個小小的成就，或許可望改善我在她心目中的形象。

蕾妮把照片接過去。「哎喲，好黑的頭髮！」她說，「你永遠不曉得小孩喜歡繼承哪些家族遺傳特徵。」

「我也要看看。」蜜拉說，用沾滿糖的手抓住照片。

「別磨蹭，妳老爸等著我們回家。」

「我不要。」蜜拉說。

「家再寒酸，沒有地方像家。」蕾妮唱道，一面唱一面用餐巾紙把蜜拉口鼻上的粉紅色糖衣擦去。

「我要留在這裡。」蜜拉說。但蕾妮還是把大衣穿到她身上，把針織羊毛帽套過她耳朵，然後把她硬拉離座位。

「照顧好妳自己。」蕾妮說，但並沒有吻我。

我很想一把抱住她，哭號又哭號，我希望受到撫慰，我希望跟她一道回家的人是我。

「妳知道蕾妮剛才唱些什麼？『沒有地方像家。』」蘿拉說，當時她十一、二歲。「我覺得這歌詞很愚蠢。」

「為什麼？」我問。

「看著。」她說，在紙上寫下一個等式。沒有地方＝家。因此，家＝沒有地方。因此，家是不存在的。

家是心的所在，我在貝蒂快餐店裡這樣想。但我卻不再有心了，它已經破碎了；而即使沒有破碎，它也不在我裡面了。它從我身體裡面被整整齊齊挖了出來，就像蛋黃從蛋白裡被挖出來，剩下的是沒有血、空洞、癱瘓的我。

我沒心沒肝，所以也沒有家。

信息

昨天我太累了，所以除了躺在沙發，幾乎無所作為。我看了電視談話節目——毫無疑問，看這個節目已成了我縱容自己慵懶的習慣。這種節目都是以揭人陰私為務。當然，揭人陰私現在已蔚為時髦：人們揭別人陰私也揭自己陰私，揭他們知道的所有陰私甚至他們所不知道的陰私。他們這樣做，有時是出於內疚，有時是為了取樂，但主要是因為他們愛秀和別人愛看這個。我自己也不能免俗：我喜歡透露一些卑劣小罪過、一些骯髒的家庭糾紛、一些珍藏已久的傷痛。我喜歡看到別人充滿期待看著我打開手上蟲子罐的樣子，神情就像是我在打開送他們的生日禮物。不過，可以預見，看到裡面的東西後，他們一定是一副失望表情，頂多是勉強擠出一兩滴眼淚，說一兩句同情的話。就只有這些嗎？他們會在心裡嘀咕。有沒有更不尋常、更齷齪、更澎湃的、更驚悚的？再多說一些嘛！

我不知道哪種做法對我更好：是一輩子渾身塞滿祕密，直到在它們的重壓下崩潰？還是把每個段落、每句句子、每個單字擠出來，直到吐乾我曾經珍如藏金、親如皮膚的東西為止？

無論結果好壞，我都不會辯解。

「嘴不嚴，船會沉。」戰時呼籲民眾注意保密防諜的海報這樣說。其實，所有船都會沉的，只是遲早問題罷了。

放任自己這樣胡思亂想一番之後，我走進廚房，吃掉半根開始發黑的香蕉和兩塊蘇打餅乾。廚房裡有一股腐臭味，我疑心是不是有什麼剩菜落到了垃圾桶後面，開始腐爛。我檢查了一下，卻什麼也沒找到。或許那氣味是我自己散發的。不管今天早上噴了多少香水，我就是無法不懷疑自己身體有貓食的氣味。我家裡現在還有從前用剩的許多瓶香水。蜜拉，到妳需要為我收拾善後的時候，直接把它們送進綠色垃圾袋裡就行。

理查過去覺得需要安撫我，就會送我香水。除了香水，還有絲巾，還有寵物、籠中鳥、金魚造型的小首飾。當然都是溫妮薇德挑的，都是她認為對我味道的東西。

坐火車回多倫多的一路上以至接下來的幾星期，我都在推敲蘿拉留給我的信息會放在哪裡。她應該早就料到，不管她對醫院裡的醫生說些什麼，對方都不會相信。所以，為防萬一，她會在某個地方以某種方式留下一些線索給我，就像扔在森林裡的一條手帕或堆在地上的一排白石頭。

我在腦海裡想像她寫東西的樣子。如果她的信息是寫在紙上的話，那她應該是用鉛筆寫的，而且是筆頭被咬得爛爛的鉛筆。蘿拉常常會咬鉛筆。小時候，她嘴巴常常會有杉木味，而如果她咬的是顏色鉛筆，她的嘴唇就會染成藍色、綠色或紫色。她寫字寫得很慢，字跡稚氣。她的 o 字都圓鼓鼓，y 字的莖柄拖得又長又斜，i 字和 j 字上面的一點都是又大又圓，而且歪到一邊，t字的一橫則永遠只看得見一邊。

我想像，當她把信息的最後一個字寫完，就會把它放入信封，封好，藏起來，就像她在阿維翁藏那些雜七雜八的東西那樣。但她會把這個信封藏在哪裡呢？一定不是阿維翁，因為她被帶走以前，根本沒有機會接近阿維翁。

那麼，唯一有可能的地點就只剩下多倫多的房子了。她一定是把信息藏在房子裡不會被人注意的地方，也就是說不會被理查、溫妮薇德或穆加特羅伊德夫婦注意的地方。我搜索了每一個可能的地點：抽屜底、碗櫥背面、我冬天大衣的口袋。我甚至把冬天的連指手套都翻過來找過，但都沒找著。

然後我想起了一件事。大約是蘿拉十歲或十一歲時，有一天，我看到她在祖父的圖書室裡，面前擺著本厚大的皮革封面《聖經》，一隻手拿著媽媽的剪刀，在剪上面的書頁。

「蘿拉，妳在幹嘛？」我說，「那可是《聖經》！」

「我只是要剪掉我不喜歡的部分。」

我把她扔到廢紙簍的紙團撿起，打開來看：其中包括《歷代志》的全部、《利瑪記》的部分，還有《馬太福音》的一小段經文，就是耶穌詛咒無花果樹的那一段[4]。我記起，她主日學

4 這段經文記載的是，耶穌有一天在路上餓了，看到路旁有一棵無花果樹，想摘些果子來吃，卻發現它一顆果子也沒有，就詛咒說：「從今以後，你永不結果子。」樹就立刻枯乾了。

那段日子就曾埋怨，耶穌怎可以對無花果樹說那麼惡毒的話。誰又沒碰過不走運的時候？蕾妮有一次在廚房發蛋時就說過。

「妳不應該這樣做的。」

「那不過是些紙罷了。」她說，繼續喀喳喀喳地剪。「紙沒有什麼重要的。寫在它們上面的話才重要。」

「妳會給自己惹來大麻煩。」

「才不會，」她說，「這書從來不會有人翻開。」

她說中了。她幹的好事始終沒有被發現。

這件往事讓我聯想起我的結婚相本。顯然，這相本是溫妮薇德不會感興趣的，而理查大概也不會費事去翻它。蘿拉一定知道這一點，知道那是安全所在。但她為什麼認為我會有興趣翻這相本，看我自己的結婚照呢？

但如果我想念她，想看她的照片，就會去翻相本。她知道這個。相本裡有不少她的照片，大都是她穿著伴娘服裝照的，照片中的她有時綳著臉，有時望著地上。

終於，我找到了她留下的信息，不過不是用文字寫成的。來多倫多參加我的婚禮時，蘿拉是帶著她的手染材料一起來的，就是她從默里的報社摸來那些。這段時間以來，她一定都把這些東西藏著。雖然她是個鄙夷物質世界的人，但蘿拉從來不亂扔東西。

她只塗改了兩張照片。一張是婚宴上的團體照。其中的男儐相和女儐相都被塗上厚厚一層靛青色，等於是把他們全部從照片上抹掉。留下來的是我、理查、蘿拉自己和溫妮薇德。溫妮薇德被染成青灰色，理查也是。我被塗成水藍色。蘿拉把自己染成發亮的黃色，但不只衣服，連臉和手都染了色。這讓她看起來像個發光體，就像一盞玻璃燈或磷光物質造成的洋娃娃。照片中的她，眼睛並沒有朝前望，而是側向一邊，就像她的心思不在鏡頭上面。

另一張是新郎新娘的正式合照，是在教堂前面拍的。理查的臉被塗成灰色，很深的灰色，以致五官全看不見。他的手被染成紅色，身體和頭部四周畫著些紅色火焰，彷彿他的頭著了火。蘿拉沒有在我的新娘服、手套、面紗和花束上面染色，只在我的臉上動了手腳：把我的眼、鼻、口加以漂白，讓我的臉看起來霧霧的，就像濕冷天氣裡的窗戶。背景以至教堂台階都全被她用黑色塗掉，只剩下像是懸浮在最深最黑夜裡的一男一女。

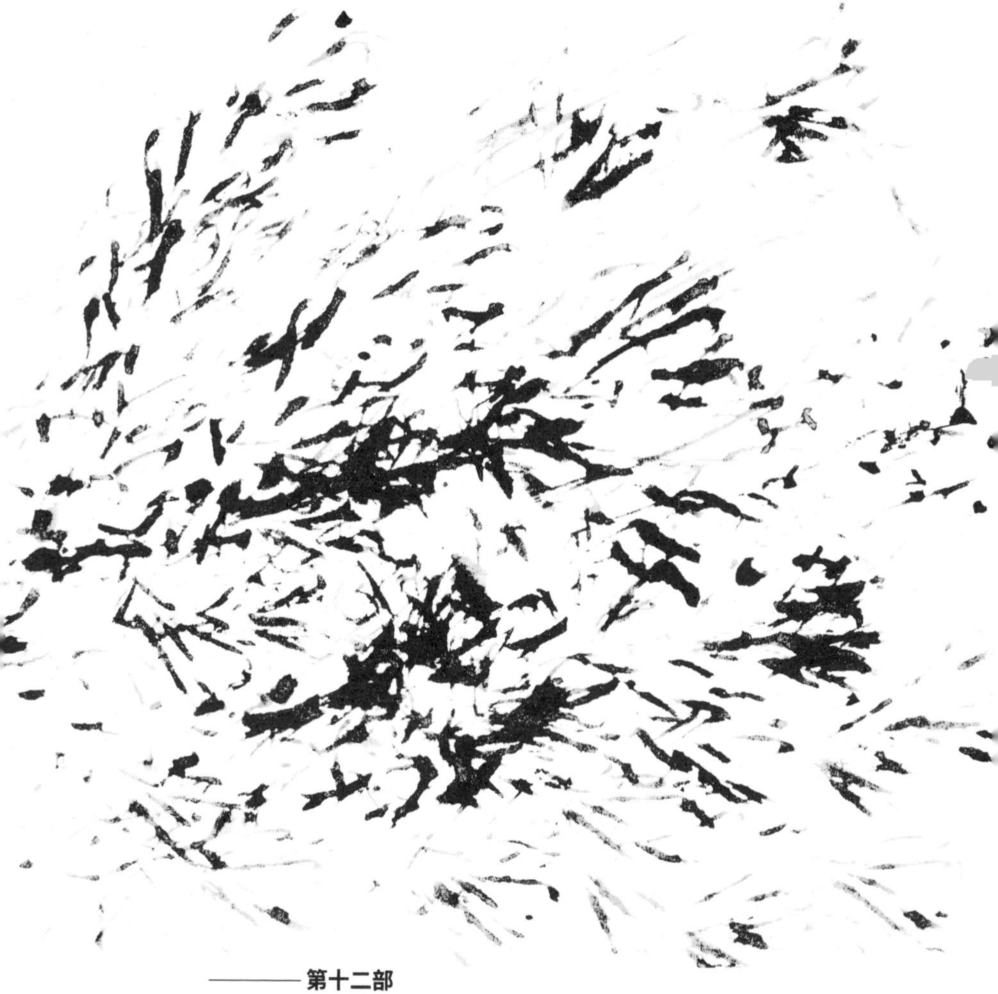

———第十二部

《盲眼刺客》暴怒廳｜《盲眼刺客》黃窗簾｜《盲眼刺客》電報｜《盲眼刺客》薩基諾姆的毀滅

《環球郵報》，一九三八年十月七日報導

葛里芬為「慕尼黑協定」喝采

企業界聞人理查．葛里芬先生，在一篇擲地有聲的演說中，對英國首相張伯倫為和平奔走的努力——其最高成果體現於上週所簽訂之「慕尼黑協定」[1]——作出了高度讚揚。這篇名為「管好自家事」[2]的演說，是本週三晚上發表於多倫多的帝國俱樂部。葛里芬先生指出，「慕尼黑協定」的重大意義，從英國下議院無分黨派都予以鼓掌喝采，即可見一斑。他希望，加拿大的各黨派也能對協定表現出同樣的歡迎的態度，因為它不但可以結束大蕭條，而且可以締造和平富庶的「新黃金時代」。是項協定，除表現出外交上的斡旋折衝對解決國際問題的價值以外，亦復反映出正向思考與生意人務實頭腦的重要性。「如果每個人都願意退讓一點點，」他說，「那所有人就可以獲得更多。」

在被問及「慕尼黑協定」會否有損捷克的安危時，葛里芬先生表示，依他之見，捷克在西方列強的協助下，已獲得了充分的自衛能力，安全可保無虞。他聲稱，一個強大、健康的德國是符合西方的利益的，又特別是商業上的利益，因為這樣的德國，將有助於把「布爾什維亞主義阻絕在外，使之遠離於灣街[3]」。下一件值得努力的事情，是與德國簽訂雙邊貿易條約。現在，我們理應把關注的焦點，從軍事競逐轉移至如何為消費者提供更多商品，以便為最有需要的人製造財富與工作機會。

他說，在經過七個瘦年以後，七個肥年已然

在望[4]，而可以預見的是，這個燦爛光明的遠景，將會延伸及一整個四〇年代。

盛傳葛里芬先生深受保守黨大老的倚重，

目前正考慮出馬角逐國會議員席位。他的演說獲得了熱烈掌聲。

1 英國、法國、義大利和德國達成的一項協定，協議中，英法同意讓德國吞併捷克西部的蘇台德區。這是英法為避免與德國發生正面衝突的重大讓步。

2 這是相關語，有「少管別人閒事」的意思。

3 加拿大金融中心所在的街區，類似美國的華爾街。

4 「七個瘦年」和「七個肥年」是出於《聖經》典故，葛里芬在這裡借指蕭條年代和景氣年代，「七」並不是實數。

《名流雜誌》，一九三九年六月號

皇家花園派對上的皇家風采

費維斯／撰文

在渥太華總督官邸舉行之國王陛下慶生會上，五千貴賓雲集，他們沿花園走道而立，因為得睹龍顏而如痴如醉。

下午四時半，陛下夫婦走出總督官邸的中國廳。國王陛下身穿常禮服，王后陛下一襲薄斜紋呢的衣裙，配以柔軟的毛皮圍巾和珍珠項鍊，戴著一頂微微上翹的寬大帽子。她的臉龐嬌嫩飛紅，親切的藍眼睛含著笑意，所有人都為其迷人風采傾倒。

走在陛下夫婦後面的，是總督特威茲穆爾將軍與夫人。總督閣下是殷勤友好的男主人，總督夫人則端莊美麗。她全身白色裝扮，披戴產自加拿大北極區的狐毛圍巾，加上帽子上一顆綠松石的映襯，愈加光彩照人。蒙特婁的費倫上校和夫人蒙引見於國王與王后陛下——夫人身穿印花真絲衣裙，別致的帽子上有一圈透明帽簷。獲此殊榮的尚有埃爾金斯准將夫妻和千金，以及默里先生夫人。

理查．葛里芬先生和夫人是來賓中搶眼的一對。夫人穿淡紫色服裝，裹著銀狐披肩，披肩毛皮以放射狀貼在黑色雪紡綢上，煞是好看。

在國王與王后陛下向大家揮手告別前，全場聽不到一絲喝茶聲，有的只是此起彼落的快門聲和閃光燈聲，然後眾人高聲齊唱〈天佑吾王〉。之後，生日蛋糕成為全場焦點……巨大的白色蛋糕，覆蓋著雪般的糖霜。送進室內供陛下享用的蛋糕不僅飾有玫瑰、三葉草和薊，還綴著一群糖製之迷你鴿子，每隻鴿子叼著白色三角旗一面——允是和平與希望之象徵。

《盲眼刺客》暴怒廳

時間是下午。雲密而潮濕，一切都黏答答：她的白手套只因為握著欄杆扶手，就變得髒兮兮的。世界顯得沉重，彷彿是有重量的實體。悶熱的空氣不斷推擠她。沒有東西是肯退讓的。

不過，火車還是進站了。她像履行義務似的站在閘口前面等著，而他則實現承諾般從閘口出現。他看到了她，向她走過去，然後兩人握了握手，態度像兩個遠親。她只在他頰上輕吻了一下，因為這是個公眾場所，你永遠不會知道附近是不是有熟人。他們走上斜坡道，走進鋪著大理石地板的火車站大堂。她幾乎沒有機會打量他。他顯然是瘦了，但還有什麼別的改變嗎？

我這一趟回來費時失事。我錢不夠，只能坐不定期的貨船。

我應該寄些錢給你的，她說。

妳想寄也沒法子，我居無定所。

他把圓筒形行李袋放在火車站的寄物處，只把小手提箱帶在身邊。人們在他們身邊來來去去。他們站在那裡，有點不知所措，因為他們根本不知道要到哪裡去：他現在已不是有自己房間的人了。這件事，她本來應該事先就想到，而且預作安排的，但她卻忘了。不過，她倒是沒有忘記在手提包裡放上一瓶蘇格蘭威士忌。

最後，他決定帶她去一家他很久以前去過的廉價旅館。這是他們第一次上旅館，而這是要冒風險的。不過一到旅館，她就放心了，因為她明白，這種旅館是專為未婚男女而設的，沒有人會對他們投以異樣的眼光。她穿的是兩年前買的夏天風衣，頭上裹著條頭巾。頭巾是絲的，但她已找不到更差的頭巾。也許旅館的人會認為她是個妓女，她暗自希望。

在旅館外面的人行道上，錯落著玻璃瓶的碎片、嘔吐物和看起來像乾掉的血跡。小心別踩到了，他提醒她說。

旅館的一樓有間酒吧，但酒吧門外的霓虹招牌寫的卻是「飲料廳」幾個字。字母燈管呈垂直排列，其中兩個燈管已經壞掉，乍看之下會讓人以為寫的是「暴怒廳」[5]。

即使還是大白天，但已經有些男人在酒吧門外徘徊，等它開門。經過這些男人邊的時候，他扶著她的手肘，微微敦促她加快腳步。一個男人在他們後面發出了類似雄貓叫春的聲音。

旅館有獨立的出入口。入口的走道鋪著黑白兩色的瓷磚，中間環繞著一隻可能是紅色獅子的圖案，不過，這圖案就像是被會吃石頭的飛蛾咬過一樣，如今顯得更像是一片模糊的血肉。旅館的地板鋪著久未刷洗的赭黃色油地毯，斑斑汙漬看起來像是一朵朵灰色的印花。

他在櫃台登記的時候，她站在一旁，努力裝出一副目無表情的樣子，眼睛則盯著櫃台服務員頭上的掛鐘看。

他拿到了鑰匙。房間在二樓。旅館有一部小棺材大小的電梯，但她卻寧願走樓梯，因為她知道電梯會是什麼氣味，而且，她也不願意在那麼狹窄的空間裡與他面對面站著。樓梯上鋪著長條地毯，看得出來一度是深藍色和深紅色的、繡滿繁花，但現在卻磨蝕到了快要見底的程度。

對不起，他說，以前這裡還沒這麼糟。

一分錢一分貨，她說。她說這話，原是為了製造點輕鬆氣氛，不過話一出口就後悔了，因為他可能會以為她是批評他窮。所以她馬上補上一句：這種地方是個很好的掩護。他沒有說什麼。她意識到自己話太多了，而且都不怎麼有趣。他會覺得她跟他記憶中的不同嗎？她改變了許多嗎？

走廊牆壁上都貼了壁紙，不過已經不再有任何顏色。房門都漆成深色。他順著房間號碼找到他們的一間，把鑰匙插入鎖孔。門打開後，出現的是一個比他從前住過的都要差的房間。他以前的房間至少會假裝乾淨。房間裡有陳年的菸味、啤酒味和一股像髒內褲的味道。

她脫下手套，拋到已經放著頭巾和風衣的椅子上，然後從手提包裡抄出酒瓶。房間裡沒有杯子，因此他們看來只能直接用瓶子喝酒了。

窗子是打開的嗎？她問。我們得要一點新鮮空氣。

他走到窗前，拉起了窗框。一陣重濁的風吹了進來。窗外有一輛電車嘎嘎開過。他轉過

5 飲料廳的原文是Beverage Room，去掉其中的ve兩字母即成為Berage Room（暴怒廳）。又，嚴格來說，Be rage兩字是「來吧，來喧囂、發怒、亂搞吧」的意思。

身，背靠在窗框上，兩手撐著窗台。因為陽光的關係，她看到的只是他的輪廓線。單靠這輪廓線，她根本分辨不出他是他還是別人。

她走向前，雙手環抱著他的腰。我看到那個故事了，她說。

什麼故事？

色諾亞星的蜥蜴人。我到處去找這東西。你真該看看我在一個個報攤前面探頭探腦的樣子，他們一定以為我瘋了。

啊，妳說那個。我自己都忘了。妳讀了那篇蠢東西？

她沒有流露出失望的表情。她不想讓他知道，那篇東西對她有多重要。她沒有告訴他，對她來說，那是證明他還活著的線索、證據，不管是多荒謬的證據。

當然讀了。我一直在等第二集。

我沒有再寫第二集。根本沒這個時間，我連躲子彈都來不及。我們受到來自兩方面的攻擊[6]，簡直跟屠宰場無異！我是靠著一些好人的協助才逃掉的。

他終於也張開雙臂環抱著她。他把頭枕在她肩上，砂紙般的臉頰貼著她的脖子。現在，她終於再次擁有完整平安的他了，至少是一陣子。

老天，我渴死了，把酒瓶給我，他說。

別睡覺，她說，別現在睡。我們到床上去。

他睡了三小時。太陽在西沉，光線慢慢黯淡下來。她知道她應該走了，但卻既捨不得走，也不忍心把他叫醒。那麼，待會兒回去，她要編什麼藉口呢？她會虛構一個從樓梯上摔下來的老婦人。她會說，因為當時四周沒有其他人，她不得不叫部計程車，把老婦人送到醫院；她知道應該先打個電話回家的，但附近卻沒有電話。她預期得到他們將會說些什麼：妳怎麼老是學不會少管別人的閒事？

樓下的掛鐘滴滴答答地響著。走廊裡不時會傳來一些迫不及待的腳步聲。她躺在他身邊，聆聽他的睡眠聲。她也在琢磨應該告訴他多少事：有必要告訴他這段日子以來發生的一切嗎？如果他要求她跟他一起遠走高飛，那她理應告訴他一切，否則，還是有點保留為上策。

醒來以後，他說希望再喝一杯和抽根菸。

我想我們不應該在床上抽菸，她說，很容易會鬧出火災。

他沒說什麼。

那邊的情形怎樣？她問。我看了報紙，但每份報紙說的都不一樣。

是不一樣，他說。那邊的情形跟報紙說的完全不一樣。

我擔心死了，只怕你會沒命。

6 這個「兩方面」是指佛朗哥將軍的部隊和共和派中的共黨分子。

我是差點沒命，他說。那邊簡直像地獄，但滑稽的是，我現在反而習慣了那邊的生活，而不習慣這邊的生活。妳胖了一點。

我太胖嗎？

不，剛剛好。這樣我才有可以攀扶的地方。

現在天色全黑了。窗子外頭下方的人行道上傳來一些走調的歌聲、吆喝聲和笑鬧聲，跟著是玻璃粉碎的聲音：顯然是有人砸碎了酒瓶。一個女的尖叫起來。

他們在慶祝，他說。

慶祝些什麼？

戰爭。

但哪裡還有戰爭？戰爭不是結束了嗎？

慶祝下一場戰爭的來臨。西班牙已經被打靶練習打得稀巴爛，很快的，真正的重頭戲就要上場。戰爭臨近的味道就像雷聲，會讓人變得亢奮。這就是為什麼有人要砸碎酒瓶的原因：他們想要為戰爭響起第一砲。

不可能，她說。不可能會有戰爭。協定已經簽訂，一切都談妥了。

我們時代的和平[7]？真是狗屁中的狗屁，大夥最希望的就是看到約瑟夫大叔和阿道夫[8]殺個你死我活，還有就是猶太人被一掃而光，這樣，他們就可以坐收漁利，大發戰爭財[9]。

你還是像以前一樣虛無。

妳還是像以前一樣天真懵懂。

不見得，她說。不過我們不要爭論了，反正事情不是由我們決定的。雖然他有點怒沖沖，但她反而感到舒服了一些，因為那樣子更像原來的他。

對，妳說得沒錯，事情不是由我們決定的，我們不過是小角色。

但我知道，不管你是不是小角色，如果戰爭再起，你都一定會再次投身進去。

他望著她。我還能有什麼別的選擇？

他不知道這話為什麼會讓她哭了起來。她本來是想努力抑制的，但還是失敗了。

我寧願你這次回來是缺了根胳膊或什麼的，那樣，你就再也不會走了。

要是再有一次戰爭，妳如願的機會會相當高。過來吧。

走出旅館時，天色黑得她只勉強看得見路。為了讓心情平復過來，她走了一小段路。但天色實在太黑了，而且人行道上到處都是男人，所以她攔了一部計程車。她坐在後座，為自己補妝撲粉。下了車走向厚重的櫟木大門時，她反覆在腦子裡練習：對不起，我回來晚了。但你們一定不會相信我碰到了什麼事，簡直就像是齣小小的歷險記。

7 「我們時代的和平」是英國首相張伯倫為其簽訂慕尼黑協定之舉辯護的一篇演說。他在演說中指出，英國在協定中雖然作出若干退讓，但永久的和平卻因此獲得了保障。

8 指約瑟夫·史達林和阿道夫·希特勒。

9 猶太人一向執歐洲商界牛耳，猶太人被消滅，其他商業勢力將可趁虛而入，取而代之。

《盲眼刺客》黃窗簾

戰爭是怎樣悄悄冒出來的呢？它是靠什麼拼湊起來的？它是由什麼質料構成的？需要什麼樣的祕密、謊言和背叛？需要什麼樣的愛與恨？需要多少的金錢和金屬？

戰爭未發生以前，樂觀會像一團煙幕一樣，蒙蔽著每個人的眼睛，不過，等煙一消失，戰爭就會赫然在目，像一團失控的篝火，隨處蔓燒。等你看到它的時候，它已經進行得如火如荼。

對旁觀者來說，戰爭是以黑白兩色進行著，一如新聞片上呈現的那樣。不過，對身在戰場上的人來說，戰爭卻是多色彩的，而且是極其亮眼刺目的色彩：極紅和極橘，極液態和極白熾。

她常到電影院去看新聞片，也常讀報。現在她已經知道，她無法置身於世界大事之外，而世界大事又是無情的。

她已經下定了決心，而且不惜一切決心貫徹到底，不為任何人事物所改變。

她已經計畫好一切。她將會若無其事地走出房子，就像平常要出外購物那樣，只不過，這一次她會一去不返。她不會是一文不名地離開。她的錢是從哪來的呢？靠著典當金手錶、銀湯匙和毛皮大衣之類方式，總之都是一些小東西。而且她會分很多次一點一點地典當，所以不用擔心會被察覺出來。

那不會是一筆大錢，但會是足夠她生活的錢。她會租個房間，房租不太貴但也不太邋遢的房間，只需重新油漆就可以鮮亮起來的房間。她會留下一封信，說她將不會回來。而他們將會派遣說客、使者，最後是律師，採取遊說、利誘和威脅等各種手段，要她回頭。她到時應該會感到害怕，但卻不會動搖。她會把所有橋梁燒掉，只留下通向他的一座，儘管那是一座脆弱的橋。我會回來的，他說過。但他怎麼會這樣有把握？這一類的事沒有任何人可以保證。

她的三餐將靠著吃蘋果和蘇打餅乾、喝茶和牛奶解決。有時，她也會到街角的咖啡廳去吃吃煎蛋和烤吐司。那是報僮和醉漢吃早餐的地方，也可以看得見因傷退伍的軍人：有缺手的、有缺腿的、有缺眼睛的、有缺耳朵的。而隨著時間過去，這樣的人一定會愈來愈多。她會很樂於跟他們攀談，卻不會這樣做，因為他們一定會誤會她的動機。因此，她只能用偷聽的。

在咖啡廳裡，人們最熱中的一定是戰爭何時結束的話題，而每一個人都會說這一天已指日可待。交換這些談話的都是些陌生人，但對戰爭勝利的共同憧憬卻讓他們變得健談和熱絡。然而，瀰漫在空氣中的氣氛卻不盡是樂觀的，而是部分樂觀、部分恐懼。軍艦固然遲早都會進港，但誰又說得準，到時站在上面的會是什麼人？

她的房間將會位於食物雜貨店的二樓，有個小廚房和小浴室。她會買一盆盆栽放在家裡；秋海棠或是蕨類之類。她將不會忘記澆水，因此這盆栽肯定會活得好好的。

雜貨店的女店東會是個黑髮、豐滿、母性強的女人，會常常提醒她她瘦了，應該多吃點東西。也許這個女店東會是個希臘人，臂膀粗壯，頭髮中分，在後腦勺挽成小圓髻。她的丈夫和兒子都在海外作戰，他們的照片就鑲在木框裡，擺在收銀機的旁邊。

她們兩個——她和女店東——將會花上大量時間留意聲音：腳步聲、電話鈴聲或敲門聲。這種日子當然是很難入眠的，所以她們倆一定會討論有什麼治療失眠的好方法。偶爾，女店東會塞蘋果到她手裡，或是從櫃台上的玻璃容器裡掏一顆鮮綠色的糖果給她。這樣的小禮物雖然價錢微薄，卻會讓她備感貼心。

但她既然搬了，他又要怎樣找到她呢？不過，不管怎樣，他總有辦法找到她的，因為相愛的人總是會聚首。這是應然，也是必然。

她會為窗子織一些窗簾，黃色的窗簾，就像加那利葡萄酒或雞蛋黃那種黃色。那將會是像日光一樣讓人心曠神怡的窗簾。她是不懂織東西，但這沒有什麼好擔心的，因為樓下的女店東自會教她。窗簾織好後，她會為它上漿，再親自掛到窗框上。有時，她會蹲下來，拿著一把小掃帚，清掃流理台下面的的老鼠屎和死蒼蠅。她會從舊貨商店買回來一組罐子，加以重漆，在上面寫上字樣：茶葉、咖啡、糖、麵粉。她會一面做這樣的事，一面哼歌。她會買一條新的浴巾，不，是一整組的新浴巾。另外她還會買新床單和新枕頭。她也會常常刷頭髮。

這些都是她在等他回來的時候可資自娛的事。

她也會買一部小收音機，買自當鋪的二手貨。她會收聽新聞報導，不讓自己錯過任何大事。另外她也需要電話，儘管短期內不會有任何人打電話給她，但長遠來說，這電話總會派上用場。她會有時候拿起它，聽聽裡面的嗚嗚聲。有時，她也會從共用線裡聽到別人的談話[10]。大部分都是女人的談話聲，聊的是諸如天氣、菜價、小孩之類的瑣事，也會談她們身在遠方作戰的男人。

當然，她計畫的這些事，一件都沒有發生過。而如果它們發生過，也不是她可以知道的，因為那是發生在外太空另一個次元裡。

10 共用線（party line），共用的電話線。老式的電話都是幾戶人家共用一條電話線，所以你拿起電話的時候，可能會聽到別人在講電話。

《盲眼刺客》電報

電報以一貫的方式送達。送電報的是個穿深色制服的人，從他的表情，你一望而知不會是什麼好消息。負責這項工作的人都是同樣的表情：遙遠而憂鬱，就像一口密封的棺材。

電報放在黃色信封裡，上面的字數並不多，但每一個字都清晰分明：**謹告知……捐軀……深表遺憾**。都是些謹慎、中性的字眼，但背後卻隱含著不以為然的質疑：你還能指望什麼別的結果呢？

這是幹什麼的？電報上這人是誰？她說。啊，我想起來了，是他，就是你們在我家見過的那個。但為什麼電報會送到我這裡來呢？他跟我連近親都談不上！

近親？他這種人有誰敢跟他當近親？他倆其中一個故作幽默地說。

她笑了。這電報根本與我無關。她把電報揉成一團。她沒有拿給他們看，因為她知道，電報在交到她手裡以前，他們已經偷偷打開看過。偷拆她的信件本來就是他們的家常便飯。她坐了下來，一副魂不守舍的樣子。

別管它。把這杯酒拿去，喝點小酒可以讓妳心情恢復平靜。

謝謝，我沒事。只是平白無故收到這種電報讓我心神不寧。她的身體微微顫抖。

放輕鬆。妳的臉色怎麼這麼白？別把這事當成跟自己有關。

或許是個誤會，或許他們把地址搞錯了。

有可能，不過也可能是他故意的。他可能以為這樣很好玩。就我記得，他是個怪胎。顯然比我們以為的還要怪。怎麼會有人想得出這樣噁心的主意，真是莫名其妙！要是他還活著，妳大可以告他惡意騷擾。

也許他就是想讓妳不舒服，他們這類人都是這個樣子，他們嫉妒所有人，不想讓任何人好過。

不管從哪個角度看，這都不是件有趣的事。

他從來就不是個有趣的人，你怎麼指望他會做有趣的事？

我想我應該寫信給負責的人，要求解釋。

他們又怎麼會知道那是怎麼一回事？他們只是按照檔案紀錄上的地址發送電報。如果妳要求解釋，他們就會推說是忙中有錯。就我聽說，這種張冠李戴的事情常常發生。再怎麼說，小題大做都是不智的，那只會招引到不必要的注意。況且，不管妳做些什麼，都不可能查出他為什麼要這樣做的。

對，除非死人會走路。

他倆都用炯炯的目光看著她，一臉警戒的樣子。他們害怕些什麼呢？他們害怕她會做出什麼來呢？

我希望你不要使用那個字，她苦惱地說。

什麼字？啊，妳是說死人。我不過是把圓鍬喊作圓鍬[11]，妳沒有必要……

我不喜歡圓鍬。我不喜歡它們的用途：在地上挖洞。

妳太神經兮兮了！

給她一條手帕。現在不是刺激她的時候。她應該上樓睡一下，睡醒自然就會沒事。

不要為這事情不開心。

別把這事放在心上。

她在半夜猝然驚醒，心臟噗噗亂跳。她悄聲爬下床，躡足走到窗前，把窗框再拉高一些，探身外望。月亮掛在天上，幾乎是圓的，布滿靜脈曲張般的紋理，宛如一些老舊的傷痕。天空在街燈的映照下，暈染上一層暗橘。窗子下方是陰影斑斑的人行道，部分被前院的栗樹所遮蔽。栗樹枝椏向外延伸成一張又厚又硬的網，白色飛蛾般的花朵泛著微光。

有一個男的站在人行道上，抬頭望著她的窗戶。她可以看得見他的濃眉、深陷的眼窩、橢圓形的臉龐和像傷痕一樣的蒼白笑容。他舉起一隻手，揮了幾下：顯然是示意她跨出窗外，沿栗樹爬到地面，跟他會合。但她卻害怕會摔落。

然後，他來到窗台外面，再進到房間裡。栗樹的花朵泛著白光，憑著這微光，她可以看得見他的臉：他的皮膚是微灰色的，半明半暗，身上散發著燒焦培根的味道。他望她的眼神，就像她不是她的本尊，而只是本人的影子。

11 「把圓鍬喊作圓鍬」是一句俚語，意指「有啥說啥」。易言之，「我不過是把圓鍬喊作圓鍬」就是「我不過是有啥說啥」的意思。

她渴望觸摸他，卻又遲疑不前，唯恐一抱住他，他就會模糊分解，化為碎布，化為輕煙，化為分子，化為原子。

我說過我會回來的。

發生了什麼事？那電報是怎麼回事？

妳不知道嗎？

然後他們走到外頭——似乎是坐在屋頂上——俯視整個城市。但下方的城市並不是她曾經看過的任何城市。城裡的一切，包括房屋、道路、宮殿、噴泉、廟宇，全都陷於火海，就像先前有一顆巨大的炸彈從天而降，讓一切在瞬間起火燃燒。火光熊熊，但卻沒有半點聲音，有的只是顏色：白、黃、紅、橘。聽不見尖叫聲，顯然城裡已沒有任何活人。他坐在她旁邊，身上反映著閃忽的火光。

除了一堆石頭以外，沒有任何東西會留下來，他說。它已經成為過去式了，被擦拭掉了。沒有人會記得它存在過。

但這情景好美麗！她說。然後，她認了出來，這地方是她認識的，不只認識，而且熟悉得像自己手背。天空上掛著三個月亮。這裡是辛克龍星，她忽然明白過來。辛克龍星，她摯愛的星球，心中的聖地，許久以前曾讓她深感幸福的地方。不過，這一切全沒有了，全被摧毀了。她傷感得不忍抬眼去看熊熊烈火。

會發生這樣的事，就是因為有人覺得這種情景很美，他說。
是誰幹的？
那個老太太。
誰？
歷史。**L'histoire, cette vieille dame exaltee et menteuse**（歷史，這性興奮而又假惺惺的老太太）。
他身上光燦得像口錫罐子。他的眼睛是兩道垂直的細縫。他已不是她記憶中的模樣。
他身上每一個特徵皆已被燒掉。
不必介意，他說。一切雖然被毀，但還是會重建起來。這種事總是反覆不斷發生。
她開始對他害怕。你改變了好多，她說。
情勢緊急。我們不得不以火攻火。
但你們不是贏了嗎？我知道你們已經贏了！
沒有人是贏家。
難道她搞錯了。但她明明看過有關勝利的新聞片。我看到了遊行，她說，我聽說過的，還有銅管樂隊的演奏。
看著我，他說。
但她卻無法看著他。她無法對焦，因為他的身體晃動不定，就像燭焰，但卻是沒有光的燭焰。她看不到他的眼睛。

他死了，毫無疑問是死了，因為她不是收到了陣亡通知嗎？不，那一定是杜撰的，不然就是發生在外太空另一個次元的事。但為什麼她又會有孤苦伶仃的感覺？

這時，他慢慢飄然遠去，但她卻無法把他喊住，她的喉嚨發不出任何聲音。他走了。她感到心臟像被什麼掐住。不要走，不要走，不要走，有一個聲音在她腦子裡喊道，眼淚從她臉上汨汨而下。

然後，她真的醒了。

第十三部

手套｜家火｜黛安娜甜食店｜急斜面

手套

今天下雨，是知所節制的四月初細雨。藍色的棉棗已經開始開花，水仙莖芽已冒出地面，自植的毋忘我悄悄探身，準備好攫取陽光。植物又一年的你擠我推開始了。它們總是樂此不疲，理由則不難理解：植物是沒有記憶的。它們不記得自己以前這樣做過多少次。

我得承認，我對自己還坐在這裡跟你們說話頗感驚訝。我喜歡把它看成談話，雖然明明不是：我沒發出什麼聲音，你們也沒聽到任何聲音。在我和你們之間，有的只是一行一行的黑字，它們像線一樣，一根一根縫入空頁中、空氣中。

羅浮多河冬天結的冰幾乎已化盡，連結在懸崖邊陰影處的那些也是如此。先黑後白的河水飛馳而下，毫不費力地穿過石灰岩裂隙、漫過眾多卵形大岩石。水聲激烈，但讓人有舒暢之感，甚至充滿誘惑力。你可以感覺得到尋死的人是怎麼被它吸引的。他們會被瀑布、高崖、荒漠、深水湖吸引——總之是被有去無回之地吸引。

到目前為止，羅浮多河今年只出現一具浮屍。死者是個有毒癮的少女，家住多倫多。又一個等不及要死的女孩，又一個浪費自己時間的女孩。她在這裡有親戚：阿姨和姨丈。他們已經成為人們指指點點的對象，就像他們跟女孩的死脫不了關係。我深信他們是無辜的，但他們是遺族，而只要是遺族，就得受到怪罪。雖不公平，但世間的法則就是這樣。

昨天早上華特過來一趟，進行所謂的「春季大調校」。這是他對每年一度為我家修繕的稱呼。他會帶著工具箱、手提電鋸、電動螺絲起子過來：他最喜歡像馬達一樣嗡嗡轉個不停。

他把所有工具擱在後門廊，然後在屋外東看西看，回來時帶著個滿足的笑容。「花園的門缺了塊板條，」他說，「我今天就可以把它搞定，等天氣晴朗再上漆。」

「不要麻煩了，」我照例說，「這裡一切最後都會解體，但起碼會比我撐得久。」

華特照例不理我這話。「前台階也需要漆一漆，」他說，「有一級台階要撬掉，換塊新的。日子久了，雨水會滲到裡面，讓木頭朽掉。也許可以給門廊油層清漆，對木頭會更好。我們還可以在梯級邊上漆一條色帶，讓人們看得清楚些。如果維持原狀，人們有可能會因為看不清楚一腳踩空，摔倒受傷。」他用「我們」作主詞是出於禮貌，他說的「人們」則是指我。

「今天稍晚我就可以把梯級換掉。」

「你會變成落湯雞，」我說，「氣象頻道說雨還會下大。」

「不會的，天會放晴。」他說，甚至沒抬頭看天空一眼。

華特走開了，說了要去準備材料，我想大概是要去拿些木板之類的。這段期間，我躺在客廳沙發，覺得自己像小說裡的憂鬱女主角，被遺忘在書頁中間，跟著書本身一起泛黃、發霉、脆裂。

好病態的自我形象，蜜拉會這樣說。

妳有更好的建議嗎？我會這樣回答。

事實是，我的心臟又在搗蛋了。搗蛋是個奇怪的字眼。它暗示著，你有問題的器官（心臟、胃、肝等等）是個頑皮小孩，是你可以靠一巴掌或一句訓斥使之規矩起來的。又暗示著，你的各種症狀（顫抖、疼痛、心悸）只是在演戲，等你那有問題的器官不再胡鬧、不再想出風頭，它們就會恢復平靜，退下舞台。

醫生對我的不思進取不高興。他一直嘀咕著要我到多倫多接受檢查和掃描，說是那裡還剩幾個這方面的專家（其他都到了更有油水的鄰國去了）。他給我換了藥，讓我的彈藥庫裡又增加一種藥丸。他甚至建議我考慮開刀。我問他，開刀是要幹嘛。他說他認為我可能有需要換全新的零件（「零件」是他的用語，就像是我們在談一台洗碗機），但這樣的話我得排隊輪候，除非我不嫌棄換一個來自和我一樣老的老東西。簡單來說，我需要換一個年輕一點的心臟，新鮮多汁的。

但誰又知道他們是打哪弄來這些心臟！我猜是拉丁美洲的街頭少年，至少人們這樣盛傳。偷來的心臟、黑市的心臟，從破開的肋骨撬出來的，還暖洋洋和流著血，要拿來給假神當祭品。誰是假神？我們。我們和我們的錢。是蘿拉就一定會這樣說。

我不能換這樣的零件。我能夠攜帶著一顆少年人的心臟到處走而心安理得嗎？

別誤會，我不是不怕死的。為了保命，我還是會吃藥丸，還是會走走停停地散步。

華特在我吃過午餐後回來（我吃了一片變硬的乳酪、一根半軟的紅蘿蔔，喝了一杯新鮮程度可疑的牛奶——蜜拉是我冰箱的自任補給者，但這星期沒空盡責）。他拿尺量，拿鋸子鋸，拿榔頭敲，然後敲敲後門，說很抱歉弄得那麼吵，但現在一切都妥妥當當。

「我幫你煮了咖啡。」我說。這是每逢四月這個時候的固定儀式。我這一次有把咖啡煮糊了嗎？沒差，他已經喝慣蜜拉煮的糊咖啡。

「那我就不客氣啦。」他把橡皮靴子小心翼翼脫下，放在後門廊——蜜拉把他調教得很規矩，絕不容許他把他的爛泥巴帶進她的地毯去。然後他踮著腳尖走過廚房地板。拜蜜拉派來的那個清潔婦所賜，現在廚房地板光滑和凶險得像冰川。我早該在上頭撒些粗砂，否則遲早會滑一跤。

看華特踮著腳尖走路是一大樂事，因為那就像看大象走在雞蛋上。他走到廚桌邊，放下他那雙黃色皮革的工作手套。它們就像巨大、多餘的爪子。

「新手套耶。」我說。它們新得幾乎發光，沒有一絲刮痕。

「蜜拉買的。住我們家三條街外有一個傢伙，用線鋸不小心，把自己五根手指尖給鋸斷。蜜拉緊張死了，擔心我會發生一樣的事。但那個傢伙是個笨球，從多倫多搬來的。像他那樣的人根本不應該擺弄鋸子。搞不好他會連自己的頭也鋸掉，雖然這對世界來說不是什麼損失。我告訴蜜拉：這對手套重死了，何況我根本沒有線鋸。可她不管，就是要我到哪都帶著這鬼東西。每次我走出門，她就嚷嚷：帶著你的手套。」

「你可以把手套給丟了。」我說。

「那她會再買一雙。」他沮喪地說。

「把它們留在這裡。你就說是忘了帶走，改天會再過來拿。然後你就一直不來。」我想像，自己在孤獨的夜裡，握起華特的皮革手套，把它當成一個伴。真可悲的畫面，我應該買一隻貓或小狗來養，某種溫暖、不嘮叨、毛茸茸的同伴，可以為我守夜的。我們有需要相濡以沫：太孤單會有害視力。但如果我養那樣的寵物，最有可能發生的事就是被牠絆倒，摔斷脖子。

華特嘴巴彎了起來，露出上排牙齒。「英雄所見略同，」他說，「那妳也可以順便不小心把它們給扔到垃圾桶裡。」

「你好賊，華特。」聽到這話，他嘴巴咧得更大。他把五茶匙糖放入咖啡，一飲而盡，繼而兩手撐著桌子，把屁股撐離椅子。在這個動作中，我瞥見了他會為我做的最後一件事：為我抬起棺材的一端。

他自己也知道這個。他已經就定位。他的巧手不是徒有虛名的。他不會慌慌張張。他不會丟下我，會在我最後一程讓我保持水平、平穩。「好，我抓好了，把她抬起來吧。」他會這樣說。

請容忍我的傷春悲秋。就像過生日的小孩，近死之人是有一些言論自由權利的。

家火

昨晚我看了電視新聞。我本不該看的，那會影響消化。新聞報導說什麼地方又發生了戰爭，是小型戰爭。但對身在戰火中的人，戰爭從來都不會是小的。這些戰爭都是一個模樣：有穿著迷彩服的軍人，有瀰漫的硝煙，有損毀的建築，有哭泣的平民。不計其數的母親挽扶著不計其數跛足的小孩，人人臉上血跡斑斑；還有不計其數茫然失措的老人家。少年人被一車車載走，加以殺害，以防他們長大後復仇——古希臘人攻陷特洛伊之後就是這樣幹的。就我記得，這也是希特勒屠殺猶太嬰兒的藉口。

戰爭會爆發和結束，然後又在別的地方打起來。房屋會像雞蛋殼一樣裂開，裡面的東西會被燒毀或掠奪或惡狠狠地踐踏。難民會遭到飛機掃射。在一百萬個地牢裡，皇室成員得要面對行刑隊，縫在貼身衣服裡的寶石並不能救他們的命。希律王的兵馬在千百條街上挨家挨戶搜索，隔壁則是正在搶掠銀器的拿破崙部隊。只要哪裡被入侵過，溝渠裡就會塞滿被強暴過的女人。當然，男人一樣會被強暴。小孩也會，貓狗也會。只要有戰爭，事情就會完全失控。

但這裡卻不會發生這樣的事。這種事是不會發生在平淡無味、平靜無風的泰孔德羅加港的。這裡，會有的頂多是公園裡一兩個吸毒者、偶爾一宗的闖空門竊案，以及出現在河水漩渦裡的浮屍。我們都是安全的，可以安心喝杯睡前酒，吃點睡前點心，透過暗窗看看世界發生了什麼事，看夠了就把暗窗關上。二十世紀真是紛紛擾擾啊，我們上樓就寢時會這樣說。不過，遠方卻有隱隱的轟隆聲，像是洶湧的浪潮正在撲向岸邊。那是二十一世紀的聲音，它正席捲而來。它就像一艘太空船，裡面載滿冷酷無情的蜥蜴人。它就像一隻金屬翼手龍，這怪物都會嗅到我們的氣息，用鐵爪子把我們單薄的屋頂給撕開來，屆時，我們將會像世界其他地方的人一樣飢餓、絕望。

原諒我扯遠了。不過，到了我這把年紀，你們一樣會沉迷於這一類啟示錄式想像。你們說：世界末日近了[1]，又說：但願我看不見它的發生。你們只是自己騙自己。你們巴不得可以看見世界末日的景象——透過一扇暗窗看見，遠遠地看見，事不關己地看見。

但我何必為世界末日傷腦筋呢？反正每天都會有人是世界末日。時間就像愈漲愈高的潮水，等它漲過你的眼耳口鼻，你自然會溺斃。

接下來發生了些什麼呢？我有一下子失去了頭緒，記不起來，但隨即就想起來。接下來是戰爭，當然。我們對戰爭的來到都毫無準備，然而，等它來到，我們又會知道自己身在其中。對，我們感受過同樣的寒氣，像霧一樣翻滾的寒氣，一種可以回溯到我出生時的寒氣。之後，一切看起來都是焦慮顫抖的：椅子、桌子、馬路、街燈、天空、空氣。一夜之間，我們認定是真實的整個領域都瓦解了。戰爭發生時，就會是這種感覺。

不過你們都太年輕了，不可能記得我說的戰爭是哪場戰爭。每一場戰爭都只對生活在其中的人是如假包換的戰爭。我這裡說的那場戰爭，爆發於一九三九年九月初，終結於……唔……歷史書裡面有記載，你們自己去查吧。

讓家火繼續點燃[2]，這是一句鼓勵民心士氣的老舊宣傳口號。每次聽到這句話，我腦子裡就時會出現畫面：一群女人頭髮飄散，眼神炯炯，行動鬼鬼祟祟，就著月光，放火燒自己的家。

在戰爭爆發前幾個月，我和理查的婚姻開始搖搖欲墜，當然，你也大可以說，我們的婚姻從一開始就是搖搖欲墜。我流產了一次，然後是另一次。理查則是換了一個情婦又一個。也許，就如溫妮薇德後來說的，有鑑於我的身體情況和理查的生理需求，這是無可避免的。那個時代的男人都是有需求的，而且數量很多，它們會潛藏在暗角，積聚能量，每過一陣子就大爆發一次，一如鼠疫那樣。這就是溫妮薇德的理論，而平心而論，抱持這種理論的人多的是。

理查的情婦都是（我猜）他的祕書，而且都是非常年輕、非常漂亮、非常正經的女孩。

1 這是耶穌說過的話，曉諭世人認罪悔改。

2 Keep the home fires burning，意為「為戰士看家」、「在後方努力生產」，這是英國在第一次世界大戰激勵民心士氣的口號。

她們都是剛出校門就被錄用。她們起初都很正常，不過過上一段時間，聲音就會變得緊張兮兮（接到我打到辦公室的電話的時候）。理查有時會差遣她們為我買禮物或訂花。理查喜歡讓她們有大小的觀念：我才是他的正室，而他沒有跟我離婚的打算。在那個時代，離過婚的男人都別想要從政。這個情況讓我變得有相當的權力，但那只是我在沒有行使時才擁有的權力。事實上，那也只是我假裝什麼都不知道才會擁有的權力。理查唯一怕的是我發現他有外遇，至少是怕我會發難，把公開的祕密掀開來。

我在乎這權力嗎？某個狀況下在乎。擁有半條麵包總比沒有好，而理查對我來說正是麵包，我和艾咪桌上的麵包。凡事看開點，這是蕾妮常說的話。我努力這樣做，試著看得比天還開，而有時也成功了。

我盡量找事情占滿自己的時間。現在，我對園藝變得很熱中，而且獲得了若干成果。不再是種什麼死什麼。

理查不斷出席公眾場合。我也是。我們會參加雞尾酒會和晚餐會，一起進場和離場，他的手扶著我的手肘。我們會在晚餐前喝一杯、兩杯或三杯。我已經有點太喜歡琴酒，會拿它跟這種飲料或那種飲料兌著喝。不過我會知道節制，不會讓自己喝到口沒遮攔的程度。我們會維持表面的和諧。我們的生活是建築在一層薄冰上面的，下面隱藏著深黑色的冰斗湖，一旦這層冰面融化，我們就會掉下去，萬劫不復。

半個人生總比沒有好。

我已無法與理查進行任何正面的溝通。他形同一個從硬紙板剪下來的人形。我無法描述他，無法把他定格：他是模模糊糊的，就像印在被丟棄的濕報紙上的一張臉。他這個人冷酷無情，但卻不像頭獅子，而是更像大型的囓齒動物。他會在地下挖洞，他想摧毀什麼，會從根部咬斷它們。

他有足夠的錢可以讓他去做一些真正慷慨、真正偉大的事，但他卻一件也沒有做。他變成了一尊自己供奉的雕像：巨大、公眾、堂皇、空洞。

戰爭爆發之初，理查的處境變得很尷尬。他太熱中於跟德國人做生意了，演講時也說了太多德國人的好話了。他就像他的很多同儕一樣，對民主被公然踐踏視若無睹。我們許多領袖都曾經詆毀民主，說那是行不通的制度，可如今，他們又急著成為民主的捍衛戰士。

另外，理查也損失了不少金錢，因為他昔日的生意夥伴，一夜間變成了敵人。為了開發新的客戶，他必須變得卑躬屈膝一點，這不是他的長才，但他還是做了。他也努力搶救自己在政壇上的地位：他固然弄髒過雙手，但別人也比他好不到哪裡去。沒多久，他的所有工廠就全速運轉，為支持戰爭而大賣其力。他變得比誰都愛國。這也是為什麼當俄國人加入到盟軍對他一點都沒害處的原因。一夜之間，史達林就成為了人人鍾愛的叔叔。沒有錯，理查是說了不少共產黨的壞話，但那都是以前的事了。現在，這些壞話已全被掃到地毯底下，因為不是說，敵人的敵人就是朋友嗎？

我是怎樣度過這段歲月呢？盡我所能地蹣跚前進。你可以把我的態度形容為頑強，但形容為昏昏沉沉也沒有不恰當。不再有花園派對可以參加了，也不再買得到絲襪，除非是透過黑市。肉是配給的，牛油和糖也是。如果你想多分到一些，就必須建立門路。也不再有跨大西洋的豪華旅行：「瑪麗皇后號」已改裝成為軍艦。收音機也不再是可攜式音樂廳，而是變成了狂亂的符咒：每個黃昏我打開它聽新聞，聽到的都只是壞消息，至少起初一段時間是如此。

戰爭繼續又繼續，就像轉動不停歇的馬達。持續不斷的壓力讓每個人都變得憔悴，這種壓力，就像是你在歷經了一夜又一夜的失眠後，還在破曉將臨前聽到別人的磨牙聲。

不過戰爭對我不無些好處。例如，穆加特羅伊德先生因為要入伍而離開了。我就是他走了以後學會開車的。理查把其中一輛車登記在我名下，以便我們可以配給到更多的汽油。戰爭也給了我更大的自由，儘管這種自由對我已無太多用處。

我得了感冒（那個冬天幾乎人人都會得感冒），後來又轉為支氣管炎，花了幾個月的時間才痊癒。我在床上躺了相當多的時間，咳了又咳，感覺很沮喪。我已經不再有看新聞片的興致。

戰爭的結束臨近了。一天比一天近，最後真正發生了。我還記得上一次世界大戰結束時的寂靜，和隨後不絕於耳的鐘鳴聲。當時是十一月，水坑都結著冰，但這一次的戰爭卻結束於春天。有遊行活動，有慷慨陳詞，有喇叭的吹奏聲。

儘管如此，戰爭不是這麼簡單就完結的。戰爭就是一場大火，它燒出來的灰會隨風四散，久久才平息下來。

黛安娜甜食店

今天，我散步到歡慶橋，回程時去了甜甜圈店一趟，吃了幾乎三分之一個橘子炸麵餅：又油又粉的一大團，像汙泥一樣塞滿我的牙縫。

之後，我就到廁所去。中間的單間有人使用，我在門外守候，但盡量避免照到鏡子。歲月會把人的皮膚變薄，讓你的血管和肌腱一目了然。當你皮膚薄得透明，就很難恢復為原來的樣子。

最後，門打開，走出來一個姑娘。看到我，她先是輕聲驚呼，繼而笑了起來。「抱歉，」她說，「我不知道有人在門外等，嚇得我汗毛直豎。」她說話帶點外國口音，但卻毫無疑問是屬於這裡的。她的國籍是「年輕」，而我反而成為外地人了。

最新的廁所塗鴉是用金色麥克筆寫的：沒有耶穌，你上不了天堂。有人用黑筆把耶穌兩字畫掉，在上面寫上死亡兩字。

下面一行是綠色字體：天堂是一粒沙子。布雷克（十八世紀末葉英國詩人）。

再下面一行是用橘色筆寫的：天堂位於色諾亞星。蘿拉・查斯。

又是一個錯誤的引用。

戰爭結束於五月的第一個星期。當然，這裡所說的戰爭，是指發生在歐洲的部分。那也是蘿拉唯一關心的部分。

一星期後，蘿拉打了電話給我。電話是早上打的，離早餐後一小時：她知道這個時候理查一定不會在家。我認不出她的聲音。我根本沒想過會接到她的電話。起初，我還以為是裁縫店打來的。

「是我。」她說。

「妳在哪裡？」我小心翼翼問道。你們一定記得，對我而言，蘿拉現在包含著未知的素質——神智狀況讓人存疑。

「就在這裡，就在多倫多。」她不願告訴我她住哪裡，只給了我一個地點，叫我下午去那兒跟她碰面。我說我會帶她去喝茶。我心目中的預定地點是黛安娜甜食店。那裡安全、僻靜，大部分顧客都是女性。我說我會開車接她。

「啊，妳現在有車子啦？」

「差不多是這樣。」我說，把車子的外型給她形容了一下。

「聽起來像二輪戰車。」她淡淡地說。

蘿拉一如她所說的，就站在國王街和斯帕狄拉街十字路口等我。那不是個名聲佳的街區，但她似乎毫不在意。我按了喇叭，她看到我，就揮揮手，走過來上了車。我湊過身去吻她的臉頰。但馬上我就有一種不安的感覺。

「我不敢相信妳真的就在這裡。」我說。

「但我就在這裡。」

我幾乎要哭出來了，但她卻似乎無動於衷的樣子。她的臉頰非常冰冷，冰冷而瘦削。

「我希望妳沒有告訴理查我來了多倫多的事，」她說，「最好也沒有告訴溫妮薇德。因為她知道，就等於他知道。」

「我不會那樣做的。」我說。她沒說什麼。

因為我在開車，所以無法直接打量她。要等我停好車，跟她在甜食店裡面對面坐下，才有機會細細端詳她。我終於可以看到她了，一整個的她。

她已經不是我記憶中的蘿拉。她固然是長大了好多，但不只這樣。她的衣服樸素，甚至可說是嚴峻，是一件暗藍色的襯衫式連衣裙，頭髮在後腦勺挽成制式的髮髻。她看來像縮小了一號，膚色變淡像是半透明的，有數道針尖狀的光芒，宛如迎著陽光的薊。（不過你們也不必對此投以太多的想像，因為那可能只是我視力不佳的結果。當時我已經需要眼鏡了，只是自己不知道罷了。）

我們點了東西。她點的是咖啡而不是茶。我提醒她這裡的咖啡不會好喝，因為現在是戰時。但她卻說：「我習慣了差勁的咖啡。」

然後是一陣沉默。我根本不知道要怎樣揭開話題。我還不準備問她回多倫多是為了什麼。

「這段日子妳都住在哪裡？」我問。

「我起初住在阿維翁。」她說。

「但那裡不是封起來了嗎！」戰爭爆發以後，阿維翁一直都是封起來的，我們沒有回去已經好幾年。「妳是怎樣進去的？」

「總是有辦法的。」

我記起了卸煤的斜道，又想起有一扇地窖門的鎖並不牢靠。不過，那鎖很久前就修好了。

「是打破窗戶進去的嗎？」

「沒有這個必要。蕾妮悄悄留著一把鑰匙。」她說。

「但妳又要怎樣點燃壁爐呢？沒有壁爐妳又要怎樣取暖？」

「對，是沒有壁爐，」她說，「另一方面倒是有很多老鼠。」咖啡送來了，嘗起來有烤過的菊苣根[3]的味道，這沒有什麼好奇怪的，因為那就是他們放進去的東西。「妳想要塊蛋糕或其他的嗎？這裡的蛋糕不壞。」她太瘦了，我希望她多吃點東西。

「不用，謝謝。」

3 菊苣根是咖啡的代用品。

「之後妳又做了些什麼？」

「等我滿二十一歲，拿到爸爸留給我的一點點錢之後，我就去了哈利法克斯。」

「哈利法克斯？為什麼去哈利法克斯？」

「因為那是輪船進港的地方。」

我沒有追問下去。蘿拉做一件事，背後總有理由——會讓我害怕知道的理由。「但妳在哪裡又做了些什麼？」

「做做這個，做做那個。」她說，「我讓自己變得有用。」我猜應該是在施粥所幫忙或在飯店清潔洗手間之類的。

「妳有收到我的信嗎？我從療養院寄給妳那些。蕾妮說妳沒收到。」

「沒有，我從未收到妳任何信。」

「想也知道他們會把信藏起來。他們不讓妳打電話給我或去看我嗎？」

「他們說那對妳不好。」

她笑了一下下。「應該說是對妳不好。妳不應該繼續待在那裡的，他是個非常邪惡的人。」

「我知道妳一直都是這樣認為。問題是我又能有什麼別的選擇？」我說，「他不可能答應跟我離婚的，而我又一文不名。」

「這不是理由。」

「對妳可能不是。妳有信託基金，但我卻沒有。而且艾咪又要怎麼辦呢？」

「妳可以帶她一起走。」

「說比做容易。而且她有可能不願意跟我走，她很黏理查。」

「為什麼會這樣？」

「理查很寵她，什麼都買給她。」

「我曾經從哈利法克斯寫信給妳。」她說，顯然是想轉換話題。

「我也沒收到。」

「我猜理查會偷拆妳的信件。」

「我猜也是。」我說。我們的談話沒有照我預期的方向走。本來應該是我來安慰蘿拉，聽她說出傷心事，對她表示同情。可現在她卻反過來教我事情。我們是多麼容易滑回到我們從前各自的角色去。

「有關我的事，他是怎樣說的？」她說，「就是他怎樣解釋為什麼會送我到那地方去。」

不是蘿拉瘋了就是理查說謊。但我兩者都無法相信。「他告訴了我一個故事。」我閃爍其詞地說。

「怎樣的故事？不必擔心，我不會難過的。我只是想知道他說了些什麼罷了。」

「他說……說妳精神不正常。」

「他當然會這樣說。還有呢？」

「他說妳以為自己懷孕了，但那只是妄想症作祟。」

「我真是懷孕了，」她說，「這就是重點，就是他們為什麼要這麼匆匆忙忙送我走的原因。他們怕死了。如果這件不名譽的醜聞曝光，妳可以想像對他的大好前程會有什麼殺傷力。」

「對，我想像得出來。」

「不管怎麼說，我的小寶寶沒能誕生。這就是他們在布拉維斯塔對我做的其中一件事。」

「其中一件事？」

「對，除了給你吃些不知名的藥丸和用機器電你以外，還會給你做人工流產。」她說，「他們會用乙醚把你迷昏，然後把小寶寶給拿出來。之後，他們會說整件事情都是你幻想出來的。而如果你指控他們，他們就說妳會對自己和別人構成危害。」

她的語氣極其平靜，極具有說服力。「蘿拉，」我說，「妳確定嗎？我是說妳確定妳有懷孕嗎？」

「當然確定，」她說，「我有什麼必要虛構這樣的事？」

雖然仍然有懷疑的空間，但這一次我卻選擇相信她。「那是怎樣發生的？」我低聲說，「小孩的爸爸是誰？」

「如果妳不是已經知道，我不認為應該告訴妳。」

我懷疑那一定是亞歷斯．湯馬斯，因為他是蘿拉唯一喜歡過的男性——如果爸爸和上帝不算在內的話。我痛恨這種可能性，但又想不出別的可能。她當時多大？十五歲？十六歲？他怎可以對小女孩做出這種事！

「妳愛他嗎？」我問。

「愛誰？」

「妳知道我說誰。」我說不出口。

「啊，妳說他，」蘿拉說，「一點都不愛。那簡直是恐怖之極，但我沒有別的選擇。我必須作出犧牲，必須接受加諸我的苦難。這是我對上帝許諾過的。我知道如果我作出犧牲，亞歷斯就會得到拯救。」

「妳到底在講什麼！」我對蘿拉剛建立的信任感粉碎了。我們又回到她那套瘋癲的形上學去了。「怎麼個拯救亞歷斯法？」

「讓他不會被抓到。卡莉絲塔知道他的藏身處，而她告訴了理查。」

「我難以置信。」

「卡莉絲塔是個告密者，」蘿拉說，「這是理查告訴我的，他說卡莉絲塔不斷給他情報。記得她坐牢的時候是理查把她弄出來的嗎？他這樣做，就是要她欠他人情。」

我承認這番話相當扣人心弦，不過是事實的可能性微乎其微。但如果是事實，那卡莉絲塔提供給理查的情報一定是假的，因為她根本不可能知道亞歷斯藏在哪裡。他搬家搬得那麼頻繁，她怎麼可能知道他的住處？

儘管如此，也說不定亞歷斯一直與她保持連絡。這不無可能。她會是他認為信得過的人之一。

「我信守了承諾，」蘿拉說，「而它也果然生效了。上帝真是信實無欺的。不過，之後亞歷斯就到戰場去了。這是卡莉絲塔說的，她告訴我的。」

我根本聽不懂她說什麼，只覺頭昏昏的。「那麼，蘿拉，妳來多倫多又是為了什麼？」

「因為戰爭結束了，」蘿拉有耐心的說，「而用不了多久，亞歷斯就會回來。我不在這裡，他就不知道要到哪裡去找我。他不會知道我待過布拉維斯塔，也不會知道我住過哈利法克斯。他唯一的地址就是你們家的地址。他總有辦法把信息傳遞給我的。」她擁有虔信者那種毫不動搖的信心。

我很想搖醒她。我閉上了眼睛一下子。我看到了阿維翁的池塘，看到腳趾在水裡那個石頭水仙女。我看到了刺眼的太陽照射在綠得像橡膠的葉子上，那是媽媽喪禮之後的第二天。我因為吃了太多蛋糕和糖而覺得反胃，而蘿拉則坐在池塘邊，自得其樂地哼歌，深信因為她已經和上帝做了祕密的約定，所以一切都會是好端端的，天使會站在她的一邊。

我的手指充滿惡毒的刺痛。我知道接下來將會發生什麼：我將會再推她一次。

本來我應該噤聲的，本來我應該緘口的。出於愛，我本來應該撒謊，應該說出除真相之外的話。千萬別吵醒夢遊者，蕾妮常說，突然的驚嚇會讓他們一命嗚呼。

「蘿拉，我雖然不情願，卻不得不告訴妳，」我說，「不管妳做了什麼，都沒有能拯救亞歷斯。他死了。六個月前在荷蘭戰死的。」

圍繞著她四周的光芒消退了。她的臉色變得煞白，就像正在凝固的蠟。

「妳怎麼知道的？」

「我收到陣亡通知。」我說，「他把我列為最近的近親，所以電報就送到我這裡來。」即使到了這個時候，我仍然有回頭的機會，因為我大可以說：他們一定是把收信人的姓名搞錯了，那電報一定是送給妳的。但我沒這樣說，反而說：「他這樣做真的是非常不謹慎，他應該考慮到理查的。不過，他畢竟沒有其他家人了，而我們又是情人——我們祕密幽會了很長一段時間。除了寫我的名字，他又能寫誰的呢？」

蘿拉沒說什麼。她只是直直的看著我。不，應該說是直直穿透我，看著我身體後方。天知道她看到的是什麼。也許是一艘沉沒中的船，也許是一座陷於火海的城市，也許是一把插在背上的刀。不過，我卻認得她這眼神。當日她在羅浮多河差點溺水的時候，就是這眼神：嚇人，冰冷，癡狂，閃著鋼鐵的光芒。

過了一下，她站了起來，走過桌子，快速抓起我的錢包，然後轉過身，往店外走去。因為事出突然，我愣住了，沒有制止她。等我站起來的時候，她已經走出了店門。

我無法立刻追出去，因為付帳的事情得解決：我的錢都在錢包裡。我向老闆解釋，我妹妹拿錯了我的錢包，我會第二天再拿錢來還他。等這件事情解決，我就幾乎用跑的跑到我停車的地方。但車已經開走了。我的汽車鑰匙就放在錢包裡。我不知道蘿拉什麼時候學會開車。

我走了幾條街，一面走一面在腦子裡編故事。我不能告訴理查和溫妮薇德事實的真相，因為這等於又給了他們一項蘿拉不正常的證據。我會說我的車子壞了，被拖吊到修車廠修理，之後，修車廠的人給我叫了一輛計程車。要下計程車的時候，我才想起我把錢包漏在了車上。沒什麼好擔心的，我會說，反正明天早上我就會去牽車。

之後我就真的攔了計程車。我知道穆加特羅伊德太太一定會在家裡。她會為我開門和付計程車費。

理查那天晚上沒有回家吃晚飯。他要參加某個餐會，吃大餐和發表演講。他現在很賣力，因為終點線已經在望。我現在已經知道，他的終點線並不只是金錢或權力。他還希望受到尊敬——暴發戶都是希望受到尊敬的。他不只希望人們像敬一個榔頭那樣敬他，也希望他們像敬一根君王節杖那樣敬他。這一類渴望的本身並不低下。

理查今天晚上發表演講的地點是個純男性的俱樂部，否則，我就得一起出席。我會坐在背景處，保持微笑和在演講結束時鼓掌。不用外出的夜晚，我會讓保母早點下班，自己接管照顧艾咪的事宜。我會監督她洗澡，念書給她聽，哄她睡覺。在這個特別的夜晚，艾咪出奇的晚睡，她一定是意識到我在擔心些什麼。我坐在她的床旁邊，握著她一隻手，另一隻手撫摸她的額頭，直至她睡著為止。

蘿拉去了哪裡呢？她住在哪裡？她開走我的車子是要去幹什麼？我要怎樣才能找到她？我

要再編什麼樣的謊話才能圓今天的謊？

一隻七月的蟲子受燈光的吸引，不斷撲向窗戶，牠的聲音聽起來憤怒、挫折而無助。

急斜面

今天我的腦袋突然一片空白，就像是被雪蓋住了一樣。並不是因為我要想誰的名字想不出來（這種事很尋常），而是有一個字突然從我腦子裡冒了出來，但我卻怎麼想都想不起它的意思。

這個字就是急斜面。為什麼它會自己跑出來呢？急斜面，急斜面，我反覆喃喃念誦，但卻沒有任何具體的意象出現。那是一件東西、一種活動、一種心靈狀態，還是肢體的一種殘缺？

我不知道。但我卻有一種暈眩的感覺，一種攀扶不到任何東西的感覺。最後，我求助於字典：急斜面，指陡峭的斜坡或懸崖面。

我們都相信，字詞是這個世界最初始的[4]。但上帝知道字詞是多麼稀薄的東西嗎？知道它們是多麼易碎，多麼不經心就會被擦拭掉的嗎？

蘿拉之所以會做出傻事——她名副其實就是被推出懸崖邊的——說不定就是因為太相信字詞的力量了。她把自己的人生建築於字詞之上，建築於紙牌砌成的房子上，以為它們堅固無比的，而不知道，只要輕輕一碰，它們就會全倒下來。

上帝。信賴。犧牲。公義。

信。望。愛。

當然也包括姊妹這個字詞。

跟蘿拉在黛安娜甜食店分別的第二天早上，我一直在電話旁邊徘徊。但幾小時過去了，都沒有一通電話。我跟溫妮薇德和她兩個朋友約在阿卡狄亞宮用午餐。我不能不去，因為臨時爽約，溫妮薇德就會起疑。

溫妮薇德告訴了我她正在籌備的最新活動：為傷殘退伍軍人募款的義演會。會上會有唱歌跳舞，當然也少不了康康舞。我好奇溫妮薇德會不會熱心到親自下海，穿著層層蕾絲的襯裙和黑絲襪，在台上踢腿。我但願不會，因為她現在瘦得只剩下皮包骨。

「妳臉色看起來有點白，艾莉絲。」她側著頭看我。

「有嗎？」我若無其事地說。她最近老說我還得加把勁，意思是我沒有傾盡全力，把理查推向他的光榮大道。

「是理查把妳累垮了嗎？他這個人就是精力無窮！」她心情很好。這不奇怪，因為她為理查所安排的計畫進行得很順利。

4 In the beginning was the word，這是《聖經》中的話，通行的《聖經》中譯本譯為「太初有道」。

但我卻無法集中注意力聽她說話，蘿拉的事讓我忐忑不安。如果她不會很快再次出現，我要怎麼辦呢？我不可能報警說我的車子被偷了，因為我不會願意蘿拉被抓，理查也不會願意。那對誰都不會有好處。

回到家以後，穆加特羅伊德太太告訴我，蘿拉來過。她甚至沒有按門鈴。穆加特羅伊德太太是走過前廳的時候湊巧碰到她的，被她嚇了一大跳：穆加特羅伊德太太說多年沒有看到蘿拉，乍看到她就像是看到鬼魂。蘿拉沒有留地址，卻留了話：告訴艾莉絲我過一陣子會再找她。她把大門鑰匙留在信箱，說是不小心拿錯的。會不小心拿錯這樣的東西可新鮮，穆加特羅伊德太太說。她的獅子鼻可以嗅得出任何的異樣。她應該已不再相信那個車子送修的故事了。

我鬆了一口氣：看來事情的問題不大。蘿拉還在城裡，她稍後還會再找我。

我才換下午餐服裝，警察就登門了，帶來了蘿拉汽車意外的消息。他說蘿拉的車子衝出了聖克萊爾大道旁邊的一座橋，掉到下面的溪谷，摔得面目全非。他一面說一面黯然地搖頭。車子是我名下的，他們循車牌的線索找到我。起初，他們還以為在汽車殘骸裡燒焦的女屍就是我。

警察離開後，我努力抑制身上的顫抖。我需要冷靜，以便有清醒的頭腦去應付接下來的局面。你總得面對音樂的，蕾妮常說。我現在要面對的是哪種音樂呢？不是跳舞的音樂，而是遊行活動時的刺耳銅管樂，人們則在兩旁指指點點和竊笑。劊子手就站在路的盡頭，等著你去受刑。

理查一定會仔細盤問我。我要怎樣圓謊呢？我那個車子送修的故事還是可以站得住腳，只要加上一節：我在車子送修前和蘿拉喝過茶。我會說，我沒有把蘿拉的事告訴他，是因為他有重要演講要發表，不想影響他的情緒（現在他發表的演講無一不是重要演講，因為他已經接近權力核心了）。

我會說，車子故障時蘿拉就在車上，並一路陪我陪到修車廠。我漏在車上的錢包，一定就是她拿走的，並在第二天早上──孩子式的淘氣──跑到修車廠去把車開走。如果理查問我修車廠的名字，我就會說忘了。如果他窮追不捨，我就會哭，說我正心亂如麻，怎麼可能記得這些瑣碎事?!

我上樓去換裝。我需要一雙手套和一頂有面紗的帽子。因為說不定會有記者在場。我本來打算自己開車去，但隨即想起我的車已經報銷，只能叫計程車。

另外，我也應該打電話告訴理查，因為只要消息一披露，屍蠅肯定會大群撲向他（沒辦法，他太有名了）。他應該會想要事先擬好一份表示哀傷的聲明。

我打了電話，是他最新一任的年輕女祕書接的。我說事情很緊急，不能由她代為傳話，一定要理查親自接電話。

過了好一會我才聽到理查的聲音。「有什麼事？」他說。他一向不喜歡我打電話到辦公室去找他。

「發生了可怕的意外，」我說，「是蘿拉。她開的車子衝出了一座橋。」

他沒說什麼。

「她開的是我的車子。」

他沒說什麼。

「她死了。」

「老天。」然後是一陣停頓。「她這段日子都去了哪裡？她什麼時候回來的？她怎麼會開著妳的車子？」

「我才剛接到消息，馬上就通知你，是想你可以在報紙得到消息之前做些準備。」

「對，」他說，「妳做得很對。」

「現在我要到停屍間去了。」

「停屍間？」他說，「市政府的停屍間？妳到那兒去幹嘛？」

「蘿拉放在那裡。」

「嗯，把她弄出來，」他說，「弄體面一點和……」

「和隱祕一點的地方。我知道。我會辦妥的。但還有一件事是你應該知道的。警察才剛走，他們在話中暗示……」

「什麼？妳告訴了他們什麼？他們有什麼暗示？」他的聲音聽起來很緊張。

「說她是蓄意的。」

「胡說八道，」他說，「那絕無疑問是件意外。我希望妳也是這樣跟他說。」

「我當然是這樣說。但現場有目擊證人。他們說……」

「她有留下字條什麼的嗎？有的話趕快燒掉。」

「有兩個目擊證人，一個是律師，一個在銀行裡工作。他們看見蘿拉戴著白手套的手打著轉彎的方向盤。」

「一定是光線造成的錯覺，」他說，「要不就是他們喝了酒。我會打電話給律師處理。」

掛上電話後，我走進更衣室。我需要一套黑色的衣服和一條手帕。

打開放絲襪的抽屜時，我看到了五本作業簿——埃爾斯金先生當我們家教老師時代留下來的廉價作業簿。蘿拉的名字用鉛筆寫在封面上，字體稚氣。名字下面寫著數學兩個字。蘿拉痛恨數學。

她為什麼要留下這個給我呢？

我本來可以不理會那些作業簿的。我本來是可以選擇不知情的，但我卻選擇了知情。你們也是這樣選擇——你們既然已讀到這裡，就表示你們選擇了知情。

大部分人都會這樣選擇。哪怕明知會受到傷害，我們仍然會選擇知道真相；為了真相，我們會不惜把手伸進火裡。好奇心不是我們的唯一動機：驅策力還是來自愛、悲傷、失望或恨。

我們窺探死人：打開他們的信件、讀他們日記、翻他們的垃圾，希望可以求取一絲線索、一句話、一個解釋，以了解他們為什麼離棄我們。他們留給了我們一個大袋子，但裡面裝的東西通常比我們預期的少得多。

但他們為什麼要留下線索呢？他們為什麼要費這個事？是出於自戀、同情，還是報復心理？只是要宣示自己的存在嗎，就像那些寫在廁所牆壁上的姓名縮寫？存在與匿名的結合（招認卻不悔罪、道出真相卻不用承受後果）自有它的吸引力。它可以以某種方式擦去你手上的血。

留下線索的人如果碰到陌生人上門查探，幾乎無可抱怨，因為那是他們自找的。不只陌生人會查探，愛人、朋友、親人一樣會這樣。我們全都是偷窺狂。為什麼我們會認為，只要無意中找到一段陳年往事，我們就可以予取予求？一旦打開別人鎖上的門，我們就全都會變成盜墓者。

事實上，你幹嘛只是把門鎖上，而讓房子和房子裡的東西完好無缺呢？如果你真希望一切被遺忘，本應該放一把火把它們燒掉。

——第十四部

金髮綹｜勝利得而復失｜瓦礫堆

金髮豬

我得要加把勁寫了。我看得見盡頭了，它在我前頭閃爍，像風雨之夜路旁的汽車旅館。在那裡，沒有人會問東問西，櫃台登記簿裡也沒有一個名字是真名實姓。它的辦公室裡掛著老舊的聖誕樹彩燈，後面是一排昏暗的客房，裡面的枕頭散發著霉味。旅館門前有月臉形狀的加油機，但裡面的汽油幾十年前就枯竭了。所以，這裡將會是你停下來的地方。

終點，一個溫暖安全的避風港。安息之處。但我還沒有到達，仍然是又老又累、一拐一拐的徒步邁向它。我在森林裡迷了路，沒有白石子記號為我指示路徑，腳下的地面暗藏凶險。野狼，我召喚你們！眼眸如毒蛇鑽洞的死女人，我呼喚妳們！站到我身旁吧，因為終點在望了！請你們引導我風濕發抖的手指，引導我的滾珠筆，讓我滲漏的心臟再跳動幾天，好讓我可以把一切料理停當。再一次當我的同伴、幫手和朋友吧，因為我們從前不是熟悉無比的嗎？

起初我真的相信，我只是為了討個公道。我以為我的心是純潔的。準備傷害什麼人的時候，我們總相信自己的出發點是好意。不過，正如埃爾斯金先生指出的，手攜弓矢的丘比特並不是唯一的盲眼神祇。公道女神也是盲眼的。她手上拿著劍，眼上蒙著蒙眼布，揮劍時會傷到自己一點都不出奇。

你們當然會想知道蘿拉的作業簿裡寫些什麼。它們現在就放在我的扁行李箱裡，就像是蘿拉自己放進去似的。我沒改動任何東西。你們可以拿去看。雖然作業簿裡的一些紙頁被撕掉，卻不是我撕的。

那麼，在一九四五年五月那個充滿驚悸的下午，我期望從這些作業簿裡讀到些什麼呢？懺悔？責難？還是一本日記，上面詳列著蘿拉與亞歷斯．湯馬斯幽會的每一個細節？對，無疑是這樣。我已作好接受椎心之痛的心理準備。我變得願意接受傷害，儘管不是以我原先預期那種傷害。

我割斷繩索，把作業簿攤了開來。一共有五本：數學、地理、法文、歷史、拉丁文。

她的書寫有如天使，《盲眼刺客》其中一個版本的書封底文字這樣形容蘿拉的文筆。就我記得，那是美國的版本，封面上有金色的渦形裝飾，還畫著很多天使。不過，就事論事，天使是不會寫太多東西的。她們會寫的，絕大多數是記錄誰該上天堂和誰該下地獄，有時，她們也會化身為沒有形體的手，在牆壁上書寫上帝的警告。她們另外會做的事就是替上帝傳達信息，但以壞信息居大多數。就連上帝與你同在這句話，也只是個禍福參半的祝福。

所以記住了：蘿拉的書寫有如天使。換言之，她寫得不多，不寫則已，一寫都正中要害。

我最先打開的是「拉丁文」的作業簿。一些紙頁被撕掉了，剩下的大都是空白頁。蘿拉撕掉的一定都是埃爾斯金先生當年要她做的翻譯作業，不過，她卻保留了其中一則翻譯——對維吉爾《埃涅阿斯紀》第四卷最後一段話的翻譯。這則翻譯，是她在我和阿維翁的圖書室的幫助下完成的。《埃涅阿斯紀》的第四卷記載，荻多因為情人埃涅阿斯為實現自己的志向離她遠去，在絕望中以刀自裁。雖然血流不止，但荻多卻死得很慢，身體不斷蠕動，飽受煎熬。就我記得，埃爾斯金先生非常欣賞這段文字。

我還記得蘿拉翻譯這段話當時的情景。夕陽的光線從我臥室的窗戶照射進來，她趴在地板上，兩條小腿踢上踢下，費力把我們合作的翻譯成果抄到她的作業簿裡去。她聞起來有「象牙牌」香皂和鉛筆刨絲的味道。

有大權能的天后朱諾不忍見荻多長時間的痛苦，於是派遣艾莉絲[1]從奧林匹斯山出發，去把荻多受苦的靈魂從仍然禁錮著她的軀體中解放出來。這是非做不可的事，因為荻多不是自然死亡，也不是被人殺死，而是在絕望中被瘋狂的衝動驅使尋死，所以普爾塞耳皮娜[2]尚未割下她頭上的金髮綹，或把她送到冥府去。

於是，翅膀黃得像番紅花、尾隨著一千道虹彩的艾莉絲，翩然飛到荻多上方，對她說：我奉命要把妳身上那屬於冥王的神聖東西取下，這樣，妳的靈魂就能從軀體中釋放出來。

接著，荻多的身體就失去了所有溫暖，生命消失在空氣中。

「為什麼艾莉絲要割掉荻多的一些頭髮呢？」蘿拉問我。

我一點頭緒都沒有。「反正她非這樣做不可就是了，」我說，「大概是用來獻祭之類。」不過，知道有一個神話人物與我同名，倒是讓我非常開心，因為一向以來，我都以為我的名字是取自花卉[3]。我媽媽的娘家就喜歡用植物名字為女孩命名。

「那可以幫助荻多的靈魂從身體解脫。」蘿拉說，「她不想再活了。死可以讓她從悲哀中解脫。這麼說，以死來解脫悲哀是對的事了，對不對？」

「我猜大概是這樣吧。」我說。我不太喜歡這一類細瑣的倫理學解釋。詩總是充滿不確定性，根本沒必要去一一求解。不過我倒是對荻多是不是金髮女郎感到納悶，因為在書中的其他部分，她給人的感覺都是黑髮的。

「冥王是誰？為什麼他想要她的頭髮？」

「不要老談頭髮好不好，」我說，「拉丁文翻譯做完了，我們來做法文翻譯吧。Il ne faut pas toucher aux idoles:la dorure en reste aux mains.」

---

1 古希臘羅馬神話中諸神的使者和彩虹的化身。
2 古希臘羅馬神話中的冥后。
3 艾莉絲（Iris）一詞在英語中又作鳶尾解。

「妳看可不可以譯成『不要觸摸假神，否則金漆就會沾滿你的雙手』？」

「這段話根本沒有提到什麼油漆。」

「但那是深意啊。」

「妳是知道埃爾斯金先生的，他根本不會管深意是什麼。」

「我恨埃爾斯金先生，我好想暴力小姐可以回來。」

「我也是。我也希望媽媽可以回來。」

「我也是。」

埃爾斯金先生根本沒有多想蘿拉的翻譯，紅筆一揮，就全部叉掉。我要怎樣形容我再看到蘿拉這段翻譯時的深邃悲哀呢？我形容不出來，所以不會去嘗試。

我翻了其他的作業簿。「歷史」的一本全是空白頁，只貼著一張照片：她與亞歷斯．湯馬斯在鈕釦工廠野餐大會上的合照。兩個人都被染成淺黃色，而我那隻孤伶伶爬向他們的手，則染成藍色。「地理」的作業簿裡只有一段文字，是當初埃爾斯金先生要蘿拉以泰孔德羅加港為題寫的一篇短文。開始的第一句是：「這個中型的城鎮位於羅浮多河與尤格斯河的交會處，以石頭和其他東西馳名。」「法文」作業簿裡面看不見一個法文字，但卻留著亞歷斯．湯馬斯藏身閣樓時寫在上面的那些古怪字詞：Nchoryne、berel、carchineal、diamite、ebonort……。我這才知道，蘿拉當初並沒有把它燒掉。對，它們真的是外語，但卻是一種很特別的外語，而我如今對它們的理解，也要比對法文還要多。

「數學」作業簿有一縱列的數字，有些數字旁邊寫著文字。我想了幾分鐘才明白它們是什麼意思。那些數字都是日期，第一個日期是我從歐洲度蜜月回來的日子，最後一個日期是蘿拉被送到布拉維斯塔療養院的前三個月左右。數字旁邊的文字是這樣的：

阿維翁，不。不。不。不。陽光海灘。不。「上都」，不。不。「瑪麗皇后號」，不不。紐約，不。阿維翁，起初不。

「女水妖號」×。「如痴如醉」。

多倫多，再一次×。

×。×。×。×。

○。

這就是全部的故事。一切都真相大白了。事情一直都發生在我眼前。我怎麼會這樣懵然無知？

那麼說，對方就不是亞歷斯．湯馬斯了，從來就不是。對蘿拉來說，亞歷斯是屬於外太空的另一個次元。

勝利得而復失

看完蘿拉的作業簿後，我把它們放回抽屜。一切都真相大白了，儘管無法證明。不過，正如蕾妮常說的，剝貓皮並不是只有一種方法。沒有直路可走，你大可以給它繞個彎。

我一直等到喪禮過後一星期才採取行動。理查要到渥太華開一場重要會議，我對他和溫妮薇德說，我想利用這個機會到泰孔德羅加港一次，一方面是為了把蘿拉的骨灰撒在阿維翁，一方面是要看看她刻在家族墓碑上的名字。他們沒有意見。

「不要把蘿拉的死歸咎自己。」溫妮薇德說，用意是提醒我歸咎自己。因為如果我歸咎自己，就不會同時歸咎別人。「別老想著這事了。」但我們早就想著了，那是我們無法自已的。

理查上路後，我讓保母放一個晚上的假。最近一段日子，我晚上都是自己照顧艾咪，所以就連穆加特羅伊德太太都不會起疑。等到四下無人，我就開始收拾行李，主要是我的一些衣服和艾咪的一些用品。我早就悄悄打包好部分東西：我的珠寶盒、我的照片和《岩石花園的多年生植物》。我把扁行李箱和另一個大行李箱塞得盡可能的滿。然後，鐵路公司的人就來了，為我預先把行李送到車站。這是我安排好的。因為這樣子，第二天早上我和艾咪就可以輕裝上路，坐計程車前往聯合車站，每人只提一個小旅行包。

我留了一封信給理查，信中說：我已經知道他幹過些什麼，所以永遠不想再見他。不過，為了不致毀了他的政治前程，我不會要求離婚。然而，對於他做過的齷齪勾當，我手上握有鐵證，那是蘿拉留給我的，而我已經把它們藏在安全隱密的地方（這是假話）。如果他膽敢動艾咪的歪念頭，我保證會引爆很大很大的醜聞。另外，如果他不能滿足我開列的條件，我一樣會引爆醜聞。我的要求並不多，只是一棟在泰孔德羅加港的小房子，還有艾咪的養育費。至於我自己的生活費，我會另外想辦法。

離開多倫多的幾天前，我去找了卡莉絲塔一趟。她已經放棄了雕塑，現在是壁畫家。我到一家保險公司找到她，她接了一份這公司的壁畫合約。

卡莉絲塔看到我很驚訝。我沒有事前打電話知會她，因為我怕她會避不見面。我看到她時，她正監督工人油漆，頭上裹著染花大手帕，下身一條卡其褲和一雙網球鞋，雙手插在褲袋，嘴裡叼著根菸。

她聽說了蘿拉的死訊，也在報上讀到了消息。這麼可愛的姑娘，從兒時就那麼不尋常，真是可惜，她說。經過這些初步的交談後，我就把蘿拉告訴我的話告訴她，問她是不是真的。

卡莉絲塔聽了非常生氣，連連說了幾聲狗屁。沒有錯，她說，理查是從牢裡把她保了出來，但當時她認定他只是顧念她跟我爸爸的交情。她否認告訴過理查什麼，不管那是關於亞歷斯或其他左傾分子的。狗屁，那些都是我的朋友，我怎麼可能出賣他們！至於亞歷斯，她起初確是幫過他，但他後來卻失蹤了，她再次聽到他消息已是他去了西班牙之後。她根本不知道他的藏身處，又要如何去告密？

我一無所獲。也許，理查對蘿拉所撒的謊，一點都不會比對我撒的少。不過另一方面，撒謊的人也有可能是卡莉絲塔。這樣的話，我又怎能指望她會對我吐實呢？

艾咪不喜歡住在泰孔德羅加港。她要找爹地，就像每個小孩一樣，想回到她熟悉的環境去。

我向她解釋，我們在泰孔德羅加港只是短暫停留。不過也許我不應該用解釋兩個字，因為對一個八歲的小孩，妳又能解釋些什麼呢？

泰孔德羅加港已經有了不同的面貌。戰爭期間，好些工廠是復工了，但戰後又再次關閉。說不定，等到塵埃落定，從海外歸來的戰士的需要明朗化，這些工廠將會轉為生產民用物資，重新復工。不過目前，很多人都失了業，只能等待和觀望。

鎮上的許多熟悉面孔都不見了。默里不再在報社了，因為他的名字不多久就會登錄在陣亡戰士紀念碑上面。他服役的單位是海軍，而他「送命」了。鎮上的人對陣亡者有一個有趣的二分法，一類他們稱為「戰死」，一類他們稱為「送命」，就彷彿後者是因為笨手笨腳才會丟了小命的。

蕾妮的丈夫欣克斯則屬於「戰死」的範疇，他死在西西里，跟他一起戰死的，還有一批泰孔德羅加港的子弟，隸屬的都是皇家加拿大兵團。蕾妮獲得了撫卹金，但錢並不多，所以不得不把小房子的其中一個房間分租出去，補貼家計。她還在貝蒂快餐店工作，儘管她向我抱怨，她的背遲早會要了她的命。

不過我很快就知道，會要了她的命的並不是她的背，而是她的腎。我搬回泰孔德羅加港以後六個月，蕾妮就因為腎病過世了。蜜拉，如果妳有讀我寫的這東西的話，我想讓妳知道，蕾妮的死，對我是個多麼重大的打擊。她一直都是我的心理支柱，但剎那之間，她卻不在了。

然而，她後來又愈來愈成為我的支柱。因為，每當需要夠實際的建議時，除了她的聲音以外，我又能聽到誰的聲音呢？

我當然有回阿維翁看看。那是一趟讓人難受的舊地重遊。花園雜草叢生；溫室形同廢墟：玻璃窗破碎，盆子裡都是死花死草。兩尊獅身人首雕像身上有好些約翰愛瑪莉之類的塗鴉，有一尊還被推倒在地。百合池塘塞滿枯葉和野草。水仙女仍然佇立，不過少了幾根手指就是。她的微笑如昔：遙遠、神祕、漠不關心。

我不需要破門才進得了宅子：那時蕾妮還活著，私下仍持有一把大門鑰匙。房子一片淒涼：布滿塵埃，到處都是老鼠屎，木條地板已經變暗沉，而且不知有什麼滴在上面而汙跡斑斑。特里斯丹和綺瑟還在（但特里斯丹的豎琴受了些破損），俯視著空蕩蕩的飯廳。一兩隻家燕在中間一扇窗戶築了窩。不過，整個地方並沒有太大破壞，查斯的姓氏仍然迴響在風中，殘留著一絲權勢與金錢的氛圍。

我在房子各處走了一遍。霉臭味無所不在。我查看了圖書室，美杜莎的頭像依舊傲立在壁爐台上。艾達麗祖母的畫像也仍然留在原位，但已開始鬆垂：她的臉現在帶有壓抑住卻快樂的狡獪神情。我敢肯定妳有過不為人知的生活，我對她說。我敢打賭是它讓妳有活下去的動力。

我拉開書桌的抽屜。其中一個抽屜裡留著祖父時代的鈕釦樣品：一粒粒白色的骨頭鈕釦，它們在祖父的手裡曾經變成黃金。它們有許多年都是黃金，可如今又變回骨頭。

在閣樓裡，我找到蘿拉逃離療養院後回到這裡所布置的「巢」。當時如果有人來這裡搜查，她一定無所遁形。地板有一些乾掉的橘子皮和一個蘋果核。她還是老樣子，沒有打掃的習慣。壁櫥裡藏著些零碎雜物：銀茶壺、瓷杯和杯托、鐫著姓氏的湯匙。還有美洲鱷造型的剝堅果鉗子、落單的珍珠母袖釦、壞掉的打火機、少了醋瓶的調味架。

我告訴自己，一定要再回來，多搜集一些這類東西。

理查並沒有親自來找我（這在我看來正是他心虛的證據），而是派了溫妮薇德過來。「妳頭殼壞掉了不成？」這就是她的開場白。我們在貝蒂快餐店見面，我不想讓她到我租的小房子去，不想她有機會接近艾咪。

「我頭殼沒壞掉，」我說，「蘿拉也沒有，至少沒有到達你們所說的程度。我知道理查對她幹了些什麼。」

「我不知道妳胡說些什麼。」她說。她身披一件拖著閃光尾巴的貂皮披肩，正在脫手套。

「我猜，他娶我的時候就打好如意算盤，要出一份錢買兩份貨。他是憑唱一首歌把我們撿來的。」

「別說傻話了，」溫妮薇德說，看起來有點微微顫抖，「不管蘿拉說了些什麼，理查的手都是絕對乾淨的；他清白得像積雪。妳犯了嚴重的判斷錯誤。他要我轉告，他打算不計較妳的一時糊塗。如果妳肯回家，他會原諒妳和忘記這件事。」

「但我卻不會原諒或忘記，」我說，「他也許外表像積雪，但內裡卻完全是別的東西。」

「小聲一點，」她低聲說，「別人會注意我們的。」

「妳這身賽馬馬匹般的裝扮，想別人不注意我們也難。妳難道不知道綠色一點都不適合妳嗎，尤其是以妳現在的年紀？它讓妳看起來像患了膽病。」

我這一招奏效了。溫妮薇德對我這新的、惡毒的一面很不能適應，話有點說不下去。「好吧，妳到底想要些什麼？」她說，「我問妳這個，並不代表理查有做過什麼。他只是不想引起紛爭罷了。」

「我想要什麼，早已經寫得清清楚楚，」我說，「我現在只想收到支票。」

「他想看看艾咪。」

「門兒都沒有，」我說，「他對年輕女孩有特殊癖好。我曉得妳知道，一直都知道。就連我在十八歲的時候，恐怕都快要不符合他的標準了。我現在才明白，為什麼蘿拉會對他有那麼大的吸引力。不過，他可別想把臭手伸向艾咪。」

「少說噁心話了，」溫妮薇德說，她的妝都已化了開來，臉上斑斑駁駁，顯然已極其憤怒。「艾咪可是他女兒。」

我幾乎要把「不，才不是」說出口了，但話到嘴邊又收了回來，因為我知道這是個戰術性的錯誤。法律上，艾咪是理查的女兒，而我沒有辦法證明不是，當時還沒有基因比對之類的技術。而且，如果理查知道了真相，他肯定會千方百計把艾咪從我身邊擄走，拿她當人質要脅我。「他控制不了自己，哪怕是自己的女兒，」我說，「一段日子以後，他就會把她送到哪家地下的婦產科，就像對待蘿拉那樣。」

「我看不出來我們有談下去的必要。」溫妮薇德說，拿起她的手套、長圍巾和蛇皮皮包站起來，掉頭就走。

大戰後，世界改變了。它改變了我們看事情的樣子。死氣沉沉的灰色和中間色調不見了，取而代之的是正午的耀眼亮色：豔麗、原色、不帶陰影。灼熱的粉紅色、強烈的藍色、浮水氣球的紅白色、塑膠的螢光綠，而太陽則像盞聚光燈烤炙著。

在大城小鎮的邊緣，推土機橫衝直撞，樹木紛紛倒下，地上被挖出大個大個的洞，就像是被炸彈轟炸過。滿街都是沙子堆和泥土堆。一塊塊光禿的草坪被闢了出來，上面種著細長的樹苗，最常見的樹種是白樺：它們長大後枝葉扶疏，可以遮蔽過於大片的天空。

有肉可買了，它們大塊大片地在肉店的櫥窗裡閃著光澤。有光燦得像日出的橘子和檸檬，有一墩一墩的糖和牛油。每個人都大吃特吃，往肚子裡塞進盡可能多的肉，彷彿沒有明天。

但總是有明天的。明天總是會來，會消失不見的只有昨天。

我有了足夠的錢，部分來自理查，部分來自蘿拉的遺產。我買了一棟小房子。艾咪因為我把她拉離熟悉和富裕得多的環境而怨恨我，不過她後來適應了，只是偶然我都會瞥見她用冰冷的眼神看我。我知道，她已經認定我是一個不夠資格的母親。另一方面，理查因為身在遠方，所以在她眼裡反而更有分量。起初，理查會常常寄禮物給艾咪，不過隨著日子的過去，數量愈來愈少。

與此同時，理查已經萬事皆備，準備好要踏上他權力的高峰——根據報紙的分析，這對他來說有如探囊取物。我當然是他的一個小障礙，但有關我們分居的謠言，已經被他擺平了。我被聲稱是「住在鄉下」，而只要我沒有什麼不平之鳴，這個國家的國民是可以勉強接受一個老婆住鄉下的政治人物的。

不過，還有我所不知的謠言流傳著，說我是因為精神不穩定而搬到鄉下，理查卻不嫌棄我，繼續供養我。這種謠言讓理查儼然是個聖人。

在泰孔德羅加港，我生活得相當平靜。每次我外出，人們總是帶著尊敬的態度對我竊竊私語。這是沾了理查的光。當然，這一切，只是在《盲眼刺客》出版以前的事。

日去月來，我靠著閱讀和園藝來打發時間。另外，我也開始了二手工藝品的買賣生意——最初的資金來自理查給我的幾件珠寶首飾。我當時自是沒想到，這將會是我接下來幾十年的主要收入來源。就這樣，一切正常的假象就建立起來了。

但強忍的淚水是會讓人變酸臭的。回憶也是。勉強噤聲的嘴巴也是。一段時間之後，我失眠的日子開始了。

就法律上來說，蘿拉已是個不存在的人。再幾年，她就會變得像是從未存在過。我告訴自己，我不應該立誓緘口保密的。我希望些什麼呢？不多，只是某種回憶錄。

千萬別忘記我們。你是我們無力的手唯一可以投靠的，那些飢渴的幽靈這樣哭喊。

我發現，沒有比理解已逝的人更困難的事了；但也沒有比忽略他們更危險的了。

瓦礫堆

我把稿子寄了出去。一段時間之後，我收到了回信。我又回了一封信。接下來，事情就順著軌跡運作了。

書還沒有出版，出版社就寄來了贈書。封面摺頁上有一段感人的作者簡介：

蘿拉．查斯寫作《盲眼刺客》時，還未滿二十五歲。這是她的第一本小說，同時——令人扼腕的——也是她的最後一本，因為發生在一九四五年的一場恐怖車禍讓這位年輕而有天分的作者永眠黃土。本社能把她的嶄露頭角之作呈獻給世人，深感與有榮焉。

作者簡介的上方有一幅蘿拉的照片，印刷很差，讓她的臉看起來像長著些蠅屎斑。不過，這倒是無意中道出了些什麼。

書出來以後，起先是一片沉靜。畢竟，那只是一本小書，而且不包含任何暢銷書的元素。它雖然在紐約和倫敦的文學圈頗獲好評，但在泰孔德羅加港這裡卻吹不起半點漣漪。至少開始是這樣。接著，衛道人士就發現了它，大加鞭撻，神職人員和好事婆繼而加入圍剿的行列。而等人們記起蘿拉就是理查．葛里芬的小姨子後，對此書的熱潮更是如出疹子一般洶湧。當時理查有一籮筐的政敵，他們自不會放過這個打擊他的機會。

當初蘿拉是死於自殺的傳言是靠著理查的強力運作才被壓了下來，然而，《盲眼刺客》的出版讓這個傳言死灰復燃。人們都在竊竊私語這件事，而且不只泰孔德羅加港的人在談，連政壇的高層人士都在談。有人給警方打了匿名電話，接著布拉維斯塔療養院就成為了焦點。它的離職員工在報紙上披露了院方有草菅病人的行為，檢警隨即對療養院進行了全面的搜查，連整個後院都挖了起來。療養院最後關門大吉。我饒有興味地看報上的照片：在轉為療養院以前，那地方原是木材大王的宅邸，據說飯廳裡有過一些頗為精美的彩色玻璃窗戶。但應該不會比阿維翁的精美。

檢警找到了一些理查與院長之間的通信，它們的內容對理查尤具殺傷力。

每隔一段時間，理查就會出現一次，有時在我的心眼裡，有時在夢中。他是灰色的，但卻泛著虹彩，一如灑在汙水坑上的油漬。他看我的眼神是冷冰冰的。我知道，他是另一個前來責難我的幽靈。

他退出政壇的消息見報沒多久，我就接到他的電話。這還是我出走以來的第一次。他憤怒而紛亂。他說，因為醜聞的關係，讓他失去了角逐領袖地位的資格，現在，重量級的人物都不回他電話。他遭人冷眼，被人嗤笑。他說我是蓄意想毀了他。

「我做了什麼？」我說，「我又毀了你些什麼？你不是一樣有錢。」

「那本書！」他說，「妳是故意要搞破壞，讓我萬劫不復！妳給了出版社多少錢？我不相信蘿拉會寫這種垃圾！」

「你不願意相信，是因為你對她『如痴如醉』，」我說，「你不願相信你對她幹出那些齷齪勾當的同時，她還會跟另一個男人上床。你不敢面對她愛他而不愛你的事實。我想，她寫那本書，就是為了告訴你這一點。」

「就是那個左傾分子對不對？我就知道是那次野餐的那個狗娘養的！」理查很少口出髒字，他顯然是氣瘋了。

「我哪知道，」我說，「我又沒有刺探她的生活。不過我同意你說的，事情有可能是從野餐開始的。」我沒有告訴他，涉及亞歷斯的野餐並不只一次，而是兩次。第一次是鈕釦工廠的野餐大會，另一次發生在一年後我在皇后街碰到亞歷斯之後，就是我們吃水煮蛋的一次。

「她是因為怨我，想要討回公道。」理查說。

「她會恨你我不驚訝，」我說，「她為什麼不恨你呢？你是強暴她的人。」

「這不是事實！我做的任何事都是經過她同意的！」

「同意？這就是你的形容？要我來形容，我會說是要脅。」

他砰一聲把電話掛斷。說不過別人就掛電話是他們的家族特徵。先前溫妮薇德奉命打電話來辱罵我的時候也是這樣。

之後，理查就失蹤了，然後屍體在「女水妖號」上被發現——嗯，這件事是你們已經知道的了。他一定是偷偷來到泰孔德羅加港，又悄悄潛入阿維翁的花園，再偷偷跑到船上去。值得一提的是，當時船是擱在船屋裡的，而不是像報紙所說，是繫在碼頭邊。這兩者是有分別的。因為人死在船上是件平常事，但死在擱於船屋的船上就有點不尋常了。溫妮薇德不想讓別人認為理查發了瘋，所以加以掩飾。

到底理查是怎麼死的呢？我並不確知。理查的屍體一被找到，溫妮薇德就馬上展開運作。腦溢血就是她寫的劇本。理查被發現時，手肘邊有一本《盲眼刺客》。我知道這一點，是溫妮薇德打電話來像瘋子般臭罵我的時候無意透露的。「妳怎麼可以對他做出這種事？妳毀了他的政治前途，然後又毀了他對蘿拉的美好記憶。他愛她！他崇拜她！他無法接受她死掉的事實！」

「我很高興他還會有一點點哀慟，」我冷冷地說，「但我當時怎麼沒看到他有半點悲哀的神情？」

溫妮薇德當然會把理查的死歸罪於我。之後，公開的戰爭就上演了。她對我做出她所能想到最惡毒的事。她搶走了艾咪。

我猜你們料想得到溫妮薇德會怎麼造我的謠：說我是賣破爛的、酒鬼、蕩婦、壞母親。我懷疑她有沒有告訴過你們，理查是我謀殺的。如果有，她應該也有拿出證據來吧？

說我買賣的是破爛，完全是詆毀。我承認，我是低買高賣，但在二手工藝品市場，誰又不是這樣的呢？況且，我又沒有用槍抵著別人，要不是我有眼力的話，又憑什麼賺錢呢？沒有錯，我是有一陣子沉迷於酒精，但自從艾咪離開後就沒有了。至於男人，我得承認我是有過一些。但那從來不是一種愛的關係，他們對我來說，倒更像是定期更換的繃帶。我被從四周的一切切斷了，我搆不著它們，摸不著它們；另一方面，我也覺得自己像一塊破損的皮傷肉。我需要另一個身體的慰藉。

我選擇對象時，會避開我以前社交圈的男人（他們是有一些在聽說我的現況後，像果蠅一樣撲向我，但我並沒有搭理）。因為我知道，這一類男人一定會向溫妮薇德告密。我找的，都是附近城鎮的陌生人。我從來不會透露真名實姓。不過溫妮薇德盯我盯得太緊了，所以最後還是給她逮到了把柄。她掌握了一些證據：我跟男人進出汽車旅館的照片，我在旅館登記簿上的假簽名，還有汽車旅館老闆的證詞。妳是可以跟她對簿公堂，我的律師說，但我建議妳不要。那至少妳還有爭取探視權的機會。妳已經把彈藥雙手奉送給他們了。他用不以為然的眼光看我，倒不是因為我的不檢點，而是因為我的不小心。

理查在遺囑裡把溫妮薇德定為艾咪的監護人，又把她定為艾咪的信託基金的唯一受託人。所以，她的勝算自然更大。

事實上，《盲眼刺客》裡沒有一個字是蘿拉寫的。這一點，想必你們早有察覺。書是我寫的，開始於等待亞歷斯歸來那些漫長的傍晚。後來，雖然明知他不會回來了，但我還是繼續寫下去。我不認為我是在寫作，而只認為自己是把一些事情給記下來：記下回憶中的事情，記下想像過的事情。我認為自己是在做紀錄，就像一隻沒有軀體的手，在牆壁上潦草塗鴉。

我希望留下紀錄。那就是我寫書的初衷。有關亞歷斯的紀錄，也是有關我自己的紀錄。

我把作者的名字歸給蘿拉，你們也許會認為是出於膽怯，其實，我只是不喜歡站在聚光燈下面罷了。此外也是為了審慎：如果書用我的名字出版，那我在艾咪的爭奪戰上就輸定了（雖然後來也是輸了）。不過深入一層，我把蘿拉列為作者，並不是不公允的。因為雖然狹義來說她沒有寫一個字，但從另一個意義來說（蘿拉會稱為屬靈的意義），她是我的合撰者。分開來的話，我倆都算不上真正的作者，但一個緊握拳頭的力量總是大於五根手指。

記得在蘿拉十或十一歲那一年，有一天，我看到她坐在圖書室祖父的書桌後面，面前放了一張紙，正忙於安排天國上的座席。「耶穌是坐在上帝的右手邊的[4]，」她說，「那麼，坐在上帝左手邊的又是誰呢？」

「也許上帝沒有左手吧，」我逗她說，「左手被認為是不好的[5]，所以上帝應該是沒有左手的。又也許，祂在戰爭中失去了左手。」

「不會，」蘿拉說，「上帝是依自己的形象造人的，而既然我們有左手，那祂應該也有。」

她咬著鉛筆頭苦苦思量。「我知道了！」她說，「上帝的桌子是圓的！所以每個人都是坐在別人的右手邊。」

「也可以說每個人都是坐在別人的左手邊。」我說。

蘿拉就是我的左手，而我也是她的左手。書是我們一起寫的。那是一本左手之書[6]，這也是為什麼你們讀它的時候，總是看不見我們同時出現。

開始寫這部蘿拉和我的生平紀錄時，我一點都不知道為何而寫，也不知道寫給誰看。不過我現在已經明白了。它是為妳而寫的，最親愛的薩賓娜，因為妳是唯一會需要它的人。

讀了它，妳對蘿拉的觀感就會煥然一新，對自己的觀感也會煥然一新。這對妳可能是個震撼，但也可能是個解放。因為它可以讓妳知道，妳和溫妮薇德和理查全然了無關係。妳身上沒有一絲葛里芬家族的瑕疵，雙手是乾乾淨淨的。妳真正的外祖父是亞歷斯·湯馬斯。至於他的

---

4 《新約聖經》上多處記載耶穌是坐在上帝的右手邊，如馬太福音十六章云：「主耶穌和他們說完了話，後來被接到天上，坐在上帝的右邊。」

5 古代西方人認為左手代表邪惡與不吉。

6 left-handed book，字面意義是「左手之書」，實質意義是「出格之書」。

父親是誰，妳只能天馬行空去想像了。有可能是窮人，有可能是富人，有可能是乞丐，也有可能是聖人。至於他的家鄉，妳則可以從一打的國家、數百個村莊之間去挑選。妳從他那裡得到的遺產是無限的想像空間。現在，妳有完全的自由去重新創造自己了。

——第十五部

《盲眼刺客》尾聲：另一隻手｜門檻

《盲眼刺客》尾聲　另一隻手

她只留有一張他的照片，一張黑白照片。她保存它保存得很鄭重，因為那幾乎是他僅留下來的了。照片裡是他們倆，她和那個男人，正在野餐。照片背後寫著野餐二字，但並沒有她或他的名字。她既然都知道名字，沒有必要寫下來。

他們坐在一棵樹下，那應該是棵蘋果樹。她寬大的裙子包攏在膝蓋周圍。那是個大熱天。她抓住照片的手可以感覺得到有熱氣從照片裡源源流出。

照片裡的男人戴著頂向前微傾的淺色帽子，臉被帽沿的陰影部分遮住。她的臉半向著他，微笑著（她記不起這輩子還有對誰笑得這樣甜過）。她在照片裡看起來非常年輕，太年輕了。他也微笑著，但半舉起一隻手，就像是要擋開鏡頭，或擋開日後會從這照片審視他的目光。還是說此舉是為了擋開她，是為了保護她？這隻手的兩根手指間夾著一截香菸。

一個人的時候，她會把照片拿出來，平放在桌上，瞪著它看。她會端詳照片中的每個細部：他煙霧繚繞的手指、他倆衣服上的皺褶、樹上未熟的蘋果、前景裡那片乾旱的草地。還有她自己那張微笑的臉。

照片被裁切過，有一個第三者被裁掉了。在照片的右下角有一隻手，就像是被齊腕切掉，遺落在草地上。那是另一個人的手，不管你看見與否，它都會在那裡。這隻手將會把事情記錄下來。

我怎麼會這樣懵懂？她想。怎麼會這樣愚蠢，這樣沒有遠見，這樣容易任由不謹慎牽著鼻子走？但沒有這種懵懂，我們又要怎樣生活下去？如果你能預知一切，預知你的行為會造成什麼後果，你就會變得槁木死灰，如同上帝。你將會永遠不吃不喝不笑，早上也不下床。你將會永遠不愛任何人，不再愛任何人一次。你不會敢。

那樹、那天空、那風和那些雲，現在全都沉沒了。她僅剩的只是一張照片，還有跟這照片相關的故事。

那照片是關於快樂的，那故事則不是。快樂是由玻璃牆密封的花園，沒有入口也沒有出口。伊甸園是沒有故事的，因為那裡沒有旅程。只有失落、抱恨、悲哀和渴盼可以讓故事推進——沿著它盤纏曲折的路線推進。

《泰孔德羅加港信使報》，一九九九年五月二十九日

艾莉絲·查斯·葛里芬 一位長留追思的女士

蜜拉·斯特奇斯／撰文

艾莉絲·查斯·葛里芬夫人上週三遽然逝世於其泰孔德羅加港的家中，享年八十三歲。「她走得非常安詳，事發時就坐在後花園的椅子裡。」她的長年好友蜜拉·斯特奇斯太太表示，「這件事並不讓人意外，因為她的心臟情況一直欠佳。她是個性情中人，又是歷史的見證者，其活力在同齡長者中誠屬少見。可以肯定的是，她將長留吾人的記憶中。」

葛里芬夫人是本地著名女作家蘿拉·查斯之姊，也是本鎮令人永懷的查斯上尉之女。其祖父班傑明，係查斯企業及其旗下的鈕釦工廠的創建人。葛里芬夫人的夫婿是已故的企業與政界聞人理查·葛里芬；其小姑溫妮薇德·葛里芬·普里歐是多倫多的著名慈善家，於去年辭世時，曾遺予本鎮高中慷慨饋贈。葛里芬夫人身後遺有一外孫女薩賓娜·葛里芬，彼業已從海外歸來，預料不久之後將會到本鎮處理其外婆之後事。我深信，屆時她一定會受到熱情歡迎，獲得一切需要的幫助。

根據葛里芬夫人本人之遺願，喪禮將不對外公開，其骨灰將被埋於希望山墓園之查斯家族墓地。不過，追思禮拜將在本週二下午三點舉行於喬丹火葬場之小禮拜堂，以紀念查斯家族多年來為本鎮所作的貢獻。事後，會有小茶會假蜜拉與華特·斯特奇斯夫婦家中舉行，歡迎各界人士參加。

門檻

今天在下雨，暖暖的春雨。雨讓空氣變成乳白色。急流瀉過山崖的聲音就像風，但卻是不移動的風，一如海浪在沙上形成的紋理。

我坐在後門廊的木頭桌子旁邊，眺望長形而凌亂的花園。幾乎日暮了。野生福祿考開花了（應該是福祿考，但我沒有十分把握，因為我的視力不是那麼清楚）。花園盡頭處閃著些藍光，看來似乎是殘雪的磷光。花床上萬頭鑽動，像是蠟筆畫出來的，有紫色的，有水綠色的，有紅色的。濕潤泥土和初生植物的氣息向我席捲而來，水水的，滑滑的，帶著點像樹皮的酸味。聞起來像年輕；聞起來像心碎。

我身上裹著條披巾。今天的天氣堪稱溫暖，但我感到的不是溫暖，只是寒冷的闕如。我從這裡清楚地看到世界（這裡就是浪尖，下一個會把我捲沒的大浪興起前的浪尖）：天空是多麼的藍，大海是多麼的綠，前景是多麼的終極。

在我肘邊放著一疊寫滿字的紙張，那是我月復一月費力書寫的成果。等我寫完這最後一頁，我就會從椅子上站起來，蹣跚走入廚房，找根橡皮圈或繩子或舊絲帶之類的，把它們給綁起來。然後，我會打開扁行李箱的釦子，把紙頁放在裡面的東西的最上頭。它們會在裡面等到妳從海外歸來——如果妳會歸來的話。律師手上有鑰匙，也有遺囑。

我得承認我有一個關於妳的夢。

某個黃昏，門上將會傳來敲門聲，而那將會是妳。妳會穿著一身黑色，背著個帆布背包而不是掛著個手提包。那時一定是個雨天，就像今天一樣。但妳不會帶著傘，因為妳鄙夷雨傘。像妳這樣的年輕人，都是不懼風吹雨打，反而覺得那可以讓人精神振奮。妳會站在門廊上，被一層半明暗的光暈所包圍；妳烏黑的頭髮和身上的衣服都濕答答，臉上的雨滴閃閃有光。

妳會敲門，而我會聽得見。我會蹣跚穿過走廊，把門打開。我的心會噗噗亂跳；我會睇視妳，然後認出妳是誰：我最珍愛和最後的願望。我會想，妳真是我見過最漂亮的女孩，但卻不會說出來，因為唯恐妳以為我已經瘋瘋癲癲。然後我會歡迎妳。我會伸開雙臂擁抱妳，會親吻妳的臉頰，但只是輕輕的，因為我們才初次見面，太熱情似乎是不合宜的。我會滴幾滴淚，但只是幾滴，因為老年人的眼睛是枯澀的。

我會邀妳進來。像妳這樣的年輕女孩，本來是不應該踏進這棟化石般的房子的門檻。妳甚至會有一點點怕我，因為像我這種老怪物，肯定是有一股硫磺味。不過妳就像我們家族的其他女性一樣，個性有一點點莽撞，所以還是會不計後果，踏進門內。外婆，妳將會這樣喊我，而憑著這個稱呼，我將不會再是無所歸屬的人。

我會把妳帶到桌子旁邊坐下。妳會因為冷而觳觫發抖。我會給妳一條毛巾，會拿毯子把妳裹住，會為妳泡杯熱可可。

然後我會告訴妳一個故事：妳為何會來到我的廚房聽我說故事的故事。如果真有什麼奇蹟可以讓這樣的事發生，那我將用不著那一疊亂糟糟的紙張了。

我告訴妳這個故事，是想從妳那裡得到什麼呢？不是愛，那太奢求了。也不是原諒，因為那不是妳能賜予我的。我要的大概只是一名聆聽者。但聽完我的故事後，請不要恭維我：我不想當一副被彩繪過的死人骨頭。

我會把自己交託到妳手上。我還有什麼別的選擇呢？等到妳讀完這最後一頁，它將會是我唯一可以安頓之處。

愛特伍作品集 15

盲眼刺客（下）
THE BLIAND ASSASSIN

國家圖書館出版品預行編目 (CIP) 資料

盲眼刺客 / 瑪格麗特 . 愛特伍 (Margaret Atwood) 著 ; 梁永安譯 . -- 四版 . -- 臺北市 :
天培文化有限公司出版 : 九歌出版社有限公司發行 , 2023.07
冊 ; 公分 . -- (愛特伍作品集 ; 14-15)
譯自 : The blind assassin
ISBN 978-626-7276-22-8(上冊 : 平裝). --
ISBN 978-626-7276-23-5(下冊 : 平裝). --
ISBN 978-626-7276-24-2(全套 : 平裝)

885.357　　112009255

作　　者──瑪格麗特・愛特伍 (Margaret Atwood)
譯　　者──梁永安
責任編輯──莊琬華
發 行 人──蔡澤松
出　　版──天培文化有限公司
台北市 105 八德路 3 段 12 巷 57 弄 40 號
電話／ 02-25776564・傳真／ 02-25789205
郵政劃撥／ 19382439
九歌文學網 www.chiuko.com.tw
印　　刷──晨捷印製股分有限公司
法律顧問──龍躍天律師 ・ 蕭雄淋律師 ・ 董安丹律師
發　　行──九歌出版社有限公司
台北市 105 八德路 3 段 12 巷 57 弄 40 號
電話／ 02-25776564・傳真／ 02-25789205
初　　版──2023 年 7 月
定　　價──450 元
書　　號──0304015
I S B N──978-626-7276-23-5
9786267276259 (PDF)